ullstein

Das Buch

Es könnte alles so einfach sein. Ist es aber nicht. Das stellt Marie, mittlerweile 32, immer noch wohnhaft in München-Neuhausen, fest – und zwar just in dem Moment, als alles perfekt zu sein scheint. Sie liebt Jan, ihren Freund, und Jan liebt sie. So sehr, dass er mit ihr zusammen in die schöne Altbauwohnung über der Kneipe gezogen ist, sich mit ihren Eltern duzt, ja sogar ein Baby mit ihr möchte und zum Urologen geht, als es nicht sofort klappt. Doch dann kommt ein windiger Januartag und weht ihr Paul in die Arme. Paul, der leider gleich noch einen Termin und keine Zeit für einen Kaffee hat, aber verspricht, sich zu melden. Marie liebt Jan immer noch, aber auf einmal ist alles anders. Und es bleibt anders – denn Paul meldet sich. Natürlich weiß Marie, dass es falsch ist, sich mit ihm in einem Hamburger Hotel zu treffen. Was sie nicht davon abhält, mit Schmetterlingen im Bauch und Ballerinas an den Füßen schnurstracks in die Katastrophe zu rennen …

Die Autorin

Anette Göttlicher, geboren 1975, ist Chefredakteurin der Frauen-Community *beQueen*. Aus ihrer Kolumne »Maries Tagebuch« auf *Cosmopolitan.de* entwickelte sie ihren ersten Roman, *Wer ist eigentlich Paul?*, der auf Anhieb zum Bestseller wurde. *Paul darf das!* ist der vierte Band der Serie von Maries Tagebüchern. Anette Göttlicher mag Sushi, Fußball und bayerisches Brauchtum und lebt im Münchner Stadtteil Neuhausen.

ANETTE GÖTTLICHER

PAUL DARF DAS!

Maries Tagebuch

ULLSTEIN

Besuchen Sie uns im Internet:
www.ullstein-taschenbuch.de

Umwelthinweis:
Dieses Buch wurde auf chlor- und säurefreiem Papier gedruckt.

ORIGINALAUSGABE IM ULLSTEIN TASCHENBUCH

1. Auflage Februar 2008 – 2. Auflage 2008 – © Ullstein Buchverlage GmbH, Berlin 2008 – Umschlagkonzept: HildenDesign, München – Umschlaggestaltung: Sabine Wimmer, Berlin – Titelabbildung: getty images (Pärchen im Vordergrund), Ullstein Bild (Monopteros im Englischen Garten, München) – Satz: Pinkuin Satz und Datentechnik, Berlin – Gesetzt aus der Sabon – Druck und Bindearbeiten: CPI – Ebner & Spiegel, Ulm – Printed in Germany – ISBN 978-3-548-26683-1

EINE SEHNSUCHT, DIE NICHT GELEBT WIRD,
WIRD ZUR SUCHT.

Pater Anselm Grün

SAMSTAG, 30. DEZEMBER 2006 – WAS KOMMT NACH DEM HAPPY END?

Musik: Madsen: Happy End

Getränk: Highland Park Special Edition Single Malt Scotch Whiskey

To Dos: Atmen. Entspannen. Silvestereinkäufe. Glücklich sein.

In den letzten sechs Tagen hatte ich Urlaub. Frei. Musste nicht ins Büro. Herrlich, oder? Könnte man meinen. Aber ich wäre nicht Marie Sandmann, 32, wohnhaft in München-Neuhausen, hätte dieser Umstand nicht in eine mittelschwere Katastrophe geführt.

Weihnachten ging ja noch. Am 23. Dezember, dem Samstag vor Heiligabend, war ich mit Marlene zum Shoppen in der Innenstadt und abends mit ihr und Beate auf dem Tollwood-Festival auf der Theresienwiese. Sehr entspannt und fast ein bisschen weihnachtsvorfreudig. Heiligabend selbst: *same procedure as every year*. Na ja, fast. Dieses Jahr war das erste, in dem ich Jan mit zu meinen Eltern genommen habe. Doch das war es nicht, was zu besagter Katastrophe führte. Im Gegenteil, wir verbrachten einen harmonischen Nachmittag bei Plätzchen, Milchkaffee und Stollen. Natürlich kannten meine Eltern Jan schon länger. Aber da man seine Eltern mit Anfang dreißig nicht mehr so häufig sieht, und wenn, dann nicht zwingend mit Freund im Schlepptau, freute sich meine Mutter sehr, »dass wir endlich mal die Zeit und Muße haben, Sie besser kennenzulernen, Jan!«. Muße. Auch so ein Wort, das nur Menschen über fünfzig verwenden. Und ich war mir nicht so sicher, ob das mit dem Kennenlernen die beste Idee war.

»Sie dürfen gerne du sagen«, bot Jan unvorsichtigerweise an. Ich versank im italienischen Designersofa aus den siebziger Jahren. Ich wusste, was folgen würde.
»Na, dann müssen Sie uns aber auch duzen«, rief meine Mutter, und mein Vater nickte bekräftigend. Und sie wären nicht Herr und Frau Sandmann, wenn sie einfach ihre Vornamen genannt und mit der Kaffeetasse angestoßen hätten. Nein, meine Mutter schickte meinen Vater in den Keller, aus welchem er mit einer teuren Flasche Champagner zurückkehrte. Trotz unseres Protests wurde diese geöffnet, die guten Sektflöten wurden aus dem Schrank geholt, und man stieß feierlich auf das Ereignis Wir-haben-einen-Schwiegersohn-in-spe-mit-dem-wir-uns-duzen an. Als die Flasche leer war, verschwand meine Mutter kichernd und mit geröteten Wangen in der Küche, um sich dem Fortschritt des Abendessens zu widmen. Mein Vater brummelte etwas von »mal nach den Armbanduhren sehen« und entfernte sich ebenfalls aus dem Wohnzimmer.

»Mein armer Schatz«, sagte ich zu Jan und strich ihm eine blonde Locke aus dem Gesicht. »Aber sie sind eigentlich ganz nett.«
»Deine Eltern sind schon in Ordnung«, sagte Jan, lächelte nachsichtig und küsste mich zärtlich. Ich weiß nicht, ob es am Champagner lag oder an Weihnachten, aber auf einmal fand ich es ganz unbeschreiblich toll, mit meinem offiziellen Freund auf dem elterlichen Sofa zu sitzen. Ich betrachtete Jan, seinen wie immer leicht verklärten Blick aus den blauen Augen, die immer einen Tick zu langen Haare, seine Fältchen um die Augen. Fast zwei Jahre lang waren wir nun schon zusammen! Aber immer noch verursachte es ein warmes Gefühl in meinem Magen, Dinge wie »mein Schatz« zu sagen oder Jan jemandem, den ich lange nicht gesehen hatte, als meinen Freund vorzustellen.

Beim Essen schaffte meine Mutter es, Max nur viermal zu erwähnen. Ein Fortschritt. Max ist mein Ex, mit dem ich sechs Jahre zusammen war, bevor ich mich von ihm trennte, weil … Tja, warum eigentlich? Das ist mir bis heute noch nicht klar. Seine beiden Fehler bestehen darin, dass er a) mein erster Freund war (und den kann man schließlich nicht heiraten, oder?) und b) sich nach unserer Trennung nicht etwa gehen ließ, sondern sehr zu seinem Vorteil veränderte. Aber Max ist lange her. Allerdings sind Mütter in dieser Hinsicht oft treuer als ihre Töchter. Wehe, eine Mutter hat mal einen Schwiegersohn in spe ins Herz geschlossen. Kann gut sein, dass sie sich noch Jahre nach der Trennung heimlich mit ihm zu Kaffee und Kuchen trifft.
Zum Glück erwähnte sie Paul nicht. Denn das hätte mir vermutlich den Appetit am Schweinefilet im Blätterteigmantel verdorben.

Nachdem er etwas zäh begonnen hatte, ging der Heiligabend umso hurtiger zu Ende. Essen, Espresso, Schnäpschen, noch mal die Geschenke bewundert, Kerzen am Baum angezündet und wegen Feuergefahr bald wieder gelöscht, »Jauchzet, frohlocket« gehört, über dies und das geplaudert, und schon war die Zeit zum Aufbruch da. Jan und ich gingen anschließend noch in die Kirche. Der Gospelchor hatte drei neue Lieder gelernt, bei der Predigt nickte ich fast ein, und beim »O du fröhliche« am Schluss musste ich vor dem tiefen Mittelstück meine Tonlage um eine Oktave nach oben anpassen. *Same procedure as every year.*

Wieder zu Hause in der Ysenburgstraße angekommen, warf ich routinemäßig einen Blick auf den Jahresplaner, der in unserer Küche hängt. »14« stand da. Ups. 14 schon.
»Du, Schatz?«, sagte ich zu Jan, der sich gerade im Bad die Zähne putzte, und umarmte ihn von hinten.

»Virrschehn?«, nuschelte er.
»Vierzehn!«, bestätigte ich. »Heute Morgen warst du ja zu müde …« Und schob rasch hinterher: »Was natürlich kein Vorwurf sein soll!«
Jan spuckte unbeleidigt die Zahnpasta aus, spülte seinen Mund, drehte sich dann um und küsste mich sehr pfefferminzig, während er seine Hände unter meinen Slip schob und meine Pobacken sanft knetete.
»Du weißt doch, was für ein Morgenmuffel ich bin«, grinste er und drückte sein Becken an meines, »dafür bin ich um diese Uhrzeit noch fit wie ein Turnschuh!«
Eine Dreiviertelstunde später tappte ich noch einmal barfuß in die Küche und trug grinsend in das Kalenderfeld des 24. 12. ein kleines ♥ ein.

Wie gesagt, an Weihnachten war meine Welt noch in Ordnung. An Weihnachten fühlen sich Beziehungen besser und kuscheliger an als im restlichen Jahr. Und wenn es nur daran liegt, dass man froh ist, irgendjemanden zu haben, weil das Fest der Liebe für Singles traditionellerweise eine emotional harte Zeit ist. Natürlich gilt das mit »irgendjemanden« nicht für mich. Ich bin froh, Jan zu haben!

Am ersten Feiertag fuhr Jan in aller Herrgottsfrühe los, um seine Familie zu besuchen. Montagmorgen um sieben Uhr war ich heilfroh, mich noch mindestens achtzehnmal unter meiner kuscheligen dunkelbraunen Tchibo-Kunstfell-Decke umdrehen zu können, statt mich auf die Reise in den hohen Norden machen zu müssen, um sechs Tage in Detmold zu verbringen. Nichts gegen Detmold. 72 000 Einwohner, der Verwaltungssektor ist dominierender Wirtschaftszweig, es gibt das größte Freilichtmuseum Deutschlands, das Fürstliche Residenzschloss, das als ein hervorragendes Beispiel für den Baustil der

Weserrenaissance gilt, und herrliche Wanderwege durch den Teutoburger Wald.
Aber in Kombination mit Jans riesiger Familie ist das trotzdem keine Aussicht, die mich dazu hätte bewegen können, München-Neuhausen den Rücken zu kehren. Außerdem konnte ich ein paar Tage Nichtstun gut gebrauchen. Der Verlag hatte zwischen Weihnachten und Neujahr geschlossen, und meine Steuerunterlagen für 2005 hatte ich schon Ende November abgegeben.

Super Plan, Nichtstun. Aber es kommt eben doch immer anders, als man denkt. Heute ist der vorletzte Tag des Jahres 2006. Jan kommt erst morgen wieder. Marlene und Beate sind in Berlin. Ein Bekannter hat ihnen VIP-Tickets für das große Nokia-Silvesterevent zugeschustert. Mit Konzert der Scissor Sisters und Sugababes, Champagner for free und so weiter. Hmpf.
»Du feierst doch mit deinem Süßen!« Das war alles, was Beate zu ihrer Verteidigung zu sagen hatte, als ich mich beklagte, dass sie mich einfach alleine in München sitzenließen. Tolle Freundinnen.

Ich vermisse Jan. Wie sehr man jemanden liebt und braucht, merkt man manchmal erst, wenn er weit weg ist – zwar nur in Detmold, gefühlt aber in Nowosibirsk. Ich trinke gerade heimlich von seinem neunzehn Jahre alten Highland Park Special Edition Single Malt Scotch Whiskey, den er von meinem Vater zu Weihnachten bekommen hat. Schmeckt irgendwie nach Torf. Aber immerhin benebelt er ein wenig.

Seit ich mit Jan zusammen bin, also seit Sonntag, dem 7. Februar 2005, ist mein Leben ruhiger geworden. Und ich bin ehrlich gesagt sehr dankbar für die Ruhe. Nach zweieinhalb Jahren Stress mit Paul schätze ich es richtig, mich nicht jeden

Morgen fragen zu müssen: Bin ich eigentlich Teil eines Pärchens oder doch wieder Single? War ich je Teil eines Paars? Wo befindet sich der andere Teil überhaupt? Und warum meldet er sich nicht?

Jan meldet sich. Er verbringt seine Freizeit gerne mit mir, ich bin gefühlte Priorität eins in seinem Leben, und er widerlegt die These, dass sich alle Männer ab und zu anfallsmäßig in ihre Höhlen zurückziehen, in denen sie dann tage- oder wochenlang bleiben und nicht ansprechbar sind. Und das Beste ist: Jan hat sich freiwillig an mich gebunden! Als seine Mitbewohnerin Beate das Angebot bekam, mietfrei in einer 2-Zimmer-Wohnung in Laim zu wohnen, zögerte Jan nicht lange, sondern sagte von sich aus: »Marie, was hältst du davon, wenn ich bei dir einziehe und wir uns die Miete für die Wohnung teilen?«

Meine Eltern sind, glaube ich, auch froh, dass Jan mein Leben in geordnete Bahnen gelenkt hat. Ich jobbe nicht mehr, ich habe jetzt einen Vertrag bei einem Magazin, das inzwischen sogar beim Friseur meiner Mutter ausliegt: ihr Kriterium für wichtige Blätter. Ich selbst hatte ja anfangs Skrupel, den Vertrag zu verlängern, als Susi, die ich eigentlich nur ein halbes Jahr Babypause lang hatte vertreten sollen, noch ein Jahr dranhängte. Aber Jan redete mir gut zu, sprach von Altersvorsorge, Sicherheit, 13. und 14. Gehältern und meinem Lebenslauf, der bislang ein wenig an Kontinuität und Zielstrebigkeit zu wünschen übrig ließ. Und er hatte natürlich recht. Mit Anfang dreißig ist es wirklich albern, sich durch ein festes Angestelltenverhältnis eingeengt zu fühlen.

Ach Jan. Wo bist du, was machst du gerade? Ich bin ja so einsam. Es ist schon fast acht Uhr abends, und es hat mich den *ganzen* Tag niemand angerufen! SMS habe ich auch keine bekommen, von E-Mails ganz zu schweigen. Ich habe dann gegen siebzehn Uhr extra bei amazon.de ein Buch bestellt, um wenigstens eine Bestellbestätigung zu erhalten. Die war zwar unpersönlich, aber immerhin zeigte sie mir, dass ich noch da bin. Denn heute ist so ein Tag, an dem ich Angst habe, nicht zu existieren. Existiert man überhaupt, wenn keiner von einem Notiz nimmt? Ich grüble. Wer hat das gesagt, Nietzsche? Dass ein Stuhl nur ein Stuhl ist, weil ich ihn sehe und sage: Das ist ein Stuhl? Habe keine Lust, zu googeln. Aber vielleicht ist Marie ja auch nur Marie, wenn jemand Marie sieht und sagt: Das ist Marie! O Gott. Dieses schottische Hochlandgebräu hat es echt in sich.

Ich finde, der 30. Dezember ist so ziemlich das blödeste Datum im Jahr. Der vorletzte Tag des Jahres. Wenn ich ein Datum sein müsste, wäre ich gern der 1. Mai oder vielleicht auch der 3. Oktober. Aber mit Sicherheit nicht der 30. Dezember. Der Glanz von Weihnachten ist vorüber, jeder ist vollgefressen und antriebslos, und das Silvesterfest droht unmittelbar mit seiner Ich-bin-der-lustigste-Abend-des-Jahres-Attitüde.
Musik!

Doch was kommt nach dem Happy End?
Nach all den Dingen, die jeder kennt
Alles ist gut
Doch was wird dann?
Sind alle glücklich ein Leben lang?
*Oder was kommt dann?**

---

* Aus *Happy End* von Madsen

O nein. Ich habe extra etwas Rockiges in den CD-Player gelegt, Madsen, deren Texte mich normalerweise nicht zum Nachdenken bringen. Und jetzt so etwas. Aber ich weiß, was nach dem Happy End kommt! Das Leben. Man lebt einfach. Vielleicht nicht jeden Tag auf Wolke sieben. Aber es gibt noch so viele andere Wolken. Und das Leben ist nun mal kein Hollywoodfilm.

Ob Jan wohl sauer ist, wenn ich ein Schlückchen Coke Zero in seinen 19 Jahre alten Highland Park Special Edition Single Malt Scotch Whiskey gieße? Morgen ist er wieder da. Endlich. Und dann werden wir Silvester mit unseren Freunden feiern. Mit Markus, Silvia, Bernd und Patricia. Wir werden Fondue essen und nach Mitternacht gemütlich in der Wohnung von Markus und Silvia bleiben, denn die beiden haben einen sechs Monate alten Sohn, Kilian.

Ich habe die Aufgabe, das Fleisch fürs Fondue zu besorgen und mich um die Nachspeise zu kümmern. Schließlich ist Jan noch in Detmold, Markus und Silvia haben ein Kind, und Bernd ist mit Patricia beim Skifahren. Aber es ist wie immer: Man muss mir nur reichlich Zeit geben, eine Aufgabe zu erfüllen, und ich gerate garantiert in Schwierigkeiten. Es wäre so einfach gewesen. Um zehn aufstehen, duschen, anziehen, schminken, Jacke an und los zum Supermarkt. Mittags hätte ich zurück sein können und noch den ganzen Nachmittag und Abend Zeit gehabt, mich verrückt zu machen, zu vereinsamen und Jans teuren Whiskey mit Cola zu panschen. Stattdessen bin ich am Rande des Wahnsinns, vereinsamt und leicht angetrunken, *ohne* im Supermarkt gewesen zu sein. Wenn ich das nicht bald nachhole, müssen wir morgen Tiefkühlpizza essen.

»Auf welchen Namen?«
»Wie, auf welchen Namen ...?«

»Auf welchen Namen S' des Fleisch b'stellt ham!«, schnauzt mich die hagere Metzgereifachverkäuferin im Tengelmann meines Vertrauens an.
»Bestellt? Ich habe nichts bestellt. Ich hätte einfach nur gerne Schweine- und Rinderfilet sowie Putenbrust für sechs Personen«, helfe ich ihr freundlich.
Sie sagt, dass ihr das jetzt leid tue (ich glaube ihr nicht), aber die Fleischwaren seien aus und sie habe bedauerlicherweise nur noch vorbestellte Ware.
Hätte ich doch bloß Meier gesagt.

Zwei Stadtteile und sieben Supermärkte später bin ich immer noch fleischlos und einem hysterischen Heulanfall näher denn je. Atmen, Marie. Atmen. Nicht über das Problem nachdenken, sondern über die Lösung.

»Mami?«
»Ja, Schnuppelchen? Du, ich bin ein bisschen im Stress, morgen ist doch die große Silvesterparty bei Reinhardts, und ich muss mir, glaube ich, noch eine Stola kaufen! Meine Oberarme sind zu schlaff für das schwarze Kleid mit dem tiefen Ausschnitt, da muss 'ne Stola drüber, meinst du nicht auch, Schnuppel?«
»Mami, du musst mir helfen. Bitte!«

Zwei Stunden später findet ein seltsam anmutender Tausch statt. Meine Mutter verhüllt ihre angeblich schlaffen Oberarme mit meinem bordeauxfarbenen Pashmina, und ich nehme drei Sorten Fleisch für sechs Personen in Empfang. Ich weiß nicht, wo sie das am 30. Dezember kurz vor Ladenschluss noch herbekommen hat. Möglicherweise hat sie rasch eigenhändig ein Schwein geschlachtet. Als ich sie frage, grinst sie nur und will dreißig Euro von mir haben. Da ich in der ganzen fleischlichen Aufregung natürlich die Zutaten für die Nachspeise vergessen habe, darf ich noch rasch im Vorratskeller meiner Eltern einkaufen. Tiefgefrorene Himbeeren, Baiser und Schlagsahne. Angeblich wird daraus eine köstliche Beerenspeise.

Wenigstens hat mich der Stress von meiner Krise abgelenkt. Die letzten fünf Stunden sind wirklich schnell vergangen. Nur noch einmal schlafen, dann ist Jan endlich wieder da!

MONTAG, 1. JANUAR 2007 – BRATKARTOFFELN FÜR EINE GÖTTIN

Musik: Mando Diao: Good Morning, Herr Horst
Getränk: Latte Macchiato und Apfelschorle
To Dos: Nahrungsaufnahme.

Ich wache davon auf, dass der Tatort beginnt. Fast. Es ist mein Handy, das mich mit der Tatort-Melodie weckt. Nerv. Und überhaupt – warum ist der Wecker aktiviert, an einem 1. Januar? Neujahr. Da nimmt man Kopfschmerztabletten, hängt auf dem Sofa rum, guckt Filme wie »Castaway« oder »Vier Hochzeiten und ein Todesfall« und fasst ebenso gute wie platte Vorsätze (nie wieder Alkohol etc.). Neujahr ... Da war doch was. Neujahr. Ha! Neujahrsspringen. O nein. Ein Event der Sorte, auf das man sich freut, wenn man die Karten dafür kauft, nicht bedenkend, dass man am 1. Januar sicher keine Lust haben wird, nach Garmisch zu fahren. Wann lerne ich das endlich?

Stöhnend schleppe ich mich vom abgedunkelten Schlafzimmer ins Wohnzimmer. Und bete heimlich, dass es draußen vielleicht in Strömen regnet und im besten Fall heftig stürmt.
Es regnet in Strömen und stürmt heftig. Gar kein gutes Wetter

für ein Skispringen. Und eigentlich ist es ja egal, ob ich hinfahre oder nicht – die 40 Euro, die die Karten gekostet haben, sind sowieso weg, egal, ob ich mich nun in den Regen stelle oder gemütlich daheim bleibe.

Ich rufe Anja an, mit der ich zum Neujahrsspringen wollte, und überzeuge sie davon, dass es leider, leider wettertechnisch gar keinen Zweck hat, hinzufahren.
»Schade«, meint sie ehrlich enttäuscht, und ich bekomme ein schlechtes Gewissen. »Aber wir können uns ja trotzdem treffen!«
»Ja klar, gerne!« Ich verabschiede mich innerlich von Tom Hanks und Hugh Grant. Dann handle ich Anja auf 12 Uhr 30 herunter. Man muss es ja nicht übertreiben am ersten Tag des Jahres.

Rasch schlüpfe ich wieder unter die Tchibo-Decke. Meine Füße sind ein bisschen klamm. Aber Jan ist so schön warm. Ich kuschle mich an seinen schlafenden Körper, schiebe meine Füße vorsichtig zwischen seine Knie und wühle meine Nase in sein T-Shirt. Er riecht so gut … Ich fühle mich so geborgen. Nichts kann mir passieren. Nicht mal an einem ersten Januar, einem Tag, an dem ich mich sonst immer besonders verletzlich und schutzlos fühle. Wenn sich ein ganzes neues Jahr mit all seinen Aufgaben und Anforderungen vor einem erstreckt, man leicht bis schwer verkatert ist und draußen winterliches Schmuddelwetter herrscht, ist es nicht immer leicht, gute Laune und Optimismus zu versprühen. Aber mit Jan an meiner Seite kann ich einfach noch mal die Augen schließen und noch ein wenig träumen …

Huch? Was ist das? Ich öffne die Augen. Und blicke direkt in die von Jan. Er lächelt. Und seine Hand … seine Hand ist zwischen meinen Beinen. Wo sich kein Slip mehr befindet, wie ich im nächsten Moment feststelle. Ich lächle zurück und öffne wohlig seufzend meine Schenkel ein bisschen. »Guten Morgen, mein Schatz«, flüstert Jan und legt sich mit einer ruhigen, langsamen Bewegung auf mich. »Letztes Jahr haben wir auch so begonnen, weißt du noch?«, fragt er leise und bewegt sich einen Moment lang nicht. O ja, das weiß ich noch, denke ich.

Wir waren in Berlin und zu Fuß von der Silvesterparty am Brandenburger Tor zu der Wohnung unserer Freunde in Mitte unterwegs. Auf halbem Wege fragte uns ein Fahrradrikscha-Chauffeur, der – warum auch immer – um drei Uhr früh noch unterwegs war, ob wir nicht ein Stück mitfahren wollten. Hinter dem Rücken des Fahrers küssten wir uns, erst zärtlich, dann leidenschaftlicher, und irgendwann schaffte es Jan, mir meine Jeans auszuziehen und mich auf seinen Schoß zu ziehen.

»Weißt du noch, wie es sich anfühlte, als ich ganz tief in dir war und die Rikscha über das Kopfsteinpflaster am Reichstagsufer holperte?«, flüstert Jan.
»Jaaaaa«, hauche ich und ziehe ihn mit Armen und Beinen auf mich, in mich. Als er anfängt, sich zu bewegen, geht mir kurz durch den Kopf, dass heute schon Zyklustag 22 ist, aber ich verdränge den Gedanken sofort und ersetze ihn durch einen schöneren: Unglaublich, was sich aus einer Freundschaft zwischen Mann und Frau entwickeln kann.

»Marie, du bist der Wahnsinn«, schnauft mein Liebster entzückt, als wir fertig sind. »Du bist …«, er sucht nach Worten, »… eine Göttin!« Ich folge seinem Blick. Auf meinem Nachttisch liegt das neue Buch von Sophie Kinsella, »Göttin in Gummistiefeln«.

»Idiot«, lache ich und schubse Jan von mir hinunter.
Viel zu schnell ist der Mittag da, und ich muss aufstehen, duschen, Haare föhnen und mich anziehen.
Ich treffe Anja im *Gerner* am Westfriedhof. Der 20-minütige Spaziergang dorthin tut mir gut. Wie immer, wenn ich in dieser Kneipe frühstücken gehe, bestelle ich Bratkartoffeln mit Rührei. Mit dem Süßkram kann man mich morgens jagen. Und wie immer, wenn ich Bratkartoffeln mit Rührei bestelle, bitte ich die Bedienung darum, sie mir möglichst braun und knusprig zu bringen. Wie immer stehen wenig später labbrige, blasse Kartoffeln vor mir. Ich frage mich wirklich, woran das liegt. Ob die Kellnerin meinen Wunsch nie weitergibt oder ob der Koch keine Lust hat, meine Sehnsüchte nach krossen Bratkartoffeln zu erfüllen? Aber ich sage dann auch nie etwas. Irgendwie erscheint es mir anmaßend, die Bratkartoffeln zurückgehen zu lassen, nur weil der Koch oder die Bedienung mich ignorieren.

»Und, was gibt's Neues?«, will Anja wissen. Ich weiß genau, was sie meint. Sie möchte wissen, ob ich schwanger bin. Anja ist die einzige meiner Freundinnen, der ich erzählt habe, dass Jan und ich ein Baby wollen. Warum ich mich ausgerechnet ihr anvertraut habe, weiß ich nicht genau. Anja hat nämlich eine kleine Tochter und ist zum zweiten Mal schwanger. Trotzdem versteht sie mich besser als Beate, die die Dinge der Reihe nach angehen will. Sprich, erst einen vernünftigen Mann finden und dann eine Familie gründen. Oder Marlene. Die möchte keinen vernünftigen Mann finden. Sie will einen, der gleichzeitig großer Junge und reifer Mann ist, der unglaublich witzig ist, ohne sie zu stressen, anhänglich und zuverlässig, ohne zu klammern, erfolgreich und gut verdienend, ohne ein Workaholic zu sein, charmant und beliebt, ohne anderen Frauen hinterher zu blicken. Und Marlene möchte keine Kinder, sonst hätte ich ihr bei diesem Beuteschema gleich mal eine Single-Adoption ans Herz gelegt.

Ich zucke die Schultern. »Heute ist Tag 22«, referiere ich und spüre einen kleinen Adrenalinschub, als ich an meinen lustvollen Vormittag unter der Tchibo-Felldecke denke.
»Das klappt schon«, sagt Anja, »ganz bestimmt. Mach dir keinen Stress!«
Du hast leicht reden mit deinem Babybauch, denke ich, muss aber zugeben, dass sie recht hat.
»Ich hätte mir das aber anders vorgestellt«, maule ich, »ich meine, ich nehme seit einem Jahr die Pille nicht mehr!«
Das stimmt. Mein letzter geschützter Geschlechtsverkehr fand in besagter Berliner Rikscha in der Silvesternacht 2005/2006 statt. Noch am selben Tag gestand Jan mir, dass er gerne ein Baby mit mir hätte, und ich hörte gerührt und begeistert sofort auf, die Pille zu nehmen. Wann passiert einem das schon mal, dass ein Mann einen ernst ansieht, die eigene Hand in seine nimmt und sagt: »Schatz, ich liebe dich wirklich von ganzem Herzen. Lass uns ein Baby machen.« Wohlgemerkt sagte er diese Worte wenige Stunden *nach* der wilden Nummer in der Rikscha. *Vor* mehr oder weniger verzweifelt erhofftem Beischlaf fallen solche Worte des Öfteren, wenn ich meinen Freundinnen Glauben schenken darf. Offenbar fühlen sich manche Frauen davon so geschmeichelt, dass sie sich bereitwilliger, leidenschaftlicher und vor allem ohne Gummi hingeben.

»Es ist absolut im Rahmen, bis zu zwei Jahre lang zu üben, in deinem Alter«, sagt Anja, die übrigens zwei Jahre jünger ist als ich und deren erste Tochter ein Unfall war.
»Anja, ich *weiß*, dass es normal ist«, sage ich und bemühe mich, nicht schnippisch zu klingen. »Aber ich mache mir trotzdem Gedanken, warum es nicht klappt!«

Zu Recht, wie ich finde. »Alles super«, meinte meine Frauenärztin, der ich meinen Kinderwunsch vor einem halben Jahr anvertraute, »Sie werden bestimmt bald schwanger!« Erfreut und motiviert verließ ich damals die Praxis, und seitdem haben Jan und ich keinen Eisprung mehr verpasst. Und ich bin seit einem halben Jahr jeden Monat scheinschwanger. Schmerzende Brüste? Kein Problem, man muss lediglich in der zweiten Zyklushälfte so lange an ihnen herumdrücken, bis sie ganz sicher anfangen, weh zu tun. Ziehen im Unterleib? Aber klar! Jede Menge! Sogar mein geliebter Morgenkaffee schmeckt mir ab Zyklustag 25 nicht mehr. Und dann tritt doch jedes Mal wieder meine Regel ein.

»Und mit Jan ist auch alles okay?«, will Anja wissen.

»Na klar! Kein Mumps in der Pubertät, zwei hübsche Eier und das Handy trägt er auch nicht in der Hosentasche«, referiere ich, während die Männerrunde am Nebentisch interessiert aufhorcht. »Jan raucht nicht, trinkt nicht übermäßig und fährt auch nicht Rennrad«, fahre ich fort.

»Trotzdem könnte es an ihm liegen«, gibt Anja zu bedenken.

»Wie, du hast doch gerade noch gesagt, dass es normal ist, bis zu zwei Jahre lang zu üben?« Ich bin alarmiert.

»Klar ist das normal. Aber wenn es dich so fertig macht, schick ihn doch mal zum Arzt. Ist doch eh total easy beim Mann. Einmal ein Pröbchen abgeben, und ihr seid sicher, dass bei ihm alles in Ordnung ist!«

»Jan? Jaaa-haaaan!«

»Du, die haben das Neujahrsspringen abgebrochen«, informiert mich mein Liebster. »Wegen Regen und Sturm!«

»Cool! Du, Schatz?«

»Ja, Hase?« Er sieht mich stirnrunzelnd an, wissend, dass Gespräche, die mit »du, Schatz?« beginnen, sich selten darum drehen, dass ich beschlossen habe, ab sofort das dreckige Geschirr immer alleine abzuspülen.

Ich erläutere ihm die Notwendigkeit seines Besuches beim Urologen.
»Meinst du nicht, dass du ein bisschen übertreibst?«
»Nun hör aber auf! Hast du eine Ahnung, was eine Frau über sich ergehen lassen muss, wenn sie zum Frauenarzt geht? Da muss man sich mit gespreizten Beinen auf einen entwürdigenden Stuhl legen, und es werden einem riesige Ultraschall-Dildos unten reingeschoben!«
Jan hebt abwehrend die Hände. »Verschon mich mit plastischen Details, Marie, bitte. Schon klar, dass das kein angenehmer Zeitvertreib ist. Aber ich finde, wir sollten die Sache ganz entspannt angehen …«
»Die Sache? Unser Baby ist also eine *Sache*?!« Nein, ich suche keinen Streit.
Jan grinst. »Sorry, Süße, ich bin viel zu platt, um zu streiten. Wenn du meinst, dann gehe ich halt zum Doktor und lasse mir dort meine Eier befummeln. Was muss ich sonst noch tun, damit meine kleine Diva zufrieden ist?«
Ich schlucke meinen Ärger über seinen väterlichen Tonfall hinunter und erläutere das mit der Samenprobe.
»Das könnte ich hinkriegen«, sagt er und erklärt sich bereit, gleich morgen einen Termin zu vereinbaren. Aber ich werde den Verdacht nicht los, dass er nur zugestimmt hat, um einen ruhigen ersten Januar zu verleben. Na ja, egal. Hauptsache, er macht's. In den Becher hinein.

FREITAG, 12. JANUAR 2007 – BITTE WICHSEN NICHT VERGESSEN!

Musik: James Blunt: Goodbye My Lover
Getränk: Frauenmanteltee
To Dos: Ohren zuhalten

Fünf Tage lang durften Jan und ich keinen Sex haben. Eigentlich kein Problem, könnte man meinen. Um ehrlich zu sein, wir haben öfter mal fünf Tage und Nächte lang keinen Sex. Jan ist viel unterwegs in seinem Job bei KPMG, und auch ich habe ja nun ein geregeltes Arbeitsleben, sprich, geregelten Stress. Aber diese Woche waren wir beide jede Nacht zu Hause und unsere Chefs noch im Jahresurlaub in Brasilien beziehungsweise Myanmar. Und dass wir die ganze Woche nicht *durften*, wirkte besser als Fenchelsaft, Sushi und Pornos zusammen. Schon seltsam, diese Kongruenz des Begehrens und Nicht-haben-Könnens.

Heute Morgen erwache ich mit einem Kribbeln im Magen. Im ersten Moment weiß ich nicht, wo es herkommt. Ein wichtiges Meeting in der Redaktion? Nö, nicht freitags. Das Aufregendste an einem Freitag im Verlag ist immer, dass unser Geschäftsführer ganz lässig auf die Krawatte verzichtet, seitdem er in einem unserer Magazine einen Beitrag über den »Casual Friday« gelesen hat. 12. Januar, überlege ich, 12. 1., klingelt da nicht was?

»Rrrrrrrrrrrrrrrriiiiiiinnnngggg!« Es klingelt tatsächlich. Ziemlich laut. Jan grunzt unwirsch und drischt auf den Wecker. Ich lächle sein süß zerknittertes Morgengesicht und den herzallerliebsten Blick an, der noch verschlafener ist als sonst, und dann fällt es mir wieder ein. Heute ist der Tag der Spermaprobe! Ich sehe auf die Uhr. 7 Uhr. Um 8 soll Jan das Becherchen in der Praxis abgeben. Dorthin sind es mit der U-Bahn ungefähr zwölf Minuten. Wie lange er wohl braucht, um … Ob ich ihn mal erinnern soll?

»Schatz, du musst jetzt aufstehen und wichsen. Möchtest du vorher noch einen proteinhaltigen Eiweißdrink oder ein Rührei mit Spargel?«
Nee, lieber nicht. Nicht dass er sich dann geniert und nicht kann. Gibt's das, dass Männer nicht können? Ich meine, wenn sie es sich selber machen? Muss ich mal Simon fragen, meinen besten Kumpel.
Der Wecker klingelt zum zweiten Mal. Nörgelnd und brummelnd quält Jan sich aus dem Bett und verschwindet im Bad. Ich schleiche hinterher. Hoffentlich denkt er dran …

Leider hat die Badtür kein Schlüsselloch. Und selbst wenn sie eines hätte, würde von innen mein pinkfarbenes Riesen-Duschhandtuch davor hängen. Hmpf. Aber da unser Bad kein Fenster hat (ich hasse Bäder mit Fenstern! Dieses fiese, harte Morgenlicht schmeichelt keinem Teint!), hat die Tür ungefähr zehn Zentimeter über dem Boden einen Lüftungsschlitz. Wenn ich lange in der Badewanne liege, schiebt Jan da manchmal Quatsch hindurch, um mich zu ärgern. Ungeöffnete Briefe meiner Hausbank, leere Klorollen oder flache Stofftiere. Vielleicht kann ich durch diesen Schlitz … Schon liege ich bäuchlings auf dem Parkett und gucke hindurch. Sehe aber nichts. Außer, dass ich die weißen Badfliesen mal wieder wischen sollte und dass meine Haare ganz schön lang geworden sind, zumindest die, die sich dort auf dem Boden krümmen. Aber wo ist Jan? Es gibt nur eine Erklärung bei einem drei Quadratmeter großen Bad: Er steht in der Badewanne und duscht. Ich überlege gerade, ob ich ihm doch sagen soll, was heute Morgen seine Aufgabe ist, als zwei nasse, nackte Füße, die ich als die meines Freundes identifiziere, unweit meiner Nase auf den Fliesen erscheinen. Ihr Besitzer scheint seine Morgendepression überwunden zu haben und summt zufrieden bis fröhlich vor sich hin, während er sich abtrocknet. Letzteres kann ich bei meiner Sichtbeschränkung natürlich nur mutmaßen. Was, wenn ich ihm jetzt einfach einen charmanten Zettel durch den Lüftungsschlitz schiebe?

»Und was willste da draufschreiben, Marie? BITTE WICHSEN NICHT VERGESSEN?«, meldet sich das Teufelchen, mein alter Freund. O nee. Von dir habe ich ja lang nichts mehr gehört. Ich dachte, du und Engelchen, ihr wärt mit Beate nach Laim gezogen.

»Nun warte doch mal ab ...«, mischt sich das Engelchen mit sanfter Stimme ein. Stöhn.

Die Füße sind immer noch im Bild. Allerdings sehen sie entspannter aus. Jan scheint auf dem Rand der Badewanne zu sitzen. Und dann, ich traue meinen Ohren kaum, *höre* ich eine typische Handbewegung. Und seinen Atem, der allmählich schneller wird. Die Füße wippen ein wenig im Takt. Kann das wahr sein? Das gibt's doch nicht!

Mein Freund duscht *erst* und masturbiert *dann.*

»Und mit dem Perversling willst du ein Baby?«, fragt das Teufelchen und kichert spöttisch.

»Klappe!«, zische ich, leider hörbar. Im Bad kommt jemand kurz aus dem Takt. Macht dann aber weiter. Puh. Ich rolle mich ab und schleiche aus dem Flur zurück ins Schlafzimmer. Ich muss nicht unbedingt einen halben Meter entfernt auf dem Boden liegen, wenn Jan zum Ziel kommt. So was kann ins Auge gehen.

DONNERSTAG, 18. JANUAR 2007 – STURM DER LIEBE

Musik: Thomas D und Nina Hagen: Solo (White Mix)
Getränk: Medium Caramel Macchiato
To Dos: Bodenhaftung bewahren

Um es kurz zu machen: Jan ist voll zeugungsfähig. Es muss also an mir liegen. Nein, Marie, hör auf damit! Ihr versucht es gerade mal seit einem Jahr, und du bist 32 Jahre alt, hast also deinen Fruchtbarkeitszenit schon überschritten, was natürlich kein Anlass zur Sorge ist. Außerdem musst du sogar ein paar Monate von dem einen Jahr abziehen. Den Februar 2006 zum Beispiel, als du mit deinen Freundinnen und ohne deinen Freund 800 Kilometer in die französischen Alpen zum Skifahren gepilgert bist. Abreise in München bei 30 Zentimetern Pulverschnee, Ankunft in Val Thorens auf brauner Wiese. Geschickter Schachzug. Aber das kommt halt davon, wenn man als Teenager zu viel Haarspray in die Atmosphäre jagt. Die Umwelt rächt sich Jahre später mit unvorhersehbaren Wetterkapriolen, und schon sind die schicken neuen Kneissl-Ski zerkratzt. Jedenfalls warst du, Marie Sandmann, just am Abend deines Eisprungs nicht etwa fröhlich mit deinem Freund am Vögeln, wie es sich für ein »übendes« (ich hasse diesen Ausdruck) Paar eigentlich an jedem zweiten Abend gehört, zumindest in der fruchtbaren Woche, besser noch während des gesamten Zyklus! Nein, du hingst würgend über dem Kochtopf, in dem am nächsten Abend in Ermangelung eines Zweitkochtopfes das Thai-Curry zubereitet werden musste, würgend, weil du auch nach achtzehn Jahren Erfahrung immer noch nicht begriffen hast, dass mehr als fünf Sorten Alkohol pro Abend deinem Magen nicht gut tun.

Und den April musst du auch streichen, weil Jan da zur entscheidenden Zeit in Düsseldorf war. Nicht, dass man in Düsseldorf nicht vögeln kann. Aber du warst eben in München. Einen Tag, nachdem auf deinem Clearblue Fertilitätsmonitor (ja, dieser Computer zur Bestimmung der fruchtbaren Tage heißt wirklich so) das verheißungsvolle Ei-Symbol erschienen war, kehrte Jan von seiner Dienstreise zurück. Vielleicht wäre die Sache noch gut ausgegangen (das Baby würde ungefähr ... *jetzt* auf die Welt kommen, o mein Gott), wärst du ein wenig subtiler zu Werke gegangen und hättest deinen Liebsten mit süßen Worten und einer entspannenden Massage empfangen. Locker hätte sich aus solchen Zuwendungen auch am Tag nach dem Aufleuchten des Ei-Symbols noch ein rentensichernder Akt ergeben können. Aber nein, nachdem du vier Tage ungeduldig und fruchtbar gewartet hattest, musstest du den armen Steuerprüfer ja bereits an der Wohnungstür mit einem »Na endlich! Beeil dich, ich ovuliere gerade, vielleicht reicht's ja noch!« empfangen. Ich glaube, solch ein Satz hätte selbst bei einem sexuell ausgehungerten 21-Jährigen, der sich unvermittelt einer nackten und verführerisch lächelnden Scarlett Johansson gegenüber sieht, zum sofortigen Erektionsverlust geführt. Tragischerweise glaube ich nicht mal, dass da bei Jan in diesem Augenblick viel verlustig gegangen ist. Jedenfalls zog er dem Geschlechtsakt einen Abend mit Phil »The Power« Taylor vor dem Fernseher vor und sah lieber stundenlang zu, wie dickliche, schwitzende Engländer Pfeile auf rot-grün-schwarze Scheiben warfen, als sich mit mir zwischen den Laken zu wälzen und ein Kind der Liebe zu zeugen.

»Und???«

»Und was ...?«, fragte Jan verständnislos.

»Wie ist das ... Ergebnis?« Ich konnte ja schlecht im Großraumbüro das Wort »Spermiogramm« in den Telefonhörer brüllen.

»Welches ... ach so. Alles bestens. Alles fit im Schritt, sozusagen!« Ein gewisser Stolz war in Jans Stimme nicht zu überhören, gemischt mit Lässigkeit, als hätte er selbstverständlich schon vorher gewusst, dass seine Schwimmer in gutem Zustand sind.

»Puh ...« Ich war erleichtert.

»Ich zeig dir heute Abend die Ehrenurkunde«, versprach Jan und war sich danach sicher, jetzt, ja, jetzt sofort, ein wichtiges Meeting zu haben.

Na ja. Muss ich diese freudige Nachricht halt alleine feiern. Ich beschließe, heute Mittag rauszugehen. Auf einen Medium Caramel Macchiato beim Kaffeebanditen, im Volksmund auch San Francisco Coffee Shop genannt. Normalerweise geht man in der Medienbranche nicht zum Mittagessen, außer man ist bei Burda, die haben eine Kantine. Und wenn man den kreativen Flow doch mal durch so etwas Banales wie Nahrungsaufnahme unterbricht, dann nie vor halb zwei Uhr nachmittags. Um diese Uhrzeit ist den früh Mittagspause machenden Angestellten der benachbarten Versicherungsgesellschaft der Feierabend schon näher als der zurückliegende Arbeitstagbeginn. Und der Medienschaffende seufzt und fühlt sich ein bisschen arm und ziemlich toll, weil er ja Deutschland noch voranbringen muss und sicher nicht vor neunzehn Uhr »hier rauskommt«, während der Kollege aus der Abteilung Schadensabwicklung Kfz schon zu Hause auf dem Sofa sitzt, Erdnussflips mampft und die Simpsons schaut.

Heute aber, wie gesagt: Ausnahme. Ich fühle mich fast ein wenig, als ob ich etwas Verbotenes tue, als ich beschwingten Schrittes die Arabellastraße entlanglaufe. Ich denke an Jans unternehmungslustige Spermien und meine gesunden Eier, die jeden Monat so brav und fast immer genau an Tag 14 springen, und versuche mir vorzustellen, wie unser Kind wohl aussehen wird, unser Baby, von dem ich nun völlig überzeugt bin, dass es bald in mir heranwachsen wird. Kurz keimt Unbehagen in mir auf, als ich mir das ausmale (das mit dem Heranwachsen ... in meinem Bauch ...), aber ich ersetze es schnell durch schöne Bilder eines hübschen Kugelbauchs, der zärtlich und stolz von Jans Hand gestreichelt wird. Hach, was bin ich optimistisch. Alles wird gut! Was doch so eine kleine Spermaprobe verändern kann!

Wenn man von der Arabellastraße zum Rosenkavalierplatz will, muss man irgendwo zwischen den hohen Bürogebäuden hindurch. Üblicherweise entscheidet man sich für den Fußweg zwischen Hausnummer 17 und 19. Es ist verdammt windig an diesem Donnerstag, dem 18. Januar 2007, und ich habe meinen Kopf gesenkt, damit mir meine Baskenmütze aus beigem Cord nicht vom Kopf weht. Ich merke, dass mir ein Passant entgegenkommt, und weiche nach links aus. Er tut das Gleiche. Ich wechsle auf die andere Seite des Fußwegs, und wieder hat er dieselbe Idee. Noch drei Schritte, dann stehen wir voreinander. Ich grinse, bevor ich aufsehe, und will an ihm vorbeigehen.

»Hallo, Marie«, sagt Paul.
»Hallo, Paul«, sage ich.

Man sagt ja, dass in solchen Momenten die ganze Beziehung, die man mal mit einem Menschen hatte, in einem raschen Film vor dem inneren Auge abläuft, so ähnlich, wie das Leben es zu tun pflegt, kurz bevor es zu Ende ist. Aber ich muss in der Hinsicht enttäuschen. Bei mir läuft kein Best of Paul und Marie. Es läuft eher – gar nichts. Ein Testbild, wie es früher nachts um zwei im Fernsehen flimmerte und nun leider durch fragwürdige Sendungen ersetzt wurde, käme der Sache am nächsten. Testbildblöd starre ich Paul an und bin irgendwie froh, dass er an der Reihe wäre, etwas zu sagen. Ich habe immerhin als Letzte gesprochen, auch wenn es nur »Hallo, Paul« war.

Und dann setzt er mit etwas Verzögerung doch noch ein, der Film. Wenn das kurz vor meinem Tod auch so lange dauert, erlebe ich meine eigene Retrospektive nicht mehr. In Sepia-Tönen und mit dem Lied »Solo« von Nina Hagen und Thomas D hinterlegt – es ist wirklich so, vielleicht sollte ich doch nicht so oft Marienhof gucken – flackern die Bilder an meinem inneren Auge vorbei.

Paul und ich im Biergarten der Max-Emanuel-Brauerei, an jenem 1. August 2002, unser nicht enden wollender Kuss.
Du hast mein Herz geklaut
Paul und ich an einem warmen Septembertag bei offenem
Ich weiß nicht, ob du's gewusst hast
Fenster auf seinem Bett, sein schwerer Körper auf meinem.
Du Schuft hast es getan
Paul und ich auf dem Christkindlmarkt am Chinesischen Turm, Glühwein mit Punsch trinkend.
Hab dich geliebt, als ob es kein Morgen gibt
Pauls SMS »du weißt gar nicht, wie sehr ich dich vermisse« in der Silvesternacht 2002 auf 2003.
Bis der Morgen kam
Paul und ich in der Frühjahrssonne im Englischen Garten.
Du hast mein Herz geklaut
Paul und ich beim Grillen mit seinen Freunden.
Paul, der »mein Schatz« zu mir sagt.
Die Wunden heilen nicht
Paul, der bis nach Sydney flog, um mit mir zu frühstücken.
Paul und ich im warmen Wasser der heißen Quellen in Neuseeland.

Paul und ich, im Bett Sushi essend, uns unter der Dusche liebend.
Pauls letzter Kuss in der Tür meines Hotelzimmers in Leipzig.
Große Mädchen weinen nicht

Er ist über zwei Jahre her. Der letzte Kuss, meine ich. Aber ich kann ihn nun wieder spüren, nun, da mir Paul in dreißig Zentimeter Entfernung gegenübersteht. Später, wenn der erste Schock dieser Begegnung verklungen ist, wird mir auffallen, dass mein persönliches Paul-Video ausschließlich positive (und zumeist im Liegen stattgefunden habende) Erinnerungen abgespielt hat. Aber so ist das nun mal mit Retrospektiven. Dass der Blick in die Vergangenheit verklärt, ist eine unabänderliche Tatsache. Paul steht vor mir. Und sagt immer noch nichts.

Jetzt räuspert er sich.
»Wie … wie geht's dir? Du … du siehst toll aus.«
»Ich … ich«, sage ich, merke, dass ich sein Stottern imitiere und ändere rasch meine Taktik, »du, mir geht's gut, sehr gut sogar!«
»Das sieht man!«, findet Paul und lächelt.

Scheiße. Er sieht besser aus denn je. Muss das sein? Hätte er nicht zwanzig Kilo zunehmen können in den letzten zwei Jahren, idealerweise gepaart mit zwanzig Prozent Haarverlust am Hinterkopf? Oder wenigstens eine blöde Frisur haben? Und wenn das schon nicht, zumindest seine wenig kleidsamen Dreiviertelhosen und die schreckliche Allzweck-Jesusbereifung tragen? Okay, es ist Januar. Und Paul trägt die blonden Haare kurz, wie ich sie mag, seine Schläfen glänzen silbrig. Ich erkenne jede einzelne Linie auf seiner Stirn wieder, die kleine Kerbe in seiner Unterlippe, sogar seine Augenbrauen sind noch genauso ungekämmt wie vor zwei Jahren. Paul trägt einen grauen Anzug mit einem hellblauen Hemd und einer gestreiften Krawatte in Pastelltönen. Leider, leider sieht er darin einfach nur umwerfend aus.

Hoffentlich fragt er jetzt nicht, ob wir einen Kaffee zusammen trinken wollen, denke ich und höre mich sagen:
»Ich wollte gerade einen Kaffee trinken gehen, hast du Lust?«
Okay, jetzt denkt er nicht mehr, dass ich verabredet bin oder auf dem Weg zu einem wichtigen Termin. Im Gegenteil, er hat jetzt den Eindruck, dass ich als einziger Mensch im ganzen Arabellapark mittags *alleine* rausgehe. Oder er denkt sich einfach gar nichts dabei. Ich weiß nicht, was schlimmer ist. Das mit dem souveränen Lächeln, Schweigen und Weitergehen muss ich dringend noch mal üben.

Paul sieht auf seine Armbanduhr.
»Du, supergerne, aber ich habe leider noch einen Termin.«
Da haben wir es. Er hat noch einen Termin. Ich nicht.
»Na dann mal los«, sage ich lachend, »ich muss auch weiter.«
Um alleine einen Kaffee zu trinken? Du warst auch schon mal glaubwürdiger, Marie Sandmann.
»Es war schön, dich zu sehen, Marie«, sagt Paul und produziert auf seiner Stirn ernsthafte Falten, »ich melde mich bei dir!« Im Vorbeigehen streift er mit seiner Hand meinen Oberarm.

Und dann ist er weg.

Irgendwie muss ich zum Coffeeshop gegangen sein, und offensichtlich habe ich auch einen Medium Caramel Macchiato bestellt. Jedenfalls sitze ich nun hier auf einem Barhocker am Fenster und starre nach draußen, wo vereinzelt Menschen vorbeiwehen. Der Wind wird immer stärker. Das Radio läuft und erzählt etwas von einem Orkan namens Kyrill, der sich anschickt, heute über Deutschland zu fegen. Wie passend, denke ich.

Mein Handy spielt die Tatort-Melodie. Sofort schnellt mein Puls in gesundheitsgefährdende Höhen. Das ging aber schnell mit dem »Ich melde mich bei dir«, denke ich und nehme den Anruf an.
»Marie«, ruft meine Kollegin Vera aufgeregt ins Handy, »wo bist du?«
»Mittagspause«, antworte ich unwirsch. Was denkt sie denn, dass ich nach Hause gegangen bin?
»Wir haben gerade eine Mail der Geschäftsführung bekommen«, berichtet Vera, »wir sollen alle bis 14 Uhr nach Hause gehen, wegen der Orkanwarnung, aus Sicherheitsgründen!«
»Sturmfrei?«
»Ja, geil, oder?«
»Super. Du, ich hab alles dabei, ich komme gar nicht mehr zurück«, sage ich froh. »Wir sehen uns morgen! Danke!«

Ich trinke aus, gezahlt habe ich schon am Tresen, hoffe ich, und lasse mich von Kyrill zur U-Bahn wehen. Die ist proppenvoll für zwei Uhr nachmittags, lauter aufgeregte, nach Hause geschickte Arbeitnehmer benehmen sich wie Schüler, denen gerade gesagt wurde, dass der Unterricht ausfällt. Sturmfrei, dieser Ausdruck ist nicht nur mir eingefallen, merke ich schnell. Ich höre dem Geplapper zu und fühle mich wie eine Außerirdische. Mir doch egal, was der Sturm alles wegfegen wird und ob die S-Bahnen heute Abend nicht mehr fahren. Meinetwegen könnte die Frauenkirche heute umfallen oder der Olympiaturm, *I couldn't care less*. In meinem Inneren herrscht nämlich bereits die Ruhe nach dem Sturm.

Und zu allem Überfluss ist heute auch noch mein fruchtbarster Tag des Monats.

SONNTAG, 21. JANUAR 2007 – DU WEISST WO DIE TÜTEN SIND, KLAUS!

Musik: Anajo: Wenn du nur wüsstest
Getränk: Cabernet Sauvignon (Stellenbosch)
To Dos: Keine, weil Sonntag

Warum klingelt eigentlich sonntags ständig das Telefon? Wahrscheinlich liegt es daran, dass die Geschäfte nicht geöffnet haben. Wird echt Zeit für die Lockerung des Ladenschlussgesetzes.
Ich will ehrlich sein: Ich mag es grundsätzlich nicht, wenn das Telefon klingelt. Ich habe dann immer erst mal Angst, es könnte etwas Schlimmes passiert sein, und wenn es nur der Umstand ist, dass meine Steuerberaterin für die Einkommenssteuererklärung 2005 dringend noch die Police meiner Kfz-Versicherung benötigt. Unangenehm finde ich auch die Tatsache, dass ich am Telefon dazu gedrängt werden kann, spontan zu reagieren, eine Sache, der ich nicht vorbehaltlos positiv gegenüberstehe. Mag mit meiner generellen Abneigung Überraschungen gegenüber zusammenhängen.

Lieb dagegen ist mir das leise, freundliche »didldidim« einer frisch eintreffenden E-Mail oder das zarte, unaufdringliche »tock-tock-tock«, mit dem mein Mobiltelefon mir sagt, dass eine SMS oder MMS angekommen ist. Ich kann dann erst mal in Ruhe gucken, wer was will. Kann frei entscheiden, ob ich gerade online bin beziehungsweise ob ich das »tock-tock-tock« gehört habe oder mein Handy vielleicht ganz aus Versehen unter dem Kissen auf der Couch liegt und ich die SMS erst Stunden später bemerke. Anrufen kann ich dann ja immer noch, wenn meine Antwort zu lang für eine SMS ist oder ich nicht so viel tippen möchte.

Aber sag so was mal deinen Freundinnen. Dass Frauen für ihr Leben gerne telefonieren, ist mehr als ein Klischee. Ihm nicht zu entsprechen, wäre ungefähr so widernatürlich, als würde man als weibliches Wesen achselzuckend an cognacfarbenen, kalbsledernen Belstaff-Stiefeln vorbeigehen, die von 469 Euro auf 59,90 reduziert sind. Auch telefoniere ich ja gar nicht so ungern – ich werde nur nicht gerne angerufen. Ich habe das Beate und Marlene nie gesagt, aber sie könnten im Laufe der Jahre eigentlich gemerkt haben, dass ich immer seltener ans Telefon gehe. Wozu gibt es eine Rufnummernübertragung.

»Scha-hatz, Beate ist für dich dran«, ruft Jan und wedelt mit dem Telefonhörer.
Hmpf. Seit ich meine Wohnung mit einem Mann teile, ist es schwieriger geworden, das Telefon zu ignorieren. Ich möchte auf Jan nicht schrullig wirken. Obwohl ich das zweifellos geworden bin, in der langen Zeit des Alleinlebens. Aber weibliche Schrulligkeit kommt bei Männern nicht so gut an.

»Hi, Süße«, sage ich und hoffe, dass nichts Schlimmes passiert ist. Ich habe Glück. Beate möchte einfach nur quatschen.
»Schade, dass du gestern nicht dabei warst«, sagt sie gut gelaunt, »es war echt total witzig!«
»Beate, ihr wart auf einer Singleparty«, informiere ich sie.
»Ja, stimmt. Aber es war trotzdem lustig.«
Und dann erzählt sie mir, dass Marlene einen Typen kennengelernt hat. Marlene? Einen Typen kennengelernt? Auf einer Singleparty? Ich staune.

»Na ja, nicht direkt einen Partygast«, sagt Beate und macht eine die Spannung fördernde Kunstpause. Ich sehe schon einen zwei Meter großen, quadratischen Security-Mann mit Glatze und Stiernacken vor mir, Marlenes Männergeschmack ist manchmal etwas originell.
»So'n Typen von hinter der Bar«, fährt Beate fort, »echt süß. Heute waren sie frühstücken im *Café Schwabing*!«
»Aber kein Student, oder?«
»Glaub schon«, sagt Beate und klingt besorgt, »meinste, das ist sehr schlimm?«
»Nö, vielleicht ist er ja einer der Männer, die kein Problem damit haben, wenn die Frau erfolgreicher ist als sie selbst«, sage ich und glaube selbst nicht daran. Solche Männer sind sehr seltene Exemplare. Max, mein Ex, ist so eins. Er hat genug Selbstbewusstsein, um sich weder über Job noch über Geld zu definieren. Er würde auch mit einer Professorin oder Chefredakteurin klarkommen, solange sie nur ihre Bodenhaftung behielte und sich für Fußball interessierte.

»Und, was gibt's bei dir Neues?«, möchte Beate wissen. Ich zögere. Wie gerne würde ich ihr von meiner – nur auf das Wetter bezogen – stürmischen Begegnung mit Paul berichten. Aber ich scheue davor zurück. Irgendwie habe ich Angst davor, dass Paul wieder den Status eines Themas erlangt, das ich mit meinen Freundinnen diskutiere. Solange ich niemandem davon erzähle, dass ich ihn getroffen habe, kann ich so tun, als hätte ich mir das Ganze nur eingebildet. Ich bin geübt darin, ich habe alle Verdrängungsmechanismen drauf, ich kann sogar an meine eigenen Lügen glauben, wenn ich sie mir nur oft genug erzähle. Ich werde einfach weiterleben und mich mit irdischen Genüssen ablenken. Was früher der Merlot von Tengelmann war, ist heute der sizilianische Nero d'Avola von Garibaldi, die Roten-Gauloises-Schachteln haben heute hässliche »Rauchen lässt Ihre Haut altern«-Aufkleber und müssen auf dem Balkon genossen werden, weil Jan leider Nichtraucher ist, aber die Pfefferminztaler tun immer noch brav ihren Dienst. Es hat sich also nicht viel geändert im Leben der Marie Sandmann, wenn man von den unwesentlichen Tatsachen absieht, dass sie nun seit über zwei Jahren sowohl einen festen Fulltimejob als auch einen festen Fulltimefreund hat.

»Och, nix Besonderes«, lüge ich also. Ich will Beate auch nicht unbedingt erzählen, dass ich mich am Donnerstagabend, als Kyrill über Deutschland fegte, doch noch am Riemen gerissen und Jan zu Befruchtungssex verführt habe. Was ich hätte lassen sollen. Wenn eine Frau keine Lust hat, hat sie keine Lust. Bei Männern ist das einfacher, da kommt der Appetit spätestens beim Essen. Bei mir kam nicht viel, ich jedenfalls nicht. Lediglich Appetit auf Essen stellte sich ein, als wir fertig waren. Aber ich musste ja liegen bleiben. Ganz wichtig, wenn man ein Baby will. Nur nicht ins Bad rennen. Im Gegenteil, lieber eine Kerze machen oder zumindest ein Kissen unter den Po schieben. Und hoffen, dass die Spermien sich ohne schuldhaftes Zögern auf den Weg zum Ei machen und nicht erst mal irgendwo auf eine Halbe einkehren und darüber die Zeit vergessen. Bei Jans »Jungs« bin ich mir da ehrlich gesagt nicht so sicher.

Weil ich schon mal den Hörer in der Hand halte, rufe ich Marlene an und höre mir den *Café-Schwabing*-Bericht an, danach telefoniere ich mit Simon, verabrede mich schließlich für Dienstag mit Alexa, um endlich ihr Baby zu besichtigen, bevor es ins Gymnasium kommt, und schlussendlich wähle ich noch Jennys Nummer in Krefeld. Danach fühle ich mich gut und beliebt. Soziales Leben? Note eins! Zur Belohnung gönne ich mir eine Shoppingtour im iTunes Store und kaufe mir die neue Single von Anajo, »Wenn du nur wüsstest« sowie die neue CD von VirginiaJetzt!. Und da ich gerade online bin, erstehe ich bei Frontline noch rasch ein süßes und reduziertes Kapuzenkleid von Blutsschwester und die Puma Retro Cat Sneakers in grauweiß, die ich schon immer haben wollte. Geld muss fließen.

Jan und ich gehen spazieren im sonnigen und endlich mal unter 12 Grad kühlen Nymphenburg, herrliche anderthalb Stunden Hand in Hand, in denen ich fast gar nicht an Paul denken muss. Dafür tue ich das umso mehr, als wir wieder in der Wohnung sind und jeder an seinem Laptop sitzt. Jan muss noch an einer Präsentation für morgen feilen, und ich lade die Bilder, die ich beim Spaziergang gemacht habe, auf den Rechner.

Schlechte Idee. Das mit den Bildern. Ich muss für sie nämlich einen neuen Ordner anlegen, 070121_nymphenburg heißt er, in solchen Dingen bin ich vom Sternzeichen nicht Waage Aszendent Schütze, sondern Jungfrau Aszendent Buchhalterin. Der kleine gelbe Ordner mit dem undatierten und unscheinbaren Titel »zzz_diverses« befindet sich ganz am Ende meiner Ordnerliste. Und ich weiß genau, dass sich darin nicht Partybilder verbergen, die ich keinem Datum zuordnen konnte, sondern die Bilder aus der Paul-Zeit. Genauer gesagt, viele, viele Bilder, auf denen Paul zu sehen ist, in seltenen Fällen auch Paul mit mir. Meine innere Stimme brüllt in Stadionsprecherlautstärke: »Nicht draufklicken!!!«, doch ich ignoriere sie und öffne den Ordner. Diashow anzeigen? Ja bitte.

Paul in Lederhosen auf dem Oktoberfest. Paul im Englischen Garten. Paul mit einem Bierkrug in der Hand im Taxisgarten. Paul und ich im Gras seines Gartens in Haidhausen liegend, Wange an Wange, mit ausgestrecktem Arm von oben selbst fotografiert. Paul im Wassermann, ein Schnitzel essend. Paul schlafend. Paul Königsberger Klopse kochend. Paul Rotwein trinkend. Paul in Badehose am Kirchsee. Paul mit dem kleinen Sohn von Freunden, der ihn begeistert anstrahlt. Paul auf meinem auberginefarbenen Sofa. Paul auf seinem roten Sofa. Paul mit seinem besten Freund am Grill. Paul nackt auf meinem Bett! Paul in Sydney, mit Bondi Beach T-Shirt und Sonnenbrille. Paul im Fallschirmspring-Overall. Paul in Raglan in Neuseeland. Paul und ich auf dem Sky Tower in Auckland. Paul am Flughafen von Singapur, mit vielen Stirnfalten. Das ist das letzte Foto.

Ich hätte es nicht tun sollen! Zwei Jahre lang habe ich diesen Ordner nicht geöffnet. Aus gutem Grund. Es ist wunderschön, Paul zu betrachten. Sein Gesicht, sein Lachen, seine Linien auf der Stirn, die graugrünen Augen, die kleine Kerbe in der Unterlippe, seine Haare, die an den Schläfen schon grau werden, seinen sportlichen Körper ... Und während ich noch lächle, passiert das Unfassbare. Die Freude wandelt sich ohne Umschweife in Schmerz. Interessant, auch nach über zwei Jahren Abstinenz noch, geht es mir durch den Kopf, bevor mir die Tränen in die Augen schießen.

Zum Glück ist Jan völlig in seine Präsentation vertieft. Ich verhalte mich ruhig, bleibe einfach vor dem Rechner sitzen und lasse die Tränen meine Wangen hinunterlaufen. Gut, dass Tränen keinen Lärm machen. Vier Minuten und zwanzig Sekunden später habe ich mich wieder im Griff. Ein kleiner, heftiger sentimentaler Anfall, er sei mir gegönnt. Aber nun ist es wieder gut, Drama Queen. Du hast ein wunderbares Leben mit einem wunderbaren Mann an deiner Seite. Du hast eine tolle Altbauwohnung in Neuhausen, dem schönsten Stadtteil von München. Du hast tolle Freunde, einen spannenden Job, du bist gesund und dein Konto ist im Plus, was willst du noch? Ein Baby, meldet sich Engelchen, Teufelchen oder die innere Stimme. (Die sind jetzt schon zu dritt.)

Auch wenn ich ein Baby hätte, entgegne ich in einem Anfall von Selbsterkenntnis und Weisheit, wäre ich nicht zufrieden, dann würde mir halt was anderes fehlen. Geld. Arbeit. Freiheit. Schlaf. Figur. Sex. Alkohol. Und so weiter. Bin ich vielleicht nur zufrieden, wenn mir etwas fehlt?

Es musste ja irgendwann einmal passieren, dass ich Paul zufällig treffe. Und auch, dass ich diesen Bilderordner irgendwann mal wieder öffnen würde, war klar. Um das zu vermeiden, hätte ich ihn vernichten müssen. Rechte Maustaste, löschen. »Soll der Ordner ›zzz_diverses‹ wirklich gelöscht und sein gesamter Inhalt in den Papierkorb verschoben werden?« Ja. Und dann noch den Papierkorb leeren, aus die Maus. Schließlich habe ich auch sämtliche E-Mails von Paul und alle SMS, die er mir je schickte, gelöscht. Zumindest aus meinem Outlook und von der SIM-Karte meines Handys. Der Ordner »Die schönsten und romantischsten Mails und SMS von Paul«, der sich in meinem Kopf befindet, ist leider papierkorbresistent.

Ich beschließe, mal zu gucken, was andere Leute so für Probleme haben. Heute ist Sonntag, und Sonntag kommt Lindenstraße. Um 18:50 Uhr. Jetzt ist es 18:20 Uhr. Mist. Aber da fällt mir ein, dass ich die Folge vom 31. 12. verpasst habe. Also sehe ich mir auf www.lindenstrasse.de den Livestream an. Und, surprise, surprise, es wimmelt nur so vor Problemen! Klausi Hase Beimer betrügt seine Frau mit der schönen, wilden Moldawierin Nastya! Ich bin geschockt. Noch geschockter ist Mutter Beimer: »Du weißt, wo die Tüten sind, Klaus.« Nix mehr mit Hase. Als ich mit der Silvesterfolge fertig bin, muss ich mir die von letzter Woche noch einmal ansehen. Leider ist die aktuelle Folge gerade vorbei, als ich damit fertig bin. Aber die kann ich mir ja dann morgen ab 14 Uhr im Livestream anschauen. Internet ist schon was Praktisches.

MONTAG, 5. FEBRUAR 2007 – NAOMI CAMPBELL KANN NICHTS DAFÜR

Musik: Damien Rice: 9 Crimes
Getränk: Hauptsache hochprozentig
To Dos: Fußpflege

Ich beginne den Tag und gleichzeitig die Woche damit, meine Zehennägel zu schneiden, sie zu feilen, die Hornhaut von meinen Fersen und Ballen und der Außenseite der großen Zehen abzuschrubben und durchsichtigen »Nagelweiß«-Lack auf die Zehennägel aufzutragen. Als der Lack trocken ist, buttere ich meine babyweichen Füße mit einer speziellen Fußcreme, die nach Minze und Honig riecht. Als »Foot Soft« vollständig eingezogen ist, sind meine Treter so gepflegt und appetitlich, dass ich mit ihnen sofort Sommersandaletten kaufen gehen würde. Schade, dass noch nicht Mai ist.

Fußpflege hat eine sehr beruhigende Wirkung, überhaupt Körperpflege. Vielleicht daher der Wellness-Boom. Wenn im Inneren das Chaos tobt, tut es gut, das zu hätscheln und zu polieren, was man noch ein wenig besser im Griff hat als die eigene Seele. Gepflegte Füße sind wirklich super fürs Ego, probieren Sie es mal aus. Und der Effekt ist etwa so langfristig wie der beim Spontankauf einer goldenen Friis-Company-Handtasche.

Letzte Nacht träumte ich, schwanger zu sein. Genauer gesagt träumte ich davon, nicht mehr zu rauchen, keinen Rotwein und keinen Sex on the Beach mehr zu trinken und die Abende mit einem guten Buch auf der Couch zu verbringen statt turnend auf den Laken oder Männergeschichten wälzend im *Cord Club*. Morgens erwachte ich mit einem sonderbar glücklichen Gefühl im Bauch, richtig, im Bauch!

Diesmal hat es geklappt. Ich bin mir ganz sicher. Der Traum, dieses Zwicken in den Brüsten – gestern beim Joggen erwog ich sogar die Anschaffung eines Sport-BHs, ein Kleidungsstück, dem ich mich bisher erfolgreich verweigert habe –, und außerdem bin ich einen Tag überfällig. Mein Zykluscomputer zeigt sogar schon seit Samstag ein blinkendes »M« für Menstruation an. Und überhaupt, das wäre doch der Klassiker! Ein Jahr lang leidenschaftlicher Sex an den fruchtbaren Tagen, ohne dass etwas passiert. Und dann, am Tag, als Kyrill über Deutschland fegte, mittags Paul wiedergesehen und abends paralysierten, schockgefrosteten, eher lustlosen Befruchtungssex mit Jan praktiziert. Und schwupps, schwanger! So spielt das Leben. Und der oder die Kleine muss es ja nie erfahren. Sicher befällt mich sowieso eine postnatale Zeugungsvorgangs-Amnesie.

Ich sehe gleich mal im Internet nach, wann denn unser Kind auf die Welt kommen wird. »Tag der Zeugung?« 20. 1., schätze ich. Da müsste mein Eisprung gewesen sein. »Der voraussichtliche Geburtstermin ist Samstag, der 13. 10. 2007.« Hmpf. Kein so besonders schönes Datum. Aber immerhin eine Waage! Kein kleiner Löwen-Terrorist und kein Krebs-Sensibelchen. Ich streichle zärtlich über meinen flachen Bauch und überlege mir schon die Worte, mit denen ich meinem Chef beibringe, dass ich ab September für drei Monate bis Jahre ausfalle. »Hallo Franziska!«, flüstere ich liebevoll, »oder hallo Emil!«. Ja, ich liebe diesen kleinen Zellklumpen jetzt schon. Und vielleicht werden es ja sogar Zwillinge? Die Wahrscheinlichkeit steigt mit dem Alter der Mutter, habe ich gelesen. Außerdem hat Jans Mutter eine Zwillingsschwester.

Beseelt fahre ich ins Büro. Meine Tage hier sind gezählt, denke ich, als die Chefin vom Dienst mich anschnauzt, weil ich einen

Termin fast verpennt hätte. Ich lächle mild und mütterlich, gehe zurück an meinen iMac und denke darüber nach, wie ich es Jan sagen werde. Schühchen kaufen? Nett, aber wenig originell. Schwangerschaftstest auf den Teller legen? Igitt. Außerdem müsste ich dazu erst mal einen machen. Und ich gehöre ja leider zu der verklemmten Sorte Frauen, die so etwas lieber im Internet bestellen, als es in der Apotheke oder Drogerie zu kaufen. Total kindisch, ich weiß. Aber meine Angst, von jemandem, den ich kenne, beim Femtest-Kauf erwischt zu werden, ist größer als meine Scham. Kondome kann ich übrigens mittlerweile mit der gleichen nonchalanten Lässigkeit bei dm erwerben wie Hühneraugenpflaster oder Hämorrhoidencreme. Nur, dass ich keinen der drei Artikel je kaufen muss. Aber zurück zu der freudigen Wahrheit, dass Jan Papa wird.

»Marie?!« Die Textchefin. Hastig klicke ich das Browserfenster mit www.apotheke.de weg. Darunter befindet sich das Fenster mit www.urbia.de und der Satz »Der voraussichtliche Geburtstermin ist Samstag, der 13. 10. 2007«. Und statt meines Mauszeigers sehe ich einen sich drehenden Kreis mit regenbogenfarbenen Dreiecken. »Turning Pizza Wheel Of Death« nennt das unser EDVler, und es bedeutet, dass sich der Mac gerade aufhängt. Panisch nehme ich einen Ausdruck – zum Glück ist es ein Artikel, den ich gerade geschrieben habe, und nicht mein interaktiver Eisprungkalender, der auf dem Stapel daneben liegt – und halte das Blatt Papier direkt vor meinen Bildschirm. »Kann ich das so schreiben?«, frage ich Katja, meine Textchefin, und deute wahllos auf einen Absatz des Geschriebenen. »Gib mir das doch später alles zusammen, wenn der Artikel fertig ist«, erwidert sie irritiert und vergisst zum Glück vor lauter Befremden, was sie eigentlich von mir wollte. Glück gehabt, Marie. Das war knapp.

Als mein Monitor wieder nach Arbeit aussieht und ich säuberlich den Verlauf meines Browsers gelöscht habe, gehe ich aufs Klo. Es stinkt entsetzlich nach Naomi-Campbell-Parfum. Ehrlich, dann lieber Toilettenmief als jeden Tag diesen schwülen Duft. Mir ist schon ganz übel. Aber ist ja auch kein Wunder in meinem Zustand.

Fünf Minuten später sitze ich wieder an meinem Rechner und fühle mich schlecht. Doch Naomi kann nichts dafür. Ich bin nicht schwanger. Das habe ich jetzt rot auf weiß. Dabei war ich mir dieses Mal so sicher. Alles war anders. Angefangen vom Sex über dieses komische Brustziepen, das ich sonst noch nie hatte, bis hin zu latenter Übelkeit. Aber so kann man sich täuschen. Bye bye, Franziska, Emil. Werde ich jemals ein Baby haben? Panik steigt in mir auf. Was, wenn etwas mit mir nicht stimmt? Etwas, das man von außen nicht diagnostizieren kann? Vielleicht sind meine Eileiter verknotet oder mein Körper hat Antikörper gegen Jans Spermien ausgebildet, weil in ihm noch ein anarchistischer Rest von »Wir wollen Paul«-Aufständler-Zellen zurückgeblieben ist? Ich sehe das Trainingscamp bildlich vor mir. Bis an die Zähne bewaffnete Antikörper mit grimmigen Mienen, die »Paul forever«-Plakate hochhalten und gleichzeitig mit Kalaschnikows auf Jans tapfere Soldaten feuern. Und das alles, während ich tapfer im Bett Kerzen mache oder mir Kissen unter den Hintern schiebe. So kann das ja nichts werden.

From: Marie <kl_diva@gmx.de>
To: Jan <JanLangfeld@kpmg.com>
Mo, 05 Feb 2007, 11:32:43
Subject: Alkohol!

Hallo Schatz,

ich kann Ingwerkekse ohne Rezept backen, Wodka trinken, ohne zu schlucken, schmutzige Witze erzählen, ohne rot zu werden, einparken und mir Gute-Nacht-Geschichten für dich ausdenken, bei denen du nach drei Minuten in einen komaähnlichen Schlaf fällst, aber eines kann ich offensichtlich nicht: ein Kind bekommen. :-(Genauer gesagt bin ich nicht mal fähig, eines zu empfangen. Auf Deutsch gesagt: Wieder nix. Ich versteh das nicht. Hinz- und Kunzfrau wird von einmal besoffen Drüberrutschen im Malle-Urlaub schwanger, es gibt alleine in meinem Freundeskreis vier TroPis, und es gibt Frauen, die das zweite Kind gebären, wenn das erste gerade mal neun Monate alt ist. Aber ich werde nicht schwanger! Es ist so unfair. Ich könnte kotzen. Beziehungsweise, ich würde gerne, aber mir ist ja nicht einmal übel!
Jan, ich muss mich heute Abend hemmungslos betrinken, beessen und berauchen. Ich bin so traurig.

Deine Marie

Jans Antwort kommt schnell. Ich freue mich, doch noch während des Öffnens seiner Mail weiß ich: Sie kam zu schnell.

From: Jan <JanLangfeld@kpmg.com>
To: Marie <kl_diva@gmx.de>
Mo, 05 Feb 2007, 11:36:20
Subject: AW: Alkohol!

Liebling,

sei nicht traurig, wir kriegen schon ein Baby, irgendwann. Ich muss jetzt leider weitermachen, habe tierisch viel zu tun, sorry.

Jan

PS: Alkohol ist keine Lösung.

Irgendwann?? Der hat leicht reden. Er hat seine Ehrenurkunde in der Schublade, darf sich als Superhengst fühlen und kann auch mit 40 oder 60 noch fröhlich Kinder zeugen, wenn es mit mir nicht klappt. Er nimmt sich einfach eine junge, gebärfreudige Tussi, während ich mit Angela-Merkel-Mundwinkeln verbittert auf Kugelbäuche und in Kinderwägen starre und Makrameekurse an der Biskaya belege, um auf andere Gedanken zu kommen. Ich werde breite Haarbänder tragen, Kette rauchen, mir die Haare tönen (mit 100 Prozent Grauabdeckung), mir French Manicure machen lassen oder Chefredakteurin werden. Niemand wird »Mami« zu mir sagen, kein kleines Mädchen wird seine warme, klebrige Hand vertrauensvoll in meine legen, für niemanden werde ich der wichtigste Mensch auf der ganzen Welt sein.

Verdammt, warum habe ich nicht früher angefangen, ein Kind zu wollen? Noch vor gut zwei Jahren hatte ich regelrecht Panik, als ich kurz glaubte, von Lorenz schwanger zu sein. Gut,

Lorenz war meine »Vergiss-Paul-durch-Vögeln«-Affäre, mein Übergangsmann, meine Rache an Paul und obendrein verheiratet, Vater einer Tochter und eines Sohnes, der sich damals noch im Bauch seiner Angetrauten befand. Alles in allem keine idealen Voraussetzungen, um sich über Nachwuchs zu freuen. Trotzdem – ich hatte damals generell keine Lust, schwanger zu sein und Mutter zu werden. Nicht mal mit Paul hätte ich vor zweieinhalb Jahren ein Kind haben wollen. Warum nicht? War meinem Unterbewusstsein klar, dass ein Baby mit Paul ein Leben als Alleinerziehende bedeutet hätte? Oder ist Jan einfach der Richtige für mich und deshalb hat Mutter Natur auf den Button »Kinderwunsch on« gedrückt? Diese Vorstellung tut mir gut. Und sie hilft mir, nicht mitten im Büro das Heulen anzufangen. Dafür ist heute Abend noch genügend Gelegenheit.

DIENSTAG, 13. FEBRUAR 2007 – WIE KATE UND PETE

Musik: Moby: Why Does My Heart Feel So Bad?
Getränk: Milchkaffee, schließlich
To Dos: TO DOS 2007.

35 Worte hat Paul vor fast einem Monat zu mir gesagt. Wenn man sein Stottern abzieht, nur 33.
»Hallo, Marie!«
»Wie geht's dir? Du siehst toll aus.«
»Das sieht man!«
»Du, supergerne, aber ich habe leider noch einen Termin.«
»Es war schön, dich zu sehen, Marie.«
»Ich melde mich bei dir!«
Zugegeben, das sind nicht gerade Worte, die eifrige Literaturstudenten in hundert Jahren als Zeugnis deutscher Liebeslyrik

des angehenden 21. Jahrhunderts für ihre Seminararbeiten analysieren werden. Was mich nicht daran hindert, mir jedes einzelne Wort inklusive Pauls Mimik und Tonfall genau gemerkt zu haben. Ich kann alles in beliebiger Reihenfolge und so oft ich will abspulen wie einen Film. Doch Pauls Worte waren nicht entscheidend, auch nicht seine Stimmlage oder sein Lächeln. Entscheidend war die Sekunde, in der er beim Gehen meinen Oberarm mit seiner Hand streifte. Es war keine zufällige Berührung, auch kein Versehen, nein, dieser Körperkontakt war Absicht. Und er sagte: »Ich melde mich bei dir« …

»Mein Gott, Marie, was soll das?« Nein, diesmal sind es weder Engelchen noch Teufelchen, die mir diese Frage stellen. Ich selbst richte sie an mich. Denn ich finde das Bild, das ich im Moment abgebe, selbst etwas lächerlich. Hier sitze ich, an einem Dienstag im Februar um acht Uhr morgens, auf dem Rand meiner Badewanne im dritten Stock in Jans und meiner schönen Altbauwohnung in der Neuhausener Ysenburgstraße. Ich saß schon hier, als Jan mir einen Abschiedskuss gab und zur U-Bahn eilte. Das war vor einer Stunde. Jan nimmt morgens immer die Bahn um 7 Uhr und 7 Minuten.
»Was machst du da, Marie?«, frage ich mich weiter. Seit einer geschlagenen Stunde regungslos dasitzen, Pauls Worte zählen und mich fragen, warum er sich bisher noch nicht bei mir gemeldet hat, ist die ernüchternde Antwort. Und das nach über zwei Jahren Nicht-Sehen. Ich bin in einer glücklichen Beziehung, das Kapitel Paul ist abgeheftet und vorbei, nicht einen müden Gedanken verschwende ich mehr an diesen Kerl. Soweit die Theorie.

Es ist ja nicht so, dass Paul seine Chance nicht bekommen hätte. Nicht eine Chance hat er gehabt – ungefähr hundert hab ich ihm gegeben. In dieser seltsamen Beziehung, die wir führten.

Ich darf mich nicht immer nur an die schönen Dinge erinnern, ich muss unbedingt auch daran denken, wie er mir absagte, als ich damals in frisch gebügelter weißer Bluse und Jeansrock mit frischen Brezn durch den Englischen Garten lief, wo wir zum Picknick verabredet waren. Oder wie er mich ein halbes Jahr später mit einem lapidaren »Bin in Wien und im Stress« abspeiste, nachdem ich einen Tag lang meine Wohnung für ihn geputzt und mich drei Tage lang auf ihn gefreut hatte.

Gut, der warme und lange Sommer 2003 war wirklich schön. Sieben Monate lang waren wir wirklich ein Paar. Mit allem Drum und Dran. Aber vielleicht klappte das damals nur so gut, weil das Verfallsdatum von Anfang an auf unsere Liebe gedruckt war wie auf den Boden einer Kekspackung: 01/10/2003, der Tag, an dem Paul sich ins Flugzeug setzte und nach Lesotho flog, um dort Entwicklungshilfe-PR oder PR-Entwicklungshilfe zu betreiben. Whatever. Danach kam eine schwierige Fernbeziehung, die den Namen »Beziehung« nicht verdiente und in der Paul sich große Sorgen um den drohenden Erfrierungstod eines Oleanders auf seiner Haidhauser Terrasse machte. Die Temperatur meines Seelenlebens kümmerte ihn in dieser Zeit weniger. Ein knappes halbes Jahr später traf ich meinen Freund (?) dann zufällig beim Kippenkauf im Lotto-Toto-Laden am Münchener Max-Weber-Platz – er hatte den Job in Südafrika geschmissen und war zurückgekehrt, ohne mir etwas davon zu sagen.

Paul war dann erst mal damit beschäftigt, sein in Scherben liegendes Leben wieder zu kitten. Das bedeutete unter anderem die Neuanschaffung eines Oleanderbaums. Ich gehörte nicht zu den Anschaffungen, und deshalb war diesmal ich diejenige, die sich in einen Flieger setzte und sich aus dem Staub machte – nach Australien. Dort hatte ich Spaß, fand Freunde, verliebte mich in den roten Kontinent und rief meine Mails nicht ab. Deshalb war ich dermaßen relaxed, als ich Wochen später bei GMX reinguckte und Pauls reumütige Mails las, dass ich ihn spontan zum Versöhnungs-Frühstück einlud. Bei *Hugo's* in Bondi Beach, Sydney, New South Wales.

Ab diesem Tag war wieder alles gut. Zumindest ein paar Wochen lang. Australien, Neuseeland, Paul und ich. Mir hätte damals schon klar sein müssen, dass an solch schwindelerregendem Glück nur eines beständig ist: die Tatsache, dass es nicht lange anhält. Denn kaum waren wir zurück in München, verschwand Paul wieder in seiner Höhle und ließ mich nicht mehr an sich ran. Ignorierte meine Anrufe und fand offensichtlich eine Möglichkeit, meine SMS zu löschen, bevor er sie überhaupt gelesen hatte. Bis ich ihm die Pistole auf die Brust setzte und einem ermatteten Paul nach ein paar Stunden wundervollstem Sex eröffnete, den Vorvertrag für unsere gemeinsame Wohnung unterschrieben zu haben. Dann ging alles ganz schnell. Nicht mehr Sex und Sushi, sondern Schluss mit lustig. Aus die Maus. Am 26. Juni 2004 war das, ich weiß das Datum noch genau.

Zwei Jahre war ich mit Paul, ja, was war ich mit Paul? Zusammen? Oder hatte ich zwei Jahre lang nur eine Affäre mit ihm? Manchmal komme ich mir vor wie Kate Moss. Nicht in Topmodel- oder Drogenkarrierenhinsicht, aber was die schwer erklärbare und noch schwerer zum Verglühen zu bringende Leidenschaft für einen Typen angeht. Natürlich sieht Paul tausendmal besser aus als Hühnerbrust Pete Doherty, aber das tut nichts zur Sache. Dafür sieht Kate besser aus als ich. Solch eine verhängnisvolle Affäre, über die die Umwelt nach einer Weile nur noch seufzend den Kopf schüttelt und sie im besten Fall als unterhaltsame Never-ending Story betrachtet, speist sich nicht aus Äußerlichkeiten. Nein, Kate und ich, wir suchen in Pete und Paul irgendetwas anderes. Einen Teil unserer eigenen Seele? Meine Freundin Lily aus Berlin sagt immer: »Man sucht etwas im anderen, was einem selbst fehlt.« Aber was ist das, was fehlt mir? Ich bin noch nicht draufgekommen.

Aber es ist ein guter Gedanke. Vielleicht komme ich so ja weiter. Ich stehe endlich vom Badewannenrand auf – mittlerweile ist es 8 Uhr 27 – und gehe langsam in die Küche. Jeder Schritt kostet mich Konzentration und Überwindung. Ich setze mich an den Küchentisch, ziehe meinen Notizblock zu mir heran und schreibe auf das leere Blatt Papier:

TO DOS 2007

Herausfinden:
Warum kann ich Paul nicht loslassen?
Was suche ich in Paul?
Wo kann ich es finden?

Drei Fragen, die ich, ich ahne es, nicht bis Mitte März geklärt haben werde. Das hört sich eher nach einer Lebensaufgabe an. Aber sei's drum. Immerhin haben die Fragen mich schon vom Bad in die Küche getrieben, und sei es nur, um sie aufzuschreiben. Ein unbestreitbarer Fortschritt. Und jetzt, da mich meine Aufgabe schwarz auf weiß anleuchtet, bringe ich sogar die Kraft auf, mich wieder von der Küche zurück ins Bad zu bewegen, mich zu duschen, die Zähne zu putzen und meine Haare zu bürsten. Lang sind die geworden, stelle ich fest, als ich sie zum Pferdeschwanz binde. Und auf einmal weiß ich, was ich zu tun habe. Bevor ich mich an die elementaren Fragen meines Lebens mache, muss eine neue Haarfarbe her. Ich kann mein gesträhntes Blond nicht mehr sehen. Auf einmal voller Elan, renne ich fast zurück in die Küche, mache mir einen Milchkaffee und rufe Nadja vom Ponyclub an. Eigentlich hat sie erst Ende der Woche für mich Zeit, aber als sie von meinen Brünettplänen hört und ich ihr andeute, die frisch erschienene ELLE sowohl zu besitzen als auch nicht mehr zu benötigen, erklärt sie sich zu Überstunden bereit. Heute Abend um 20 Uhr wird sie meinem Leben als Blondine ein Ende setzen.

Ich fühle mich viel besser, obwohl auf meinem Kopf noch nichts passiert ist. Aber *in* ihm ist etwas geschehen. Und ich meine nicht den Beschluss, es mit einer neuen Haarfarbe zu versuchen. Ich meine die Entscheidung, überhaupt etwas zu unternehmen. Der Sache mit Paul endlich auf den Grund zu gehen, statt immer nur zu leiden, zu lieben, zu jammern oder davonzulaufen. Du bist halt eine Macherin, Marie, sage ich zu mir selbst und höre ein bisschen Stolz in meiner inneren Stimme mitschwingen.

In diesem Moment fällt mir ein, dass ich etwas Wichtiges vergessen habe. Richtig. Ich bin Angestellte und sollte seit einer halben Stunde im Büro sein. Und dann ist da noch etwas. Heute ist der letzte Tag, an dem ich seit einer halben Stunde im Büro sein sollte. Natürlich weiß ich das nicht erst seit gestern. Es war von vorneherein klar, dass mein Job befristet sein würde. Und die anderthalb Jahre, die ich ihn jetzt hatte, waren sowieso länger als anfänglich geplant. Trotzdem. Es ist immer das Gleiche: Erst ist ein Datum noch ewig hin, und dann ist es auf einmal da. Ich fühle mich ein wenig leer und etwas ängstlich, als ich zum letzten Mal meinen Macintosh hochfahre, zum letzten Mal meine E-Mails abfrage und mich zum letzten Mal darüber ärgere, dass keiner meiner Kollegen das Wasser in der Lavazza-Espressomaschine aufgefüllt hat. Ab morgen bin ich ohne Job. Ohne festen zumindest. 32, unverheiratet, kinder- und arbeitslos. Was für eine Bilanz. Ich beschließe, deprimiert zu sein.

Ausgerechnet Nadja, meine Friseuse, die ich zwar mag, bisher aber ehrlich gesagt nicht gerade zu meiner Beraterin in lebens- und berufsphilosophischen Grundfragen auserkoren hätte, holt mich aus meiner düsteren Stimmung. Während sie die Coloration anrührt, die mein Haar ungefähr genauso dunkel machen wird wie meine derzeitigen Gedanken, hört sie sich das Gejammer über mein verkorkstes Leben an und sagt dann:
»Hast du schon mal was vom 180-Grad-Prinzip gehört?«
»Nee, was soll das sein?«
»Das stand in einer der letzten ELLEs …«
»Aha.«
»Es besagt, dass es nichts Schlechtes gibt, sondern nur die falsche Perspektive«, referiert Nadja, »beziehungsweise, dass man die Dinge immer von zwei Seiten betrachten kann.«
»Wow, mal was Neues!«, spotte ich.
Nadja fährt unbeeindruckt fort: »Ich finde, in deinem Fall trifft das absolut zu. Guck mal. Du siehst gerade nur das Negative. Findest 32 alt, grämst dich, dass du keine Kinder und keinen Ring am Finger hast und keinen festen Job mehr. Aber dreh das doch einfach mal alles um.«
»32 ist jung, keine Kinder und kein Mann bedeutet Freiheit, Arbeitslosigkeit als Chance?«, höhne ich. Und merke, noch während ich spreche, dass da etwas dran ist.

»Ciao ciao, Blondie«, grinst Nadja und trägt die Farbe auf mein Haar auf. Dann sagt sie nichts mehr und werkelt still und konzentriert an meinem Kopf herum. In dem es heftig arbeitet. Eigentlich hat sie recht. So richtig happy war ich nie in meinem Job, weil er mich einschränkte. Und ich konnte mir nie vorstellen, ihn jahrelang zu machen. Jeden Tag die gleiche U-Bahn nehmen, den gleichen Weg ins Büro, die gleichen Artikel recherchieren. Denn im Grunde ändern sich doch nur die Promis, über die ich schreibe. Die Geschichten bleiben die gleichen. Partys, Filme, Klamotten, Sex, Liebe, Hochzeit, Urlaub, Geburt, Betrug, Scheidung, Tod. Und von vorne. Und wer denkt, dass man ständig auf Achse ist, wenn man für ein People-Magazin arbeitet, heute Cannes, morgen Los Angeles, übermorgen die Seychellen, der irrt. Ich war in den letzten anderthalb Jahren ganze drei Mal auf Außenterminen. In Salzburg, Leipzig und einmal in Mailand, wo es nicht nur laut Statistik sehr viel mehr regnet als in München.

Nadja verpasst mir eine ihrer wunderbaren Handmassagen, während die Farbe auf meinem Kopf einwirkt. Ich schließe die Augen und träume von meiner morgen beginnenden Selbständigkeit. Kontakte habe ich mittlerweile genug geknüpft, ich werde also Aufträge bekommen, um Geld zu verdienen. Und dann habe ich da noch eine ganz andere Idee, eigentlich sind es sogar zwei. Vielleicht hilft Jan mir damit. Und wenn ich dann total in meinem Job aufgehe und gar nicht mehr ans Schwangerwerden denke, klappt das bestimmt auch bald.

»Du kannst mit mir zum Waschbecken kommen«, sagt Nadja. Dann wäscht sie mir die Coloration aus, und ich kehre vor den Spiegel zurück.
»Steht dir super. Deine blauen Augen kommen jetzt erst richtig zur Geltung!«
Sie hat recht. Die dunkle Haarfarbe ist etwas gewöhnungsbedürftig, aber meine Augen leuchten eisblau, als würde ich farbige Kontaktlinsen tragen.
»Und was machen wir mit dem Schnitt? Nur Spitzen schneiden …?«

»Hm, was meinst du denn?«
»Also, ich könnte mir bei dir einen angestuften Bob super vorstellen, den Pony lang, der Hinterkopf betont, den Scheitel etwas nach rechts versetzt ...« Nadja zeigt mir Bilder von brünetten Haar-Models mit Bobs. Sie sehen alle klasse aus. Allerdings bin ich frisurerfahren genug, um zu wissen, dass das vorrangig an ihren hübschen Gesichtern liegt. Klar sieht Lena Gercke mit ihrem Kurzhaarschnitt klasse aus. Und auch Muriel Baumeister braucht keine lange Lockenpracht, um von ihrem Gesicht abzulenken. Es gibt sogar Frauen, die noch ohne Haare gut aussehen würden. Ich gehöre nicht dazu.
»Hm, meinst du nicht, dass das zu kurz ist für mein rundes Gesicht?«
Nadja lacht. »Du hast doch kein rundes Gesicht, also wirklich!«
»Nicht?« Ich war immer überzeugt davon, der Vollmondfraktion anzugehören.
»Quatsch. Du hast die perfekte ovale Gesichtsform. Will heißen, dir steht eigentlich jede Frisur.«
Das hört man doch gerne. Und wenn ich schon als Blondine hier reinkam und als Brünette wieder rausgehe, warum dann nicht noch eine radikale Veränderung? Ich mag Veränderungen. Und wenigstens wird nach diesem Ponyclub-Besuch jeder sehen, dass ich beim Friseur war.
»Okay«, sage ich entschlossen, »schneid sie ab. Aber nicht so mittellang, bitte, wenn schon denn schon. Keine halben Sachen.«
Nadja grinst begeistert und klappert mit der Schere. Neben mir wächst ein Berg brünetter Haarsträhnen. Sie sind gut 20 Zentimeter lang.

Als ich gegen 22 Uhr vom Ponyclub nach Hause gehe, bin ich kurzhaarig, gut gelaunt und optimistisch. Ich, Marie, die überzeugte Zweckpessimistin. Aber es ist nie zu spät, neue Wege auszuprobieren. Danke, ELLE, danke, Nadja, danke, gestufter Bob. Ich fühle mich ein bisschen wie Amélie aus dem Kinofilm, mein Äußeres hat jetzt etwas Französisches, finde ich. Ich sperre die Wohnungstür auf.

»Bonsoir?«

Jan ist nicht da. Ich werfe einen Blick auf unseren Küchenkalender. Für Dienstag, den 13. Februar 2007 gibt es zwei Einträge:

Letzter Arbeitstag

und

20h Essen Trimonda AG

Armer Jan. Er hasst Geschäftsessen. Besonders die mit den Schnarchnasen von Trimonda. Aber er wird sicher bald nach Hause kommen, und dann kann ich ihn mit meinen tollen Plänen und Ideen aufheitern.

Ich schnappe mir mein Notizbuch und lese mir meinen Eintrag von heute Morgen noch mal durch:

TO DOS 2007

Herausfinden:
Warum kann ich Paul nicht loslassen?
Was suche ich in Paul?
Wo kann ich es finden?

Ich will erst eine neue Liste anfangen, aber dann füge ich einfach hinzu:

Beruflich:
Aufträge für Artikel an Land ziehen (als finanzielle Basis)
Selbständigkeit der Krankenkasse melden

Businessplan für Idee (SC!) erstellen
Musik-Kontakte aktivieren

Und dann öffne ich meine beste Flasche Rotwein, die ich noch habe und warte auf meinen Freund. Bin gespannt, was er zu meiner neuen Frisur sagt.

00:21 Uhr
»Hey, neue Farbe!«, hat er gesagt. MÄNNER.

SAMSTAG, 17. FEBRUAR 2007 – BY THE RIVERS OF BABYLON

Musik: Boney M, Udo Jürgens, Tony Holiday, Nena, Spider Murphy Gang, Rio Reiser, Erste Allgemeine Verunsicherung
Getränk: Leitungswasser mit Alka Seltzer, Tee
To Dos: Netzsuche

Manchmal habe ich das Gefühl, am richtigen Ort zu sein, mich aber in der Zeit vertan zu haben. Oder im Körper. So wie heute.
Eigentlich ist alles perfekt. Ich bin mit Jan und seinen Freunden auf der Speck-Alm auf dem Sudelfeld in den Bayerischen Alpen. Wider Erwarten liegt ein bisschen Schnee, und man könnte sogar Ski fahren, hätte man die Ski nicht in der Annahme, es läge sowieso kein Schnee, zu Hause im Keller gelassen. Die Sonne scheint von einem knallblauen, wolkenlosen Himmel, die Hütte ist wunderschön und urig und komplett aus Holz, wie eine Skihütte eben zu sein hat. Jan und ich haben ein tolles Doppelzimmer mit Balkon zur Sonnenseite, und mein Handy kriegt kein Netz. Letzteres ist in Tagen des Wieder-mal-auf-

Nachricht-von-Paul-Wartens ein unbestreitbarer Vorteil. Auch das Doppelzimmer ist super, denn mein Eisprung ist ungefähr für Montag prognostiziert, und damit ist dieses Wochenende die perfekte Zeit für Babybeischlaf. Dumm nur, dass ich keine Lust dazu habe. Genauer gesagt, habe ich zu gar nichts Lust. Außer zum Skifahren, aber das geht ja bekanntlich nicht, weil die Ski im Keller in Neuhausen sind.

Ich könnte meine allgemeine Unlust auf meine fiese Erkältung schieben, die ich mir pünktlich zu unserem Kurzurlaub zugezogen habe. Und ich tue das auch, für Jan und die anderen. Aber ich weiß, dass mir etwas anderes als meine verstopfte Nase und mein schmerzender Hals die Laune verdirbt. Es ist natürlich Paul. Beziehungsweise sein Nichtvorhandensein. Aber es ist höllisch kompliziert. Wenn ich wählen könnte, ich wäre gar nicht lieber mit ihm hier. Ich liebe Jan, und es ist alles so entspannt mit ihm, unkompliziert und dennoch voller Gefühl, voll echter Nähe und Wärme. Dennoch sterbe ich innerlich bei dem Gedanken, dass ich nie einen Wintertag in den Bergen mit Paul hatte und auch nie einen haben werde.

Ich blicke aus dem Fenster der Hütte auf die von der Sonne beschienene Piste und sehe mich mit Paul in Skiklamotten dort im Hang stehen, ich kann ihn in allen Details vor mir sehen. Seine schwarze Skihose, die roten Skistiefel, den grauen Fleecepulli, denn heute ist es warm genug dafür. Seine schwarze Sonnenbrille, den dunkelblonden Dreitagebart, die Sommersprossen, die in nur wenigen Stunden auf seiner Nase entstanden sind. Ich kann Pauls Lachen sehen, ich sehe sogar, wie er Ski fährt, obwohl ich das gar nicht wissen kann. Und ich spüre seinen leicht salzigen, sonnigen Kuss auf meinen Lippen, wenn wir Pause machen. Ich bin kurz davor, ihm eine SMS zu schicken. Aber zum Glück kriegt mein Handy ja kein Netz.

Obendrein ist auch noch Fasching. Ich war ja als Kind schon keine besondere Freundin des Verkleidens und des streng datierten Frohsinns, und das hat sich mit dem Alter nicht gebessert. Faschingsdienstag auf dem Viktualienmarkt, den mache ich gerne mit, und nach ein paar frühmorgendlichen Weißbier und drei Wodka-Lemon vor dem Zwölf-Uhr-Läuten wird selbst ein Faschingsmuffel wie ich zwangsläufig lustig. Von wegen, man kann auch ohne Alkohol lustig sein. Ich nicht. Nicht an Fasching.

Heute ist Alkohol tabu, denn ich habe schon vier Wick Daymed intus, und wie die zusammen mit Bier oder Schnaps wirken, habe ich bereits einmal ausprobiert. Es gibt so viele schöne neue Fehler, die ich machen kann.
Von der Sonnenterrasse der Speck-Alm schallt Stimmungsmusik, die man sicher im gesamten Skigebiet hören kann. Hatte ich erwähnt, dass der Hauptlautsprecher an unserem Balkon angebracht ist? *Tanze Samba mit mir, Samba Samba die ganze Nacht! Tanze Samba mit mir, weil die Samba uns glücklich macht. Liebe-, Liebe-, Liebelei, morgen ist sie vielleicht vorbei, tanze Samba mit mir, Samba Samba die ganze Nacht.*

Ich könnte kotzen. Wohin ich auch blicke, nur lustige Menschen, die einen tollen Skitag genießen und denen es richtig gut geht. Ja, haben die denn alle keinen Paul oder keine Paula? Bin ich wirklich die Einzige, deren Herz bei dem Gedanken an eine verflossene Liebe bricht? Ich kann es nicht glauben. So viele Menschen. Deutsche, Holländer, Rheinländer. Kinder, Mädchen, Jungs, Frauen, Männer. Von ihnen mindestens siebzig Prozent im geschlechtsreifen und somit leidensfähigen Alter. Aber keiner leidet. Sie lachen alle. Das kann doch unmöglich an Tony Holiday und seinem bescheuerten Samba-Lied liegen!

Ich brauche ein Netz. Mindestens zwei, besser drei Balken auf dem Display meines Handys. Nein, ich will keine SMS an Paul schicken. Was soll ich ihm auch schreiben?

> *Ich bin im Schnee in den Bergen und wünschte, du wärst bei mir.*

Das wäre nicht die Wahrheit. Ich will Paul gar nicht hier haben, vor allem nicht, wenn ich so verschnupft und elend bin wie heute.

> *Ich bin im Schnee in den Bergen und sterbe gerade beim Gedanken daran, was wir alles nie zusammen gemacht haben.*

Das wäre exakt die Wahrheit. Aber die darf Paul nicht erfahren. Er muss denken, dass ich so rundum glücklich bin, wie ich bei unserer Begegnung angeblich aussah. Ich bin's ja auch. Außer, es ist Fasching und ich bin krank und skilos bei Sonnenschein auf einer idyllischen Hütte.
Nein, ich muss eine SMS an Lily schicken. Sie ist die Einzige, die mir vielleicht helfen kann.

Lily lernte ich im Frühjahr 2006 kennen. Sie ist auf den Tag genau gleich alt wie ich. Aber das ist nicht unsere einzige Gemeinsamkeit. Lily schickte mir eine Mail zu dem Blog, den ich auf der Website meines Magazins schrieb. In meinem Eintrag kam Paul vor, allerdings so verschlüsselt, dass ich nie gedacht hätte, jemand könne ihn erkennen. Lily konnte. »Ich hatte mal eine Affäre mit Paul«, begann ihre E-Mail, aber sie schrieb nicht, wann. Damit zappelte ich an ihrem Angelhaken. Ich musste ihr antworten, um herauszufinden, ob Paul mich mit ihr betrogen hatte. Die siebzehn Stunden lang, die sie mich auf ihre Antwort warten ließ, drehten sich meine Gedanken im Kreis. Hatte er etwas mit ihr gehabt, als er in Lesotho arbeitete? Oder im Jahr davor, als er sich wochenlang nicht bei mir meldete? Oder als ich in Australien war? War Lily die Erklärung für so viele offene Fragen?

»Ich kann dich beruhigen«, schrieb Lily, »meine Affäre mit Paul war vor eurer Zeit. Es war sogar so, dass er quasi mit mir Schluss machte, als er dich kennenlernte. Zufrieden? ;-)«

Ich war erleichtert, aber zufrieden? Nein. Schließlich hatte Paul Lily nie erwähnt. Von seiner Ex Mia aus Stockholm hatte er zum Beispiel berichtet, von anderen Frauen in seinem Leben, und das war auch okay, schließlich war er keine neunzehn mehr. Aber warum kein Wort von Lily? Ich habe es nie erfahren.

Eintausendzweihundertvierunddreißig E-Mails haben Lily und ich uns geschrieben, seit wir uns kennen. Und das waren keine kurzen Chat-Mails, die schnell hin und her gingen, das waren längere, reflektierte, sorgsam ausformulierte Texte. Am Anfang ging es natürlich viel um Paul. Wir verglichen unsere Erfahrungen, vom ersten Sehen über seine Angewohnheit, vertikale Stirnfalten zu machen, wenn ihn etwas beschäftigte, bis hin zu seinem Urschrei beim Orgasmus, bei dem man besser darauf achtete, den Kopf etwas wegzudrehen, um das Risiko eines Trommelfellrisses zu minimieren.

Es gab viele Dinge, die mir weh taten und sicher auch einiges, was Lily verletzte. Zum Beispiel, dass er uns beide »mein Schatz« genannt hatte (und vermutlich noch einige andere Frauen). Oder dass er Lily nie erzählt hat, ob oder wie ihn das Ende der Beziehung mit mir damals schmerzte. Ja, richtig, Lily hat heute noch Kontakt zu Paul. Allerdings nicht als Lily aus Berlin, sondern als Manja aus Rostock. Für eine Geschichte im SZ-Magazin hatte Paul die Fotos gemacht, und es stand ein kleiner Absatz über ihn unter dem Artikel, mit Foto und E-Mail-Adresse. Diese Gelegenheit hatte Lily genutzt, sich Manja ausgedacht, eine E-Mail-Adresse bei web.de angelegt und ihm geschrieben. Klar, dass Paul darauf ansprang. Wer kann schon einer Fan-Mail widerstehen, noch dazu, wenn man ein von sich selbst überzeugter Mann ist und die Mailschreiberin eine ihn anhimmelnde Frau? Wie Lily es geschafft hat, diesen Kontakt bis heute aufrecht zu erhalten, ohne auch nur einmal mit Paul zu telefonieren oder ihn gar zu treffen, bleibt wohl ihr Geheimnis. Auch von Manja hat Paul mir übrigens nie ein Wort erzählt, als wir noch zusammen waren …

Ich brauche also ein Netz, um Lily eine SOS-SMS zu schicken. Dieses Vorhaben gibt mir ein wenig neue Kraft, und als es endlich Abend wird, schaffe ich es, mit Jan hinunter in die Stube zu gehen. Wir setzen uns zu den anderen, alles Freunde und Arbeitskollegen von ihm. Ich mag sie eigentlich, aber heute könnten Chris Martin von Coldplay, Robert Redford, Herbert Knaup und Suzanne von Borsody mit mir am Tisch sitzen und ich würde nicht in Stimmung kommen. Der DJ legt tatsächlich »Anton aus Tirol« auf, ich glaube es kaum. Und das in einer Lautstärke, die meine ohnehin schon zugeschwollenen Stirnhöhlen fast zum Platzen bringt.

»Mach doch nicht so ein trauriges Gesicht, Spatz«, muntert Jan mich auf.
»Mir geht's halt nicht gut«, fauche ich ihn an, giftiger als beabsichtigt. O Gott. Ich bin eine verschnupfte Superzicke.
»Sorry«, relativiere ich, während der DJ »Die Hände zum Himmel« ertönen lässt, »ich bin echt schlecht drauf, und hier ist es so laut und verraucht …«
Natürlich hat Jan Verständnis. Der Gute. Würde meine Nase

nicht schneller laufen, als ich mich schnäuzen kann, ich würde ihn knutschen.

Ich trinke einen Pfefferminztee und halte eine Dreiviertelstunde lang durch, dann verabschiede ich mich zu den Klängen von »Eine neue Liebe ist wie ein neues Leben«. Im Zimmer ziehe ich meine Bergstiefel an und meinen Skianorak. Ich verstaue mein Handy in meiner Jackentasche und trete auf den Balkon. Irgendwo muss man hier doch hochklettern können. Ah, da. Die Abtrennung zum Nachbarbalkon. Sieht stabil aus. Ich putze mir noch einmal die Nase, huste ordentlich ab und beginne dann mit dem Aufstieg. Wie ein Bond-Girl fühle ich mich, nur ein wenig unförmiger in meiner Skijacke. Und ich schaffe es tatsächlich, das Dach der Hütte zu erklimmen! Es ist nicht sehr steil und dank globaler Erwärmung schneefrei. Oben angekommen, setze ich mich neben dem Kamin auf den Dachfirst. Aus dem Kamin kommt Musik. Sie sind gerade bei »Marina, Marina, Marina«. Dieses Lied mag ich. Fast schade, dass ich krank auf dem Dach hocke, statt gesund mit Jan zu tanzen.

Über mir erstreckt sich ein gigantischer Sternenhimmel, doch ich habe nur einen kurzen Blick für ihn übrig. Ich fummle das Handy aus meiner Tasche und klappe es auf. Hurra! Drei Balken! Ich reiße die Arme in die Höhe und lasse um ein Haar das Mobiltelefon fallen. Ups. Das wäre jetzt ganz doof gewesen. Lieber rasch die SMS versenden, die ich im Warmen selbstverständlich schon mal vorbereitet habe.

Süße, ich bin am Ende. Hier feiern alle Fasching, es läuft Gute-Laune-Musik, und ich bin krank und sterbe beim Gedanken daran, nie einen Winter-Schnee-Berg-Hütten-Tag mit Paul erlebt zu haben und auch nie einen mit ihm zu erleben. Hilf mir bitte!

Hmpf. Vielleicht hätte ich hinzufügen sollen, dass ich nicht nur sterbenskrank bin, sondern in diesem Zustand und bei minus fünf Grad auf dem Dach der Skihütte sitze, in der unten der Bär steppt. Zu »Schickeria« von der Spider Murphy Gang im Übrigen. Aber Lily hätte sich vermutlich ernsthafte Sorgen um mich gemacht. Sie kann ja nicht wissen, dass O^2 in der Hütte nicht funktioniert, sondern nur *auf* ihr. Ich komme auf die glorreiche Idee, Lily anzurufen. Was dank der drei Balken auch ohne Probleme funktioniert. Leider geht sie nicht ran.
Auch während »Lemon Tree«, »Amarillo« und »Weus'd a Herz hast wia a Bergwerk« warte ich vergebens auf eine Antwort meiner Freundin. Und beschließe bei »You're My Heart, You're My Soul«, vom Dach zu steigen, um diesen schrecklichen Tag wenigstens körperlich einigermaßen heil zu überleben.

Alte Bergsteigerregel: Rauf ist immer einfacher als runter. Ich sitze am Rand des Dachs und traue mich nicht runter. Was, wenn ich abrutsche und über das Balkongeländer stürze? Dann falle ich auf die betonierte Terrasse unter dem Balkon und breche mir das Genick.
Alte Bergsteigerregel Nummer zwei: Runter kommen sie alle. Es muss einen anderen Weg geben. Ich klettere vorsichtig das Dach wieder hoch und sehe nach, ob es eine andere zum Abstieg geeignete Stelle gibt. An der Nordseite der Hütte reicht das Dach relativ nah an den Hang heran. Ein, zwei Meter weit müsste ich springen, dann könnte ich weich und sicher im riesigen Schneehaufen landen, der dort aufgetürmt ist. Ein, zwei Meter, das ist nicht wirklich weit. Als Kind bin ich bei den Bundesjugendspielen drei bis vier Meter weit gesprungen. Glaube ich. Allerdings mit Anlauf und in eine Sandgrube, nicht vom Rand eines Daches in einen Schneehaufen. Trotzdem. Das schaffe ich. Ich stelle mich im Ausfallschritt an den Rand des Daches. Eins, zwei, drei …

Im Fallen spüre ich das Vibrieren meines Handys in der Jackentasche. Lily hat geantwortet! Das war knapp. Ich grabe mich aus dem Schneehaufen. Mein Einschlagkrater war tiefer als vorher angenommen. Gut, dass ich zwar in die erleuchtete Hütte hineinblicken kann, aber niemand von drinnen mich sieht. Ich putze mir den Schnee von den Klamotten und schleiche mich durch den Hintereingang der Hütte wieder auf unser Zimmer. Wäre ich nicht so krank, ich würde mich großartig fühlen. Ich dusche heiß und öffne Lilys SMS noch nicht. Sie war so teuer erkauft, ich möchte sie mir noch ein wenig aufsparen.

Mit endlich warmen Füßen ins Bett gekuschelt, greife ich nach meinem Handy. »2 Mitteilungen empfangen«, informiert mich das Display.

> *Süße, gräm dich bitte nicht zu sehr. Wenn du mit Paul in den Bergen sein solltest, wäre das jetzt auch so. Aber du bist mit Jan auf der Hütte. Denk daran, das L[Textteile fehlen]*

Woran soll ich denken? Hastig öffne ich SMS Nummer zwei.

> *Ich sehne mich nach dir, mein Herz.*

Wie bitte? Ich sitze wie versteinert im Bett. Mit zitternden Fingern klicke ich einen Menüpunkt zurück, zum Absender dieser SMS, obwohl ich natürlich längst weiß, von wem sie ist. Die Nummer beginnt mit 0161 und ist mir wohl bekannt, auch wenn ich sie seit einiger Zeit aus dem Speicher meines Handys gelöscht habe.

In meinem Inneren tobt das Chaos. Ich werde erst mal nicht erfahren, woran Lily mir empfiehlt zu denken. Aber ich schätze, es ist eher nicht Paul, der sich nach mir sehnt, wie ich jetzt weiß. Und das alles, weil ich bei Schnee und Eis fiebernd auf das Dach einer Skihütte geklettert bin, statt mit meinem Freund unten Fasching zu feiern.

Super, Marie Sandmann. Nach zwei Jahren glücklicher Beziehung mit Jan, nach zwei Jahren, in denen es Tage, ja sogar Wochen gab, in denen du keinen einzigen Gedanken an Paul verschwendet hast, und nur ganz selten Nächte, in denen er in deinen Träumen auftauchte – nach diesen zwei Jahren musst du doch endlich über ihn weg sein!

Ich sitze im Bett und verfluche den Umstand, dass dieser Mann nicht einfach einen Job in Singapur, Buenos Aires oder zumindest Hamburg antreten und mich hier in München in Frieden lassen konnte. Vielleicht wäre es sogar am besten gewesen, er wäre damals nicht früher als geplant aus Lesotho zurückgekehrt, sondern für immer dort geblieben. Ich hätte zwar das schönste Frühstück meines Lebens, damals an diesem sonnigen Sonntag am Strand nicht erlebt, ebenso wenig wie unsere gemeinsame Reise durch Australien und Neuseeland. Aber wenn man nicht weiß, was man verpasst, ist das auch gar nicht schlimm. Jedenfalls hätte er mir damit ganz schön viel Herzschmerz erspart.

»Na, mein Spatz?« Ich erschrecke dermaßen, dass ich mein Handy, das ich immer noch aufgeklappt und wie hypnotisiert in der Hand halte, im hohen Bogen durch das Zimmer schleudere, statt es einfach auf den Nachttisch zu legen. Es fliegt krachend gegen den Bauernschrank, fällt dann zu Boden und schlittert über den Parkettboden direkt vor Jans Füße.
»Ups«, sagt er nur, hebt es auf und wirft einen Blick auf das Display. Mir bleibt fast das Herz stehen. Was, wenn er die SMS liest, die vielleicht immer noch geöffnet dort steht?

Ich sehne mich nach dir, mein Herz.

Als Nachricht von Beate oder Lily kann ich die wohl schlecht ausgeben. Abgesehen davon, dass »Paul« drüber steht. Ja, ich habe vorhin, während ich meinen Erinnerungen nachhing, Pauls Namen und seine Nummer wieder in meinem Handy gespeichert. Aber nur, weil ich Unordnung nicht leiden kann.
»Geht noch«, sagt Jan nur, gibt mir mein zugeklapptes Handy und setzt sich auf den Bettrand. »Sorry, ich wollte dich nicht erschrecken«, fährt er fort und lächelt mich so lieb an, dass ich nicht davon ausgehe, er könne die SMS gelesen haben. »Na, geht's dir ein bisschen besser?«
»Nicht wirklich«, antworte ich wahrheitsgemäß und huste zur Bekräftigung herzhaft. »Ich glaube, ich habe Fieber!«
Jan legt seine warme Hand auf meine Stirn. »Nicht lebensbedrohlich«, sagt er, »aber bleib lieber im Bett. Unten ist es ehrlich gesagt eh nicht so wahnsinnig lustig. Kann ich dir noch was bringen? Einen Tee?«
Ach, ich liebe ihn. Nicht, weil er mir einen Tee bringen möchte, sondern weil er auf den Gedanken kommt, ich könne einen Tee benötigen. Weil er mich nicht vergisst, während er mit seinen Leuten Alkohol trinkt und feiert.

SAMSTAG, 24. FEBRUAR 2007 – DU KENNST MICH, ICH BIN EIN STREUNER

Musik: Anajo (live)
Getränke: Gin Tonic
To Dos: Glück festhalten

Eine Woche ist vergangen. Eine Woche, seit ich am Sudelfeld nachts auf das Dach der Speck-Alm geklettert bin, eine Woche, seit ich meine berufliche Selbständigkeit begonnen, sprich, nichts mehr gearbeitet habe. Und eine Woche, in der ich wieder und wieder Pauls SMS gelesen habe (der keine zweite mehr folgte):

Ich sehne mich nach dir, mein Herz.

Der zweite Teil von Lilys SMS kam übrigens einen Tag später auch noch an. Vollständig lautete ihr Ratschlag an mich:

Süße, gräm dich bitte nicht zu sehr. Wenn du mit Paul in den Bergen sein solltest, wäre das jetzt auch so. Aber du bist mit Jan auf der Hütte. Denk daran, das Leben ist kein Ponyhof. Bitte, werd endlich erwachsen und mach dir das bewusst, was du hast – einen tollen Freund, ein tolles Leben – und nicht immer das, was du nicht hast. Paul liebt dich nicht, er hat es vermutlich nie getan. Und du liebst ihn auch nicht, du liebst nur dein Drama. Also reiß dich zusammen …!!! Kuss, Lily

Gut, dass ich diese Zeilen auf der Hütte nicht lesen konnte. Die Aufforderung »reiß dich zusammen« kann ich grundsätzlich nicht leiden. Und ich kann ehrlich behaupten, das noch nie zu jemandem gesagt zu haben. Obwohl es mir schon oft auf der Zunge lag, zum Beispiel letzten Dienstag, als ich mit Beate italienisch essen und Veneto Spritz trinken war.

»Ist er nicht süß???«

»Wer?« Ich kam wieder mal nicht mit. Gerade ging es noch darum, dass Beate die Nase voll hat von Arien und dem Singen in kalten Kirchen und gerne in einer Band mitwirken würde, Jazz oder deutscher Indie-Pop oder so.

»Na, Dennis!«

»Dennis?«
»Marie!« Beate sah mich tadelnd an.
»Sorry, ich hab's aufgegeben, mir die Namen all deiner Männer zu merken.«
»So viele sind es auch wieder nicht«, sagte Beate beleidigt, »und außerdem bin ich seit einem halben Jahr clean!«
»Clean?«
»Kein Sex!«, erläuterte Beate nicht ohne Stolz.
»Und wer ist jetzt Dennis?«
»Der Bruder von Britta.«
Britta ist eine gute alte Freundin von Beate, die ich auch sehr mag.
»Britta hat einen Bruder?«
»Mensch Marie, Dennis war doch neulich auf Brittas Geburtstagsfeier im Cord dabei, ich habe ihn dir doch gezeigt!« Allmählich wurde Beate etwas ungehalten. Ich riss mich zusammen.
»Ja klar, ich erinnere mich ...«, log ich und ging dabei im Geiste angestrengt den Partyabend und die anwesenden Männer durch. Dann fiel mir ein, wer Dennis war.

»Der KLEINE Bruder von Britta???«
»Na ja, wenn du einen Meter neunzig klein findest ...«, kicherte Beate und wurde rot.
»Du weißt schon, was ich meine. Wie alt ist der denn? Ich meine, wenn einer schon Dennis heißt ... Wann war der Name unter den beliebtesten Vornamen? 1985?«
»Demi Moore und Ashton Kutcher sind auch total glücklich miteinander, schon lang!«, entgegnete Beate anstelle einer Antwort.
»Beate. Wie. Alt. Ist. Er.«
»Fast 28!«
»Also 26.«

»Öhm, ja.«

»Beate! Muss ich dich an die Geschichte mit Hansi erinnern?«, mahnte ich sie. Hansi war Beates Wiesnflirt 2005. Damals süße 25, wirklich ein hübscher, intelligenter, charmanter Junge, aber leider noch nicht bei Mama ausgezogen. Beziehungsweise nur körperlich. Als das Oktoberfest vorbei war und er ohne die dämpfende Wirkung von Bier in den Kosmos einer 31-Jährigen eintauchte, machte er sich zeitnah vom Acker.

»Dennis ist ganz anders. Der weiß, was er will.«

»Heiraten und Kinder kriegen?«

»Nur weil du das willst, ist das nicht das Ziel aller Frauen über dreißig.«

Das saß. Und ich wunderte mich. Hatten sich Beates Ziele und Wünsche so verändert in letzter Zeit? Und wenn, warum hatte ich das nicht bemerkt? Vielleicht war ich zu sehr mit mir selbst und meinem Kinderwunsch beschäftigt? Ich holte Luft, um Beate zu einem Update aufzufordern, da trällerte sie los:

»Jedenfalls ist Dennis sooooo ... oooooooh! Aaaaaaaah!« Sie fügte noch einen quietschenden Kiekslaut an und wedelte mit Händen und Unterarmen, als wolle sie wegfliegen. Wie ein Huhn, das gerade ein Ei gelegt hat, dachte ich und wich den amüsiert-neugierigen Blicken der Leute an den anderen Tischen des *Nero* aus. Ich mag das überschäumende Temperament meiner besten Freundin, aber wenn sie verliebt ist, benimmt sie sich unmöglich. Dann ist es mir ehrlich gesagt lieber, wenn wir gerade auf einem unserer Spaziergänge im nördlichen Englischen Garten sind, fernab irritierbarer Zivilisation.

»Aha«, erwiderte ich deswegen betont nüchtern. Und verkniff mir das »Reiß dich zusammen!«. Was nützt das denn schon. Zusammenreißen gehört ins Berufsleben.

Zurück zu Lilys SMS.

Paul liebt dich nicht, er hat es vermutlich nie getan. Und du liebst ihn auch nicht, du liebst nur dein Drama.

Autsch. Das tut weh. Und das Blöde ist, ich kann Lilys Meinung nicht so einfach als unqualifiziert abtun. Schließlich kennt sie Paul, länger als ich sogar, schließlich hat sie mit ihm geschlafen … Noch mehr autsch. Was, wenn Lily recht hat? Ich meine jetzt weniger mit »Paul liebt dich nicht«. Ob er mich geliebt hat, liebt oder je lieben wird, entzieht sich meinem Einfluss. Aber Lilys Satz »du liebst nur dein Drama«, der macht mir zu schaffen. Ich ahne, dass da was dran ist. Dieses süße, schmerzhafte und heftige Herzklopfen, das ich hatte und immer noch habe, wenn ich an meine Begegnung mit Paul im Arabellapark denke oder seine SMS lese – wie habe ich es vermisst. Es, nicht ihn. Ihn schon auch. Aber mehr vielleicht noch Pauls Nebenwirkungen. Hormone sind schon eine geile Droge. Adrenalin, Endorphine – was andere sich mühsam erjoggen, bekomme ich einfach so, frei Haus durch eine SMS. Alternativ durch keine SMS, wenn es eben Paul ist, der schweigt. Mit Paul war mein Leben ein ständiges Abenteuer, mir war nie langweilig, ich hatte immer etwas, worüber ich nachdenken konnte. Habe ich wirklich Drama mit Liebe verwechselt? Vielleicht bin ich einfach nur verdorben durch zu viele Bücher und Filme, in denen die Liebe, die wahre, große und unsterbliche, schließlich nie einfach nur schön und angenehm ist, sondern stets mit Schmerzen verbunden, mit reißender Sehnsucht, mit Tragik, Leidenschaft und Hass – großem Kino eben. All das hatte ich mit Paul, klar, dass ich ihn deshalb für meine große Liebe hielt.

Mit Jan hingegen ist alles easy, gelassen, warm, ruhig und einfach schön. Wenn Jan sich mal nicht meldet, habe ich keine Angst, dass er in den Armen einer anderen liegt, und wenn er geschäftlich unterwegs ist, liege ich nicht von Eifersucht zerfressen in meinem Bett und wälze mich schlaflos hin und her. Jan sagt mir selten, dass ich das Wichtigste in seinem Leben bin, aber ich spüre es täglich. Und bei Paul? Sogar als ich mit ihm zusammen war, damals, im Jahrhundertsommer 2003, war ich eifersüchtig. Auf seine Ex, auf seinen Beruf, auf seinen Oleander. Und hielt meine Eifersucht selbstverständlich für den Beweis meiner riesengroßen Liebe.

»Gehen wir?« Jan steht in Jacke und Turnschuhen vor mir und wedelt mit zwei rechteckigen Stück Papier.
»Wie, was, jetzt schon?!?« Ich blicke auf die Uhr. Kurz nach acht! Um halb neun sind wir mit Beate, Marlene und Susanne im *Backstage* verabredet. Ich springe vom Sofa auf und renne zum Spiegel. Jeans, langärmliges Billabong-Shirt, passt. Und etwas Rest-Lidschatten von heute Morgen ist auch noch da. Ich frage mich echt, wohin das Zeug immer verschwindet. Jeden Morgen bastle ich eine Schicht davon auf meine Augendeckel, die jeden Abend wieder so nackt sind, als habe sie nie ein Applikator berührt. Wimperntusche hat da mehr Stehvermögen. Ich nehme schnell ein Q-Tip und überzeuge den Eyeshadow, der es sich in der Lidfalte gemütlich gemacht hat, sich wieder auf mein Augenlid zu begeben. Rasch noch etwas Puder auf die Nase, Haare gekämmt, Stiefel an, Jacke geschnappt und ...

»Fertig!« Ich strahle Jan an. Er rollt belustigt mit den Augen. Im Treppenhaus fällt mir ein, dass ich meine Zigaretten vergessen habe. Backstage-Konzert ohne Rauchen, das geht gar nicht.
»Darf ich dich an deine lebensbedrohliche Bronchitis von letzter Woche erinnern?«, sagt Jan und guckt besorgt, als ich mitsamt Gauloises-Packung wieder auftauche.
»Ach was«, huste ich – immerhin bin ich gerade zweieinhalb

Stockwerke rauf- und wieder runtergerannt – »es geht schon wieder!«
»Was geht wieder? Die Raucherei?«
»Na hoffentlich!« Um Jan zu ärgern, huste ich noch mal, obwohl ich gar nicht muss. Und amüsiere mich über seinen tadelnden Blick.
»Aber ich darf mich nicht mehr betrinken«, nölt er, als wir die Nymphenburger Straße überqueren, »das Handy nicht mehr in der Hosentasche haben, keine engen Shorts mehr tragen und nicht mehr in die Sauna gehen! Du hingegen rauchst eine nach der anderen ...«
»Nun mach aber mal halblang«, lache ich, »diese Schachtel habe ich mir vor drei Wochen gekauft, und es sind immer noch acht Zigaretten drin!«
»Ja, weil du zwei Wochen lang krank warst«, sagt Jan. Mist. Zum Glück haben wir mittlerweile die Bushaltestelle erreicht, an der Marlene und Susanne schon auf uns warten.

Bussi links, Bussi rechts, Susanne findet meine Haare sehr dunkel, meint aber, dass mir das gut steht. Bus kommt.
»Hoffentlich ist es nicht so verraucht heute Abend«, hofft Marlene, als wir die Wendl-Dietrich-Straße entlangfahren.
»Wieso?«, frage ich misstrauisch. Als ich das letzte Mal mit Marlene weg war, haben wir fröhlich gequalmt!
»Hab ich noch gar nicht erzählt? Ich habe Asthma!«, berichtet Marlene.
»Woher denn das auf einmal?«, frage ich schockiert.
»Du, das kam durch meinen Heuschnupfen«, erzählt Marlene und betont, dass Rauchen sowieso das Allerletzte und sie froh sei, dieses Laster für immer los zu sein. Ich hoffe nun auf Susanne und Beate. Wie gesagt. Ein Abend im Backstage ohne Zigaretten ...
Als wir in die Halle kommen, spielen bereits KLEE. Ich mag die

Band, aber bei ihrer Liveperformance merkt man leider deutlich, was Computer heute können. Suzie singt ebenso engagiert wie schräg. Und dann kommen endlich die Augsburger auf die Bühne: Anajo. Ich bin glücklich. Denn die Anajo-Songs sind mittlerweile paulfrei. Jan war es, mit dem ich Anajo das erste Mal live gehört habe. Ich zünde mir eine Zigarette an, ignoriere Marlenes demonstratives Gehuste, das wohl nach Asthma klingen soll, und singe laut mit:

Du kennst mich, ich bin ein Streuner
Ein notorischer Träumer, ich verliebe mich schnell
Du weißt, es zieht mich irgendwie weiter
Wie den einsamen Reiter zum nächsten Duell

O nein, ich denke dabei gar nicht an Paul, diesen notorischen Streuner. Nein, nein, nein. Ich schmiege mich an Jan und bin glücklich, hier und jetzt und mit ihm. Ich bin glücklich. Ich bin glücklich. Manchmal muss man sich eben ein wenig anstrengen, um das Glück zu spüren. Aber es klappt.

MONTAG, 26. MÄRZ 2007 – DER FLIBBERGLUBB

Musik: Aldiana Clubsong
Getränke: All inclusive
To Dos: Essen, trinken, Tage zählen

Es gibt Vorurteile, die sich als unbegründet herausstellen. Gemeinhin unterstellt man Vorurteilen gerne mal die Eigenschaft, unreflektiert und unfair zu sein. Das gilt nicht für meine Vorurteile gegenüber einem Cluburlaub.

Ich hätte es wissen müssen. Schließlich habe ich die Welt bisher nicht mit einem Rucksack bereist, weil mich jemand dazu gezwungen hätte oder ich mir kein Samsonite-Hartschalenset leisten konnte. Und es kommt wohl auch nicht von ungefähr, dass zu meinen schönsten Urlaubserlebnissen die Fahrt mit einem Camper durch das australische Outback gehört. Freiheit, Ungebundenheit, Abenteuer und Herausforderungen, das gehört für mich dazu, damit ich abschalten und mich erholen kann.
Ideale Voraussetzungen, um eine Woche Club Aldiana Fuerteventura zu buchen. Aber es ging nicht anders. Am 2. April beginnt meine Selbständigkeit, und die Woche davor, Ende März, Urlaub zu machen passte perfekt in meinen Zeitplan. Also sagte ich begeistert zu, als Marlene mich fragte, ob ich mit ihr und zwei weiteren Freundinnen nach Fuerteventura mitkommen wolle. Sonne, Palmen, Meer, das kann gar nicht so schlimm werden, dachte ich.

Es konnte. Und es fing bereits am Münchner Flughafen an.

»Ich habe leider keine drei Plätze mehr nebeneinander«, sagte die Condor-Mitarbeiterin am Check-in zu Marlene, Simone und mir. Betty, die vierte im Bunde, lebt in Berlin, deswegen flogen wir nur zu dritt von München.
»Oder warten Sie mal …« Sie tippte auf ihrem Computer herum. »Wissen Sie was, ich setze sie in die 2 A bis C. Diese Plätze halten wir normalerweise für Eltern mit Babys frei, aber …« – erneutes Tippen und ein Blick auf die Wartenden hinter uns – »… heute haben wir gar keine Kleinkinder an Bord!«
Erfreut nahmen wir unsere Bordkarten in Empfang und machten uns auf den Weg zum Gate. Draußen lag Schnee, die Maschine hatte Verspätung, der Lufthansa-Kaffee war eine Frechheit, aber die Stimmung war gut.

Und zwar exakt bis zu dem Moment, an dem wir unsere Plätze im Flieger einnahmen. Reihe 1 A bis C sowie D bis F waren bereits belegt – von zwei Paaren mit Baby. Der Vater vor mir drehte sich zu uns um und sagte grinsend: »Herzlichen Glückwunsch, das gibt jetzt vier Stunden Terror bis Fuerteventura!«
»Werden wir ja sehen, wer hier wen terrorisiert«, knurrte Marlene leise und streckte dem kleinen blonden Jungen, der sie über die Kopfstütze des Vordersitzes anlächelte, die Zunge raus. Der Kleine fing an zu brüllen. Seine Eltern warfen uns böse Blicke zu. Wir hatten die Parkposition noch nicht mal verlassen.

In der Luft wird es sicher noch schlimmer, befürchtete ich. Und es wurde schlimmer. Das Praktische an zwei Einjährigen in Reihe 1 eines Flugzeugs ist, dass sie sich mit dem Schreien abwechseln können. Wenn der eine erschöpft ist, übernimmt einfach der andere. Ferner lernte ich auf diesem Flug, der gefühlte zehn Stunden dauerte, dass man bei kleinen Kindern unbedingt konsequent sein muss. Will meinen: Man hebe den Kopfstützenschonbezug, den der kleine Hosenscheißer abreißt und einem freudestrahlend in den Schoß wirft, tunlichst nicht auf. Außer, man hat Lust auf das stundenlange Spiel »Ich schmeiß runter, du hebst auf«. Ganz ungünstig ist es, den Kopfstützenschonbezug viermal aufzuheben und beim fünften Mal nicht. Mir war nicht klar, wie laut so ein Knirps brüllen kann.
»Oh, war die Tante gemein zu dir?«, fragte die Mutter ihren Sohn.
»Ich war nicht gemein zu Ihrem Terrorzwerg, ich hatte lediglich keine Lust mehr, sein dämliches Kopfstützenschonbezugrunterwerfspiel mitzuspielen«, wollte ich erwidern, zog dann aber doch einen bösen Blick vor und holte meinen iPod aus der Tasche. Das neue Album der Kaiser Chiefs rettete mich über die verbleibenden zwei Stunden Flugzeit.

Beim Landeanflug auf Fuerteventura klebte ich gespannt am Fenster. Von oben sehen auch hübsche griechische Inseln immer braun und kahl aus, beruhigte ich mich selbst und konzentrierte mich auf den Anblick des hübschen blauen Meers. Eine halbe Stunde später wusste ich: Fuerteventura sieht von unten nicht besser aus als von oben. Ich frage mich, warum manche Menschen den Mondtourismus fordern. Fuerteventura ist viel näher. Think positive, Marie, ermahnte ich mich im Bus auf dem Weg nach Jandia im Süden der Insel, bei so einer hässlichen und kahlen Insel ist es wenigstens nicht schade, dass du eine Woche lang den Club nicht verlassen wirst. Und ich stellte mir vor, wie ich mit einem Gin Tonic und einem Teller mit Oliven und Käse auf der weiß gestrichenen Terrasse unseres Bungalows sitzen, aufs Meer blicken und mich entspannen würde. Die Sonne schien, es hatte 24 Grad, und als wir auf das Clubgelände des Aldiana einbogen, wurde meine Laune besser. Palmen! (Ich liebe Palmen!) Blühender Oleander! Bougainvillea! Und irgendwo war sicher auch das Meer.

»Ihr habt's Bungalow zwoihundärt«, sagte die Dame an der Rezeption, die ein Aldiana-Schild mit »Conny« an der hellblauen Bluse hatte, und händigte uns die Clubkarten aus. Dann nahm sie einen Plan der Anlage und malte einen Kringel um Bungalow 200.

»Wir gehen also ... hier rüber und dann ...?«, rätselte ich.

»Desch is ganz oifach«, lächelte Conny, »folgt einfach de Schilder zum Flibberglubb, euer Bungalow isch direkt gegenüber!« Wie praktisch, dachte ich. Kann man auch besoffen nicht verfehlen.

»Du weißt schon, was der Flibberglubb ist?«, fragte mich Marlene, als wir auf dem Weg waren.

»Die Aldiana-Disco?«, mutmaßte ich. Und erntete einen spöttischen Du-hast-keine-Ahnung-vom-Leben-Blick.

Um es kurz zu machen: Der Flipperclub ist nicht der Kindergarten. Er ist das Aldiana-Auffangbecken für Menschen zwischen sechs Monaten und zwölf Jahren. Also eine super Sache. Wenn man Kinder hat und die im Urlaub gerne mal für ein paar Stunden loswerden möchte, um endlich »Der Schwarm« fertigzulesen. Für Erholungswillige ohne eigene Kinder ist ein Bungalow direkt gegenüber vom Flipperclub eher ungeeignet.

Nach drei Tagen langweile ich mich zu Tode. Der ganze Aldiana-Tag strukturiert sich um die Nahrungsaufnahme herum. Frühstück, Mittagessen, Nachmittagskaffee und -kuchen, Abendessen. Nicht dass ich nicht gerne äße oder gutes Futter nicht zu schätzen wüsste. Im Gegenteil. Das Club-Essen ist super, vor allem die Brotbar. Jeden Tag gibt es dort warme, duftende Laibe, von denen man sich selbst dicke Scheiben abschneiden kann. Oliven-, Cheese-and-Onion-, Kartoffelbrot, Brot mit Ziegenkäse, der ein bisschen schmilzt, Gemüsebrot, Knoblauchbrot ... Ein Traum. Und dann das Nachspeisenbuffet. Gestern gab es eine ungefähr drei Meter lange Eis-Roulade. Und diese saftigen, fast schwarzen Brownies, welch himmlisches Gefühl, seine Zähne darin zu versenken ... Meinetwegen könnte man Antipasti und Hauptspeisenbuffet weglassen, ich ernähre mich sowieso nur von warmem Brot und Süßkram. Dazu eiskalter Rosé, der einzig trinkbare Wein hier.

Aber genau das ist es, was mir widerstrebt: Ich denke nur noch an und rede nur noch vom Essen. Diesen Zustand hatte ich eigentlich erst im Rentenalter erwartet. Wenn mir meine Figur wirklich egal sein kann, weil ich drei Enkelkinder habe und einen Mann, mit dem ich vor unserem 150 Jahre alten, renovierten Bauernhof bei Dietramszell in der Spätsommersonne sitze, dann werde ich mein Leben mit großem Vergnügen um die genussoptimierte Nahrungsaufnahme kreisen lassen. Aber jetzt noch nicht.

Wenn es mir, der 32-jährigen Marie, richtig gut geht, brauche ich kein Essen. Ich nehme immer total ab, wenn ich verliebt bin. Weil ich in Gegenwart meines Liebesobjekts nichts zu mir nehmen kann. In meinem Bauch haben offensichtlich wahlweise Schmetterlinge oder Lebensmittel Platz. Nur Alkohol scheint den Flattertieren nichts auszumachen. Und auch wenn ich nicht mit dem Geliebten zusammen bin, ist mir Essen eher lästig, ein Zeitfresser, der Minuten und Stunden benötigt, die mir vom Schwärmen, Träumen und blöd Grinsen abgehen. Ich wünsche mir in solchen Zeiten, dass endlich jemand eine Tablette erfindet, die man einmal am Tag mit reichlich Flüssigkeit einnimmt, um dann 24 Stunden von jeglichem Hungergefühl befreit zu sein. Würde man das Essen nicht noch viel mehr genießen, wenn man es nicht täglich tun müsste?

Es gibt ein paar Stunden am Tag, in denen das Clubrestaurant geschlossen hat, weil sie dort putzen müssen. In dieser Zeit bin ich hilflos meiner Langeweile ausgeliefert. Ich Idiot habe nur ein Buch mitgenommen, das noch dazu furchtbar spannend war – »Der Kindersammler« von Sabine Thiesler. Und so einen Krimi kann man leider nicht zweimal lesen. Im Minimarkt des Clubs gibt es zwar Bücher, aber leider ausschließlich Krimis von Stephen King (kenne ich alle) und John Grisham (mag ich nicht). Ich habe meinen Laptop dabei und könnte Ideen sammeln für meine Selbständigkeit, könnte schon mal anfangen zu schreiben. Aber ich habe vergessen, wie unbrauchbar so ein tragbarer Computer unter freiem Himmel ist. Man sieht rein gar nichts auf dem Monitor, außer, man verkriecht sich in den tiefsten Schatten. Wo es natürlich zu kalt ist.

Es hilft alles nichts. An Tag vier gebe ich mich geschlagen und ziehe meine Sportsachen an. Marlene, die ihr Asthma offensichtlich besiegt hat und zur Sportfanatikerin mutiert ist,

mustert mich leicht spöttisch: »Na, auch auf den Bewegungstrichter gekommen? Kannst ja gleich zu Thai Bo mitkommen. Ich weiß allerdings nicht, ob das was für dich ist ...«
Ich beschließe umgehend, für Thai Bo geboren zu sein und gehe mit. Das Trainingsgelände ist ein an den Seiten offener, großer Pavillon mit Blick aufs Meer. Ungefähr dreißig ebenfalls thai-bo-willige Mädels zwischen 20 und 50 Jahren haben sich versammelt. Ich bin ein bisschen nervös. Aber Chrissi, unsere Trainerin, beruhigt mich. Ganz easy, sagt sie, keine komplizierte Choreographie, nur ein paar einfache Kicks werden wir lernen, eine simple Schrittfolge und am Ende ein kleines Zirkeltraining.

Nach zwanzig Minuten weiß ich wieder, warum ich dieses Gruppenhampeln nicht mag. Ich bin irgendwie immer einen Tick zu langsam. Was natürlich unangenehm auffällt, in einer Gruppe von sechzig synchron nach links und rechts kickenden Armen und Beinen. Außerdem bereue ich zutiefst, mein süßes T-Shirt mit dem großen Tierkopf darauf zum Thai Bo angezogen zu haben.
»Hey, Zebra«, ruft nämlich Chrissi in ihr Mikrofon, »links und rechts und links und rechts, guck mal, so herum!«
Ich äuge verstohlen in die Runde. Kein zweites Zebra anwesend. Sie muss mich meinen. In meinem schweißfeuchten Nacken spüre ich Marlenes spöttische Blicke.
Der Demütigungsfaktor steigert sich noch, als ich beim Zirkeltraining in die Gruppe der Superfitten gerate und als Einzige nach vier Liegestützen röchelnd auf meiner Matte liege.

»Nicht wirklich deins, oder?«, fragt mich Marlene, als wir den Rückweg Richtung Flipperclub antreten.
»Korrekt«, sage ich, »aber weißt du was? Morgen probiere ich Nordic Walking!«

Dass ich das noch mal machen würde. Nordic Walking. Ein Sport, für den ich zu Hause in München nur Spott und Hohn übrighabe. Aber es ist doch auch albern, wenn Rentner im Englischen Garten beim Spazierengehen lilafarbene Jogginganzüge anhaben und sinnlos Skistöcke in den Boden rammen. Ganz zu schweigen von den eifrigsten Verfechtern des Nordic Walking: Rosi Mittermaier und Christian Neureuther, die ewig grinsenden und unheimlich fitten Ski-Rentner, das Traumpaar der deutschen Krankenkassen. Wenn ich die beiden dynamisch und energisch lächelnd durch bayerische Voralpenwiesen nordic walken sehe, bekomme ich Lust auf fettes Essen, Zigaretten und Alkohol. Lieber sterbe ich mit 55 an den Folgen meiner ungesunden Lebensweise, als mit 90 noch Nordic Walking betreiben zu müssen und von meinen Enkeln mit »rüstig« betitelt zu werden. Altern mit Würde und Verstand!

Aber am Strand von Fuerteventura ist das was ganz anderes. Ich bin begeistert. Nicht nur, dass ich schön braun werde, im tiefen, weichen Sand ist Nordic Walking außerdem richtig sportlich! Am nächsten Tag habe ich Muskelkater in Armen und Beinen. Und fühle mich so gut, dass ich mit Marlene und Simone sogar »Bauch, Beine, Po« besuche. Diesmal allerdings ohne Zebra-Shirt. Man weiß ja nie.

Die Woche ist beinahe überstanden. Ich habe zahllose sehnsüchtige SMS mit Jan getauscht, den ich wirklich sehr vermisse. Das wiederum macht mich froh. Noch zwei Tage, dann geht es nach Hause. Und ich habe immer noch nicht auf Pauls SMS geantwortet. Darauf bin ich genauso stolz wie auf die Tatsache, dass mich das All-Inclusive-Angebot von Aldiana nicht zum sinnlosen Betrinken verleitet hat. Aber vermutlich gehöre ich mit 32 Jahren einfach nicht mehr zur Zielgruppe der Flatrate-Säufer.

»Und eigentlich bist du mit 32 auch zu alt, um stolz darauf zu sein, eine SMS nicht beantwortet zu haben …«, seufzt das Engelchen. Hey. Wir schreiben das Jahr 2007. Wie lange wollt ihr mich noch nerven?
»Lass sie doch antworten«, meint das Teufelchen, »was ist schon dabei?«

Marlene und ich treffen Simone und Betty am letzten Abend unseres Urlaubs wie immer um neunzehn Uhr an der Poolbar, um unseren Aperitif einzunehmen.
»Hey, heute im Partnerlook?«, frage ich.
»Heute ist doch Schwarz-Weiß-Gala!«, erwidert Betty und blickt irritiert auf meine Jeans und mein pinkfarbenes T-Shirt mit der Aufschrift »Wer ist eigentlich Paul?«.
»Oh …« Ich sehe Marlene an. Die zuckt mit den Schultern. Kunststück – sie trägt schwarze Hosen und ein schwarzes Oberteil. Zufällig.
»Im Ernst jetzt??«
»Ja klar«, sagt Simone, »hast du die Club-Gazette nicht gelesen? Heute ist Gala-Abend, weil morgen die meisten abreisen. Kleiderordnung ist schwarz und/oder weiß!«
Ich merke, wie ich rot anlaufe. Ich hasse es, aus der Reihe zu tanzen. Vor allem, wenn es um die Kleiderordnung geht. Ich sage nur: Zebra. Wobei das heute Abend sogar angemessen gewesen wäre. Shit.
»Ich bin gleich wieder da«, sage ich, drücke Marlene meinen Martini in die Hand und haste zurück zum Flibberglubb. Gottseidank habe ich mein schwarzes Vive-Maria-Kleid noch in meine Reisetasche gestopft. Das ziehe ich jetzt rasch über. Die schwarz-weißen Zebra-Ballerinas an die Füße, fertig. Vier Minuten später bin ich korrekt gekleidet zurück an der Bar und falle nicht mehr auf.

Beim Essen probiere ich zum ersten Mal den Rotwein des Hauses statt Rosé. Seine Temperatur liegt knapp über dem Gefrierpunkt. Und finde ihn gar nicht so übel. Nach dem vierten Glas kann man ihn wirklich gut trinken. Später, zurück an der Poolbar, verfalle ich in spätpubertäre Genussmuster: Kaffee mit Baileys. Aber nur, weil ich in meinem dünnen schwarzen Kleidchen so erbärmlich friere.
Gegen Mitternacht machen Marlene, Simone, Betty und ich einen Spaziergang übers Clubgelände. Heute ist nämlich nicht nur Gala-Abend, sondern auch Ladenstraßenfest. Alle Geschäfte haben bis tief in die Nacht geöffnet – der Minimarkt, Hodge Podge, der Klamottenladen, das Spielzeuggeschäft und das Internet-Café. Und eines muss man dem Cluburlaub lassen: Es ist wirklich praktisch, dass man kein Geld braucht und alles mit der Clubkarte bezahlen kann.

SAMSTAG, 31. MÄRZ 2007 – WER IST EIGENTLICH GUIDO?

Musik: Edith Piaf: Non, je ne regrette rien
Getränke: Kaffee
To Dos: Schweigen

Ich hebe mühsam mein linkes Lid. Und blicke direkt in zwei sanfte, schwarze Augen. Ungläubig taste ich mit der Hand in die Richtung des Augenbesitzers. Und fühle weiches, lockiges Haar. Ich hebe nun auch mein rechtes Lid. Und die kanarische Morgensonne bringt es unbarmherzig zum Vorschein: Ich liege in BH und Höschen auf dem Bett, neben mir ein schwarzes Riesenschaf von Nici. Vorsichtig setze ich mich auf. Aua. Mein Kopf. Mit dem Fuß stoße ich an etwas, das zu Boden fällt. Mühsam bücke ich mich und fische eine große Plastiktüte mit dem Aldiana-Logo vom Fliesenboden. Darin befinden sich drei Krimis von John Grisham, eine Tüte Haribo-Schnuller, eine Sonnencreme von Clarins, Haarbänder in Rosa, Türkis und Olivgrün, eine weiße Leinenhose von Vero Moda, ein Tank Top in Rosa-Braun, ein schlammfarbener Bikini mit Holzperlen-Applikation, eine khakifarbene Trainingshose mit Streifen in Pink an der Seite von Venice Beach und eine CD mit dem Aldiana Clubsong »We are in dolphin's paradise«, Millennium Edition. Und, last but not least, ein weiteres Nici-Schaf, allerdings klein und weiß. Ich breche auf meinem Bett zusammen. Atmen, Marie, ruhig atmen.

Marlene kommt mit Handtuch um die Haare aus dem Bad, offensichtlich guter Dinge:
»Morgen!«, trällert sie, »na, gut geschlafen? Wie war er?« Sie deutet auf das Riesenschaf.
»Ich habe keine Ahnung«, gebe ich zu, »ich glaube, ich war ein bisschen betrunken gestern Abend ...«
»Och, du, mach dir keine Gedanken«, zwitschert sie, »ich hatte auch ganz schön was intus.« Sie deutet auf ihr unberührtes Bett. »Bin grad erst heimgekommen ...«
»Oh. Ach so. Und?«
»War super«, strahlt Marlene, »schade, dass wir heute schon fliegen. Aber so ist das ja meistens. Da gibt man die Hoffnung auf, in diesem Club jemand anderen kennenzulernen als frustrierte Familienväter mit Golf-Handicap und Polo-Ralf-Lauren-Bermudas oder tschechische Tennislehrer, die sich für Brad Pitt halten, und am allerletzten Abend läuft einem dann so ein Schneckerl wie Guido über den Weg ...«

»Gu-ido?«
»Ja, Gu-ido«, seufzt Marlene, »er war nicht davon abzubringen, dass man das »u« in seinem Namen mitsprechen muss.

Aus dem Ruhrpott halt. Dort heißen sie alle Gu-ido. Aber ich habe einfach davon Abstand genommen, seinen Namen zu stöhnen, und bin auf »O mein Gott« ausgewichen …«, kichert sie.

»Marlene!!«

»Nur kein Neid. Mit deinem war's sicher auch nicht schlecht. Wie heißt er eigentlich?« Sie deutet auf das riesige schwarze Nici-Schaf.

»ES hat keinen Namen«, knurre ich und stopfe die Erträge meines Late-Night-Shoppings wieder in die Tüte, bevor Marlene sie kommentieren kann. Zum Glück habe ich selbst volltrunken noch einen sicheren Geschmack und weiß auch, welche Kleidergröße ich trage. Hätte schlimmer kommen können. Bis auf das Schaf natürlich. Aber vielleicht freut Antonia sich darüber, Anjas zweieinhalbjährige Tochter.

Ich dusche, wasche meine Haare, ziehe Jeans und T-Shirt an und packe dann meine Sachen zusammen. Klar, dass meine goldene Paulpac (sic!) Tasche nicht ausreicht, um alte und neue Klamotten und Bücher unterzubringen. Geschweige denn Schaf Gu-ido. Ich renne also noch mal schnell los zur Ladenstraße, jetzt ist es auch schon egal, um im Hodge Podge noch die schöne große Hawaiiblumen-Badetasche zu erstehen, die ich mir von Anfang an kaufen wollte.

»Moin, Marie«, begrüßt mich der deutsche Ladeninhaber erfreut, der ursprünglich aus Mettmann (»die hässlichste Stadt der Welt«, findet er) kommt. Oh. Er kennt mich bereits mit Namen. Kein gutes Zeichen. Und meine Clubkartennummer weiß er auch schon auswendig, stelle ich beim Bezahlen fest.

»Gute Heimreise und bis bald mal!«, ruft er mir hinterher. Könnte ihm so passen.

Auf dem Rückweg passiere ich das Internet-Café. Und auf

einmal steigen Erinnerungen in meinem immer noch leicht schmerzenden Kopf auf. War ich hier gestern nicht auch drin? Nee. Oder doch? Nein, bestimmt nicht.
»Moin, Marie!«, ruft die aus Bremen stammende Cafébesitzerin durch das geöffnete Fenster, als sie mich unschlüssig vor ihrem Laden stehen sieht. Ich *war* gestern hier.
»Willste ne Latte?« Au ja, Kaffee.

kl_diva@gmx.de. Einloggen. Ordnerwahl: Gesendete Objekte. Puh. Glück gehabt. Keinen Mist gebaut. Die letzte gesendete Mail ist von Montag und ging an Beate. Erleichtert checke ich noch rasch meinen Posteingang. Neun neue Mails. Der übliche Kram. Tchibo, Frontlineshop, Esprit, Payback, XING, Nespresso, Paul, Görtz, Buffalo. Paul??? Mein Herz hämmert irgendwo oberhalb meines linken Schlüsselbeins von innen gegen meinen Hals. Mit zitternden Fingern klicke ich auf die Mail.

From: Paul <paul@glimpf.de>
To: Marie <kl_diva@gmx.de>
Sat, 31 Mar 2007, 07:44:12
Subject: Re: Von der Insel

Ich sehne mich doch auch so sehr nach dir. Mir fehlen gerade die Worte …
Kuss
Paul

Ich scrolle schwitzend und zitternd nach unten. Hoffentlich hat er meinen Text nicht in seiner Antwort stehen lassen …

>From: Marie <kl_diva@gmx.de>
>To: Paul <paul@glimpf.de>
>Sat, 31 Mar 2007, 01:23:02
>Subject: Von der Insel
>
>Lieber Paul!
>
>Ich kann nicht mehr! Ich hatte heute einen Tag für
>mich alleine, ganz ohne Nordic Walking, um mich zu
>entspannen. Stattdessen habe ich stundenlang
>dagesessen, aufs Meer geschaut und nachgedacht.
>Ich vermisse dich so sehr. Wenn ich mein normales
>Leben führe, ist es okay, weil ich vor lauter Arbeiten
>und Mich-vom-Arbeiten-Erholen eh nicht groß zum
>Nachdenken komme. Aber kaum bin ich mal einen
>Tag lang allein mit meinen Gedanken ...
>
>Ich weiß echt nicht, was ich tun soll. Ich liebe mein
>Leben, ich liebe meinen Freund, aber es bleibt
>immer so ein kleiner Rest Traurigkeit. Untendrunter.
>Und manchmal kommt sie an die Oberfläche, so wie
>in diesen Tagen hier ...
>
>Ich weiß, dass ich wenig dagegen tun kann. Aber
>kann ich überhaupt etwas tun? Oder muss ich
>diesen latenten kleinen Schmerz einfach
>akzeptieren?
>
>Kannst du mir nicht etwas raten? Was würdest du
>tun? Was tut man da? Wie macht man das? Kennst
>Du das Gefühl auch???
>
>Ich geh jetzt zurück an die Bar – einen Vorteil hat

>dieser Sch…-Club immerhin. Alkohol all inclusive
>:-)
>
>Kuss
>Marie

O nein. Das ist jetzt nicht wahr. Vielleicht bin ich bei der Sortierung der Mails auf ein falsches Pfeilchen gekommen, und die Mail ist uralt, von 2002 oder so. Immerhin liest sie sich so. Bitte lieber Gott, lass es so sein. Aber da steht es, schwarz auf weiß: 31. März 2007. Und nur sechs Stunden später hat Paul geantwortet. Hurra, ein neuer Geschwindigkeitsrekord.

Wenn man meiner Mail wenigstens anmerken würde, wie betrunken ich war, als ich sie verfasste! Aber ich sehe keinen einzigen Rechtschreibfehler, selbst zwei Fremdwörter habe ich korrekt eingebunden. Und wie war das mit »Betrunkene sagen die Wahrheit?« Ich lese mir meinen Text zum dritten Mal durch. Und muss mir eingestehen: Er kommt der Wahrheit verdammt nah. Bisschen pathetisch, okay. Das »Ich kann nicht mehr!« am Anfang klingt verzweifelter, als ich bin. Aber der Rest trifft leider ziemlich zu. Trotz Jan, Glück, Liebe und Kinderwunsch ist Paul noch in meinen Gedanken, und seit unserer Begegnung erst recht. Und zwar, das ist mir vollkommen klar, ist er sehr viel häufiger und intensiver in meinem Kopf, als gesund ist.

Ich lese mir noch mal Pauls Antwort durch. Ihm fehlen die Worte. Hach. Schmelz. Ich sehe ihn vor mir, mit vertikalen Falten auf seiner schönen Stirn, ergriffen guckend, die Augen ein kleines bisschen feucht. Mit leicht zitternden Fingern tippt er, wie sehr er sich nach mir sehnt …

Vier Stunden später sitzen Betty, Simone, Marlene, Schaf Gu-ido und Doofmarie im Café des Flughafens von Fuerteventura. Ich ärgere mich tierisch über Pauls kurze Antwort. Wie gut doch so ein wenig Reflexion tut. Anderthalb Stunden Busfahrt über die kahlste Insel der Welt genügten, um mir klarzumachen, wie billig Paul sich mit seinen paar Zeilen mal wieder aus der Affäre zieht. Und überhaupt – er weiß ja noch nicht mal, auf welcher Insel ich gerade bin. Ich könnte sonstwo sein – auf Vanuatu, Maui oder Teneriffa! Interessiert ihn alles nicht. »Mir fehlen gerade die Worte« – klingt schön, klingt berührt, kann aber auch einfach heißen: Ich habe weder Zeit noch Lust, mich mit deinen Gedanken auseinanderzusetzen.

Ich überlege, ob ich den Mädels alles erzählen soll. Es ist verlockend. Darüber REDEN! Es loswerden, besprechen, nicht alleine sein mit meiner Scham, meinem schlechten Gewissen Jan gegenüber, meinem Ärger und dieser sinnlosen und zerstörerischen Sehnsucht. Ich öffne meinen Mund. Im selben Moment springt Betty auf: »Mädels, noch ein letztes Erinnerungsfoto zu viert, okay?« Ich beschließe, dass das ein Zeichen ist, und schweige. Zu Hause werde ich Beate alles erzählen.

Hoffentlich hat Antonia keine Angst vor Gu-ido.

MONTAG, 2. APRIL 2007 – NOTLÖSUNG

Musik: Virginia Jetzt!: Land unter
Getränk: Happy-Hour-Caipiroshka
To Dos: Leben fließen lassen

Ich sitze mit Beate in der *Notlösung*. Die *Notlösung* ist kein neuer Münchner Club, obwohl *Notlösung* in der Tat ein sehr lässiger Name für eine Location wäre. *Notlösung* haben wir das *Ysenegger* getauft, das sich bekanntlich drei Stockwerke unter meiner Wohnung befindet. Denn irgendwie lande ich zurzeit immer dort, obwohl es wahrlich spannendere Orte auf diesem Planeten gibt. Aber im *Big Easy* in der Frundsbergstraße ist immer nur noch ein Tisch im Nichtraucherbereich frei, im *Pardi* tanzt die Schickeria neuerdings auf den Tischen und die *Ysenburg* heißt jetzt *Speisekafé* und das ist so neu, dass es bereits wieder dichtgemacht hat. Die Pilsbar *»Ratschkath'l«* geht gar nicht, erstens wegen des Publikums, das in seiner Freizeit Pfandflaschen in der Leonrodstraße sammelt, und zweitens wegen des Apostrophs im Namen. Also doch wieder *Ysenegger*, äh, *Notlösung*.

Ich brenne schon den ganzen Tag darauf, Beate endlich von Paul und meiner Begegnung mit ihm zu erzählen, von seiner Sehnsuchts-SMS vom Februar und meiner blöden Mail, die ich auf Fuerteventura an ihn geschickt habe. Im Geiste bin ich unser Gespräch bereits durchgegangen, während ich heute bei Tengelmann war und im Kaufhof, wo ich 31,50 Euro dafür bezahlt habe, dass mir ein indischer Mr. Minit neue Pfennigabsätze auf zwei Paar Pumps schraubte, die ich in vier Wochen bestimmt wieder bis zum Stahlstift abgelaufen haben werde.

Doch es kommt ein wenig anders. Ego-Marie öffnet nach dem ersten Schluck Happy-Hour-Sex-on-the-Beach die glossigen Lippen, um »Ich habe Paul getroffen!« zu exklamieren, da merkt sie, dass Beate ihrerseits was auf dem Herzen hat. Eine Freundschaft ist kein Kaufhaus, und zum Glück bin ich trotz aller Nabelschau noch sensibel genug, um Beates Mitteilungsbedürfnis zu bemerken, bevor ich sie mit meiner Never-ending Story zutexte.

»Ist was mit Dennis?«, frage ich sie also und klopfe mir innerlich auf die Schulter, weil ich mir den Namen des Jünglings gemerkt habe.
»Nein.«
»Ist er nicht mehr aktuell?«
»Dennis ist süß und nett, er mag mich, aber er ist einfach ein Mensch, der nett sein möchte und nett *ist.*«
Oha. Nett. Das klingt nicht gut.
»Das heißt … er steht nicht auf dich? He's just not into you?«, formuliere ich vorsichtig und mit Bezug auf den Titel eines englischsprachigen Beziehungsratgebers.
»Genau.«
»Oh.«
»Ist nicht schlimm. Marie, ich habe einen ganz tollen Mann kennengelernt!«
»Erzähl!«
»Also, ich war letzte Woche Zigaretten holen …«

Erstaunlich, was alles so passiert, wenn ich mal ein paar Tage auf den Kanaren bin.
»Ich gehe also zum Automaten, werfe meine vier Euro ein und will dann meinen EU-Führerschein als Altersnachweis in den Schlitz stecken. Das geht nicht. Aber der Automat wirft trotzdem eine Schachtel aus.«
Was wohl jetzt kommt? Ich bin gespannt. Marlboro Menthol? Oder gar Ernte 23?
»Verdächtig!«
»Da sehe ich«, fährt Beate unbeirrt fort, »dass eine EC-Karte drinsteckt!«
»Aha.«
»Ja. Ich ziehe sie raus und nehme sie mit. War von der Stadtsparkasse München.«
Ich ordere den zweiten Cocktail. Wir haben ja Zeit. Die *Not-*

lösung hat bis um ein Uhr auf, und ich habe es nicht weit nach Hause.

»Ja, und? Weiter!«
»Zunächst hatte ich vor, die Karte einfach am nächsten Tag bei der Sparkasse abzugeben.«
»Geniale Idee!«
»Aber dann sah ich seinen Namen. Ein sehr ungewöhnlicher Name. Er heißt Nicolaus Pantacus.«
»Bitte? Ein römischer Feldherr, der ein Konto bei der Stadtsparkasse besitzt?!«
»Jedenfalls dachte ich mir, guckste mal bei www.telefonbuch.de, ob der da drinsteht! Und er stand drin«, berichtet Beate weiter, »mit einer Handynummer!«
»Du hast ihn angerufen?«
»Nein, aber ich habe ihm eine SMS geschickt. Ich meine, wir sind offensichtlich beide Raucher und wohnen in derselben Stadt, das sind doch schon mal wichtige Gemeinsamkeiten!«
»Wow, Beate, was für ein Matching! Da werden die von Parship gleich neidisch!«
Sie ignoriert meinen Spott und fügt triumphierend an: »Und außerdem habe ich auch ein Konto bei der Stadtsparkasse!«
»Na dann …«
»Er hat gleich angerufen. Marie, der Mann hat eine Stimme, Wahnsinn. Ein bisschen wie der Synchronsprecher von Robert Redford, nur viel jünger. Aber auch so nach Whiskey und Zigaretten klingend.«
»Na, dass er Raucher ist, weißt du ja. Außer, er hat die Kippen für einen Kumpel geholt.«
»Jedenfalls«, sagt Beate, und dieses Wort soll mir sagen: Halt endlich die Klappe und hör mir zu! »Jedenfalls sagte er, wenn es noch nicht zu spät wäre, sei er in zehn Minuten bei mir und würde seine EC-Karte abholen!«

»…?«

»Ich sagte, klar, kein Problem. Und dann habe ich einen neuen Weltrekord aufgestellt, Marie. Ich wusste einfach, der Typ ist es. Ich habe in zehn Minuten nicht nur meine Beine rasiert, meine Wimpern getuscht und mich lässig-elegant angezogen, sondern auch noch schnell einmal durchgesaugt, den Aschenbecher ausgeleert und die Tür zu meinem Schuhraum abgeschlossen!«

Beate hat tatsächlich ein eigenes Zimmer nur für Schuhe. Es ist ungefähr vier Quadratmeter groß und eigentlich als Abstell- oder Putzkammer gedacht. In diesem Raum gibt es Regale bis zur Decke, die Beates Vater eingebaut hat. Und in diesen Regalen Schuhkartons, Schuhkartons, Schuhkartons. An jeder Schachtel klebt ein Polaroid, auf dem das Paar Schuhe zu sehen ist, das sich im Karton befindet. Ich finde das unglaublich. Weniger die 200 Schuhgaragen als vielmehr diesen Sinn für Ordnung. Wer seine Fußbekleidung so im Griff hat, kann im Leben nicht versagen.

»Und dann?« Ich bin wirklich neugierig, wie Beates Geschichte weitergeht.

»Nun ja, er kam vorbei …«

»… nahm seine EC-Karte, sagte danke und ging?«

»So ungefähr.«

»Beate!!!«

Sie grinst und zündet sich in aller Ruhe eine Zigarette an.

»Lass mich raten – ihr habt noch eine zusammen geraucht.«

»Eine Schachtel, ja. Und geredet, geredet, geredet …«

»Über Zigarettenautomaten, die Stadtsparkasse und das Leben in München? Mann, Beate, lass dir doch nicht alles aus der Nase ziehen.«

»Über ALLES«, schwärmt meine Freundin, »Marie, ich glaube, wir sind …«

Jetzt kommt es. Ich wette ein Monatsgehalt darauf. Nicht schwer, da ich im Moment keines beziehe, aber symbolisch gesehen.
»... seelenverwandt.«

»Das ist ja toll!« Ich versuche, mich für sie zu freuen, während sie weiter von ihrem Laimer Lucky-Strikes-Raucher erzählt, der sie seitdem täglich angerufen hat. Zwei weitere Male hat sie sich mit ihm getroffen. Sogar geknutscht haben sie schon. Und all das, während ich auf Fuerteventura saß, mich beim Thai Bo blamierte und sehnsuchtstriefende Mails an Paul verfasste. Nein, natürlich freue ich mich für Beate. Nicolaus, seine Freunde und Beate nennen ihn Nic, scheint wahrlich der erste Glücksgriff in Beates Singleleben zu sein, das sie seit ihrer Trennung von ihrem Ex vor knapp drei Jahren führt. Nic ist 40, arbeitet erfolgreich als selbständiger TV-Producer und hat eine fünfjährige Tochter, zu deren Mutter er ein kumpelhaftes Verhältnis pflegt. Glaubt man Beate, entspricht sein Äußeres einer Mischung aus Orlando Bloom (nur etwas älter) und Claus Kleber (nur etwas jünger).

Ich freue mich also und versuche gleichzeitig, in großen Caipiroshka-Schlucken meine Angst wegzutrinken. Wäre bei mir alles in Butter, gäbe es sie nicht, diese Angst. Aber es ist eben nicht alles in Butter. Paul ist wieder zurück in meinem geordneten Rama-Leben und nichts ist, wie es war. Ich weiß nicht mehr, wen ich liebe, und ich weiß nicht mehr, wer ich bin: die endlich angekommene Marie, die einen tollen Freund hat, mit dem sie eine Familie gründen will, oder doch die Marie, die nur einen liebt: Paul? Oder etwa eine dritte Marie, die nie wirklich glücklich werden kann, weil sie sich selbst nicht liebt und deshalb seit Jahren einem Mann wie Paul hinterherläuft, um von ihm eben dieses Gefühl immer wieder mit Nachdruck vermittelt zu bekommen: nicht geliebt zu werden, nicht liebenswert zu sein? Während ich all dies denke, vergehen nur ein paar Sekunden. Aber ich spüre, dass es wichtige Sekunden sind. Vielleicht ist es gar keine Entscheidung zwischen Jan oder Paul, die ich zu treffen habe. Ha, wenn ich wenigstens die Wahl hätte. Aber Paul habe ich fünf Jahre lang nicht zu fassen bekommen, und es spricht nichts dafür, dass mir das jetzt gelänge, selbst wenn ich mich dafür entscheiden sollte, es zu versuchen. Und vermutlich liegt der Hund da auch gar nicht begraben. Ist Paul nur ein Symptom?

»Egal, wie es weitergeht – es ist einfach wunderbar«, schließt Beate ihre Schilderung, »ich schaue jetzt einfach mal, wie sich das mit Nic entwickelt. Jedenfalls ist das Leben großartig, findest du nicht auch?«
»Ja!«, sage ich, und während Beate auf dem Klo ist, bewundere ich meine Freundin ein bisschen. Sie hatte es nicht leicht in den letzten Jahren. Der Schock saß nach der Trennung von Robert tief, und seitdem zog sie nur Männer an, die vor ihr davonliefen oder vor denen sie Reißaus nehmen musste, weil sie sich als psychopathische Stalker entpuppten. Und trotzdem war Beate eigentlich fast immer gut drauf, strahlte Lebensfreude aus und jammerte nie, dass das Leben nicht fair zu ihr sei.

»Was ist denn, Süße?«, fragt sie, als sie sich wieder zu mir setzt. Man sieht mir meine Gedanken offensichtlich ein wenig an. Sicher mache ich wieder diese zwei steilen Falten zwischen den Augenbrauen, die ich vor ungefähr einem Jahr das erste Mal im Spiegel sah. Sie graben sich immer dann in mein Gesicht, wenn ich mich konzentriere oder nachdenke und dabei nicht völlig entspannt bin.
Ich erläutere meine Gedanken, ohne Paul zu erwähnen. Paul muss heute Abend leider draußen bleiben. Pauls sind in der *Notlösung* nicht erlaubt.

»Weißt du«, sagt sie, »der Unterschied zwischen mir und dir – und zum Beispiel auch Marlene – ist der, dass ich das Leben prinzipiell großartig finde, auch wenn es gerade mal scheiße läuft. Oder wenn nichts Großartiges passiert. Du hingegen scheinst mir immer auf der Suche zu sein, es fehlt immer ein kleines bisschen, damit du wirklich glücklich sein kannst. Glaubst du.«

»Aber es ist doch auch so ...«

»Aber schau doch mal, Marie: Du wirst, wenn du so weitermachst, immer etwas finden, was nicht perfekt ist, was zu deinem Glück fehlt. Lange Zeit war es Paul ...« Ich zucke zusammen. Sollte der nicht draußen bleiben? »... Paul, den du nie wirklich sicher hattest ...«

»2003 schon«, protestiere ich lahm, »2003 waren wir ein Paar ...«

»Ja, aber mit Verfallsdatum!«, erinnert meine Freundin mich gnadenlos an die Tatsache, dass schon Anfang 2003 Pauls Abreise nach Lesotho im Oktober feststand.

»Dann war Paul in Afrika, danach du in Australien, und zurück in Deutschland ...« Ich nicke und winke ab. Ich kenne die Geschichte.

»Dann Lorenz, dein verheirateter Lover«, fährt sie fort, mein Leben zusammenzufassen, als sei es ein Groschenroman. Es gefällt mir nicht, aber ich weiß, ich muss da jetzt durch. Und es interessiert mich.

»Nach Lorenz kam Jan, aber kaum warst du mal ein Jahr lang happy mit ihm, musste das nächste Problem her, etwas, das dir in deinem Leben fehlt, ein Kind.«

»Woher weißt du ...?«

»Marie, ich bin doch nicht blöd. Ich weiß, dass ihr gerne ein Baby hättet, und ich weiß auch, dass es nicht so einfach für dich ist, schwanger zu werden. Du sprichst da nicht gerne drüber, was ich auch verstehe, aber ich bin deine beste Freundin, meinst du, es wäre mir nicht aufgefallen, wie traurig du jeden Monat bist, wenn du deine Tage bekommst? Meinst du wirklich, ich würde dir deine Gefühle nicht ansehen, wenn im Freundeskreis wieder mal jemand problemlos schwanger geworden ist oder ein Kind auf die Welt kommt?«

Ich bin platt. Ich hatte mir eigentlich eingebildet, heldenhaft und still vor mich hin zu leiden und außer Anja niemanden in meine Kinderwunschkarten gucken zu lassen.

»Ich glaube auch nicht, dass du nur das schnelle Drama suchst«, sagt Beate, »ich habe das Gefühl, das sitzt tiefer bei dir. Hast du Angst vorm Glücklichsein?«

Ich bin sprachlos. Angst vorm Glücklichsein? Wie kann man Angst davor haben, glücklich zu sein? Und doch klingelt etwas tief in meinem Inneren. Ja, es kommt mir bekannt vor, das Gefühl, das Beate da formuliert hat. Aber ich kann es nicht richtig fassen, mein Kopf sagt mir, dass das nicht geht – sich davor zu fürchten, glücklich zu sein.

»Du musst gar nichts dazu sagen«, wirft Beate ein, obwohl die Gefahr, dass ich einen Wortbeitrag leisten könnte, seit ungefähr fünf Minuten nicht gegeben ist.

»Was ich jedenfalls in den letzten Jahren gelernt habe«, fährt sie fort, »ist, dass das Leben keine Rama-Werbung ist. Du musst für alles einen Preis bezahlen. Wenn du einen guten, liebevollen, zuverlässigen Mann wie Jan hast, kannst du einfach nicht erwarten, dich noch nach Jahren täglich vor brennender Liebe für ihn zu verzehren. So läuft es nicht im Leben. Für die unstillbare Sehnsucht sind notorische Rumtreiber und Herzensbrecher wie Paul da – aber so einen kannst du eben nicht halten. Außer es gelingt dir, ihn zu zähmen. Dann allerdings weiß ich nicht, ob du den Langweiler, der dann übrig bleibt, noch haben willst.«

Ich bin mir sicher, Beate kann Gedanken lesen.
»Und ich hoffe, du glaubst nicht im Ernst, dass ein Baby deine ewige Sehnsucht stillen könnte. Klar wäre es toll, Mutter zu sein, ich will das auch mal erleben und ich freue mich schon darauf! Aber glücklich macht dich das auch nicht – nicht, wenn du das Glück nicht aus dir selbst holst.«

Ich finde endlich meine Muttersprache wieder.
»Aber Beate, das ist doch furchtbar deprimierend! Wenn nichts meine Sehnsucht lindern kann! Ich kann doch nicht mein Leben lang suchen ... wissend, dass ich nichts finden werde ...«
»Nö«, lacht Beate, »das ist gar nicht deprimierend. Im Gegenteil. Dein Glück wird dir nicht vom richtigen Mann geschenkt, Marie, auch nicht vom perfekten Job, der Traumwohnung, einer süßen kleinen Tochter – und nicht mal von allem zusammen. Es ist viel einfacher. Es ist in dir drin!«
»Beate, hast du ein Glück-ist-machbar-Seminar an der Ostsee besucht?«, frage ich misstrauisch. Ihr letzter Satz klingt mir ein wenig zu esoterisch.
»Nein«, grinst sie, »ich weiß, es hört sich furchtbar an. Aber probier es einfach mal aus. Beschließe, dich selbst zu mögen, mit allen Fehlern, sei ein bisschen netter zu dir, und liebe das Leben. Alles andere ergibt sich dann von selbst. Vertrau ein wenig mehr auf den Fluss des Lebens!«

Noch so ein Satz, bei dem ich gelbe Bücher mit Marienkäfern oder taubetropften Kleeblättern auf dem Cover vor mir sehe, die in der Buchhandlung unter »Esoterik / Lebenshilfe / Erfahrungen« zu finden sind. Trotzdem beschließe ich, dass etwas dran ist an Beates Worten. Was meine Situation vordergründig natürlich nicht gerade einfacher macht. Vor einer Stunde dachte ich noch, mein Problem wäre, herauszufinden, ob ich Jan oder Paul mehr liebe, ob sich daraus ein Handlungsbedarf ergibt, und wenn ja, welcher genau. Jetzt stehe ich vor der Aufgabe, mich selbst zu lieben und alles Weitere fließen zu lassen. Hmpf. Aber okay. Mal sehen, was der Wildbach, der sich Marie Sandmanns Leben nennt, hinter der nächsten Kurve so bringt.

MITTWOCH, 18. APRIL 2007 – DER BESUCH BEI DER ALTEN DAME

Musik: Radio Charivari
Getränk: Adelholzener Apfelschorle
To Dos: Think Pfadfinder! Think soziale Verantwortung!

Ein wunderschön sommerlicher Frühlingstag. Ich bin gut gelaunt. Das mit der Selbstliebe klappt erstaunlich gut! Mir kommt natürlich entgegen, dass ich mich immer schon für ziemlich intelligent und clever gehalten habe, eigentlich auch von den Grundzügen meines Charakters überzeugt bin und mich auch optisch ganz okay finden kann – solange ich cellulitebetonende H&M-Umkleiden meide und Badspiegel mit Neonlicht, die einen Pickel sichtbar machen, drei Wochen, bevor man ihn bekommt, und drei Wochen, nachdem er abgeheilt ist. Ich bin also gut drauf, und es ist manchmal fast so, als hätte ich das kurze Wiedersehen mit Paul und seine SMS nur geträumt. Verdrängung und Selbstliebe – der Schlüssel zu Marie Sandmanns Lebensglück?

Gegen sieben Uhr abends verlasse ich die U1 in Gern, denn ich will mir im Taxisgarten noch einen grünen Obadzdn und eine Brezn holen. Auf dem Bahnsteig im Untergrund steige ich in den Lift zur Oberfläche, mit mir zwei weitere Frauen. Eine dritte tritt in die Aufzugtür und fragt: »Geht von Ihnen jemand Richtung Orffstraße?«

»Nö«, sagt die eine Frau, eine dicke Enddreißigerin in schwarzen Birkenstock-Sandalen.
»Nee«, sagt die zweite.
»Nein – wieso?«, frage ich.
Dann sehe ich, dass die junge Frau jemanden dabei hat. Eine sehr kleine, sehr alte Dame.
»Die Dame wohnt in der Orffstraße und wollte dort mit der U-Bahn hinfahren. Offensichtlich kennt sie sich nicht mehr so ganz aus«, formuliert die Junge vorsichtig.
»Ich muss leider arbeiten«, sagt die Dicke.
»Ich muss heim zu meinen fünf Kindern«, sagt die Zweite, und ich denke mir, sie hätte ja nicht gleich so übertreiben müssen. Zwei Kinder hätten es auch getan.

»Natürlich bringe ich die Dame gerne in die Orffstraße«, höre ich mich sagen und nehme die alte Frau sanft am Arm. Sie bedankt sich ungefähr fünf Mal. Wir gehen die Waisenhausstraße entlang, und sie erzählt mir aus ihrem Leben. Völlig klar und präzise. Geschichten vom Krieg, ihrem Leben, als sie jung war, ihren Männern, die ihr alle drei weggestorben sind, der erste im Krieg, der zweite und der dritte danach. Kinder hat sie keine, erfahre ich, und sie ist 91 Jahre alt.
Da fällt mir ein, dass es am Dom-Pedro-Platz, der unweit der Orffstraße liegt, ein Altenheim gibt.
»Wohnen Sie dort im Seniorenstift?«, frage ich die alte Frau.
»Nein«, sagt sie empört, »ich habe Eigentumswohnungen!«
»Wohnungen?«
»Ja, momentan wohne ich in der Wohnung in der Orffstraße. Aber manchmal auch in einer meiner anderen Eigentumswohnungen. Die haben mir alle meine Männer gekauft!«
»Und warum vermieten Sie die nicht?«
»Hab ich mal gemacht, aber nachher war alles kaputt. Das ist schon ein Kreuz mit diesen Mietbanausen!«

»Nomaden.«
»Na, Ausländer waren das keine!«

Ich gebe es auf. Wir biegen in die St.-Galler-Straße ein. Kreuzen die Frundsbergstraße. Wechseln die Straßenseite. Dann kommt die Orffstraße.
»Da wohne ich!«, freut sie sich.
»Prima«, sage ich, »kennen Sie sich also wieder aus?«
»Natürlich kenne ich mich aus, Kind«, sagt sie und sieht mich lächelnd von unten an, »ich wohne doch schon seit zwanzig Jahren hier!«
»Klar. Sorry.«
»Jetzt müssen Sie aber noch mit raufkommen, damit ich Ihnen die Wohnung zeigen kann!«, sagt sie, als wir ihre Hausnummer erreicht haben. Schräg gegenüber vom *Ruffini* wohnt sie, einem meiner Lieblingslokale in München.

Wir gehen in den zweiten Stock. »Ing. A. Korschil« steht auf dem Klingelknopf, und Frau Korschil erklärt mir stolz, dass A. Anton bedeutet, der ihr erster verstorbener Mann und Ingenieur war.
Sie sperrt die Tür auf und bittet mich in eine kleine, vollgestopfte Wohnung, in der es riecht wie bei allen Menschen jenseits der 80: abgestanden, schlecht gelüftet und nach alten Kartoffeln.
Wir besichtigen die Abstellkammer und Frau Korschils respektable Gesundheitsschuhsammlung. Dann zeigt sie mir ein winziges Durchgangszimmer, in dem sie auf einem schmalen Bett die Nächte verbringt, und das Schlafzimmer mit einem großen Doppelbett, das über und über mit gebügelten, zusammengelegten und zum Teil in Plastikfolie eingeschlagenen Kleidungsstücken bedeckt ist. Flur, Wohnzimmer, Mini-Küche, Balkon.

»Wollen Sie nicht was trinken? Komm, setzen Sie sich und trinken Sie was mit mir!« Kann man nein sagen, wenn eine einsame alte Dame einen zum Plaudern auffordert? Wohl kaum.
»Aber vorher muss ich Ihnen noch die Wohnung zeigen«, sagt sie und packt mich am Zipfel meiner Bluse, »hier ist meine Abstellkammer, in der ich meine Schuhe aufbewahre, und jetzt zeige ich Ihnen noch das Schlafzimmer …«
»Frau Korschil, im Schlafzimmer waren wir schon!«
»Wirklich? Ich kann mich gar nicht erinnern!«
Bitte kein »Und täglich grüßt das Murmeltier«, denke ich, fürchte mich ein bisschen und sage: »Doch, das ist das Zimmer, in dem die ganzen gebügelten Kleidungsstücke so ordentlich auf dem Bett gestapelt sind!«
»Woher wissen Sie denn das?«
Ich gehe einfach ins Wohnzimmer zurück, setze mich aufs Sofa und schenke mir selbst Apfelschorle ein. Wer weiß, wie lange wir sonst die Wohnung besichtigen.

Frau Korschil folgt mir und drückt den Power-Knopf an der Stereoanlage, die sich unter ihrem Thomson-Fernseher befindet. Radio Charivari dröhnt los.
»Da haben Sie aber einen schönen großen Fernseher!«, schreie ich.
»Ja«, ruft Frau Korschil, macht aber keine Anstalten, die Musik leiser zu drehen, »schön ist der schon, aber leider gehen die Bilder nicht mehr.«
»Ist er kaputt?«
»Nein, der ist in Ordnung, aber früher war der Bildschirm nicht so schwarz, da konnte ich schöne Bilder sehen, von Landschaften und Menschen … Jetzt geht nur noch der Ton, Sie sehen es ja.«
»Aber sagen Sie mal«, wechselt Frau Korschil das Thema, »was hat denn Ihr Mann für eine Anstellung?«

»Mein ... äh, mein Mann ist ...« Wie soll ich einer 91-Jährigen verständlich machen, was ein Wirtschaftsprüfer tut, wenn ich es selbst nicht genau weiß?
»Er ist bei einer Versicherung«, vereinfache ich, und Frau Korschil findet das ganz toll. Was ich arbeite, fragt sie mich nicht. Nur, ob ich Kinder habe.
»Nein, noch nicht.«
Sie selbst habe auch keine Kinder. »Wissen Sie, mein erster Mann ist im Krieg gefallen, und als ich dann 1950 meinen zweiten kennenlernte, war es zu spät.«
Ich rechne rasch. 1950 war Frau Korschil ungefähr 33 Jahre alt. Ein Jahr älter als ich jetzt. Scheiße. Werde ich auch kinderlos bleiben und im Alter einsam sein? Ich bin ja noch nicht mal verheiratet!

»Jetzt zeige ich Ihnen aber mal die Wohnung!«
O nein. Ich kann mich aus der Sache herauswinden, indem ich vorgebe, nach Hause zu müssen, weil mein Mann sonst ungehalten werde. Das will Frau Korschil nicht.
»Ich bringe Sie aber noch runter!«
»Bleiben Sie ruhig oben, Frau Korschil, ich finde alleine raus, und es ist ja auch schon spät«, sage ich, »und übrigens: Sie sollten keine wildfremden Leute einfach so in Ihre Wohnung lassen. Mit mir haben Sie Glück gehabt, weil ich zufällig nett bin, aber das kann man vorher nie wissen, und man sieht es einem Menschen auch nicht an, ob er gute oder böse Absichten hat!«
»Ja, da haben Sie recht!«, pflichtet die alte Dame mir bei, nimmt dann meinen Arm, tätschelt ihn und lächelt mich an: »Aber bei Ihnen habe ich mir gleich gedacht, Sie sind ein guter Mensch, das habe ich gleich gemerkt, und man sieht es auch an Ihren Augen – Sie gehören zur guten Sorte!«
Ich gebe zu, ich bin gerührt. Aber sie hat ja recht.

»Und jetzt bringe ich Sie runter!«, insistiert sie.
»Na gut …«
Unten auf der Straße hat Frau Korschil dann eine prima Idee: Sie möchte mich nach Hause begleiten. Aus Sicherheitsgründen und damit sie weiß, wo ich wohne. Da hilft all meine Überredungskunst und alles Beteuern nichts – sie geht mit. Auf dem kurzen Weg von der Orff- zur Ysenburgstraße frage ich sie ungefähr alle zehn Meter, ob sie denn den Rückweg noch wisse.
»Aber natürlich, Kind, ich wohne seit zwanzig Jahren hier!«
Na dann ist ja gut.
»Wann sehen wir uns denn mal wieder?«, fragt Frau Korschil mich, als wir vor dem *Ysenegger* stehen und ich zu Hause angekommen bin. Wir tauschen Telefonnummern aus, und ich zeige ihr mein Handy und wie ich es ausschalten kann, wenn ich nicht gestört werden will.
»So eins will ich auch, das ist ja praktisch!«
Wahrscheinlich bekomme ich morgen die erste SMS von Frau Korschil. Sofern sie denn den Heimweg alleine gemeistert hat. Aber es ist ja nicht weit. Und wenn ich noch einmal mitgegangen wäre, befänden wir uns vermutlich noch in drei Jahren im ewigen Wir-begleiten-uns-nach-Hause-Kreislauf.

Als Jan heimkommt, erzähle ich ihm von meinem Besuch bei der alten Dame. Er findet, dass ich alles richtig gemacht habe und stolz auf mich sein kann.
»Aber Schatz, ich fühle mich jetzt irgendwie verantwortlich für sie. Es war immer klar, dass es hier in der Gegend und überall in der Stadt viele einsame alte Menschen gibt, die keiner besucht. Aber jetzt kenne ich eine davon persönlich und weiß sogar, wo sie wohnt, und habe ihre Telefonnummer. Jetzt kann ich doch nicht mehr einfach wegschauen.«
Ich würde jetzt gerne etwas hören wie »du bist nicht verantwortlich«, aber Jan antwortet:

»Das stimmt. Ruf sie doch mal an und besuche sie ab und zu. Das kannst du schon tun, finde ich.«

Na super. Eine Adoptiv-Oma, das hat mir gerade noch gefehlt.

»Immerhin hat sie drei Eigentumswohnungen in Bestlage, wenn sie stirbt, fallen die mangels Erben dem Staat zu!«, grinst Jan und amüsiert sich köstlich über mich.

Ich werde warten, bis Frau Korschil mich anruft. Sonst hält sie mich am Ende noch für eine Erbschleicherin oder Mietbanausin.

SAMSTAG, 21. APRIL 2007 – DIE ZEIT HEILT MEIN WUNDER NICHT

Musik: Wir sind Helden: Die Zeit heilt alle Wunder
Getränk: Duckstein
To Dos: Atmen!

Der 33. April meines Lebens bringt zunächst nur eines: Arbeit. Viel Arbeit. Was natürlich super ist, denn die Schonfrist ist vorbei und ich muss allmählich mal wieder Geld auf mein Konto bringen. Mein intensives Networking der letzten Jahre zahlt sich aus. Ich kontaktiere ein paar Leute, erzähle von meiner Selbständigkeit und erwähne, dass sich in meinem natürlich schon prall gefüllten Terminkalender eventuell noch ein paar Zeitfenster finden ließen, falls ein Auftrag anstünde. Und es klappt. Über Nic, Beates römischen Feldherrn mit dem Konto bei der Stadtsparkasse, bekomme ich den Auftrag, Storyboard, Drehbuch und sämtliche Texte für einen Imagefilm zu verfassen, den er für ein Münchner Start-up dreht. Ich habe zwar noch nie für Bewegtbild getextet und hielt Storyboard bisher für den Anglizismus von »Pinnwand«, aber so eine neue Herausforderung kommt mir jetzt gerade recht. Und ich komme unter Leute! Ich sitze mit dem Start-up-Team zusammen, zehn jungen Menschen, die sich und mich zwanglos duzen, von Latte Macchiato leben und ihre Besprechungen »Advanced Product BackLog Meetings« nennen. Was sie vorhaben, weiß ich nicht genau. Irgendwas mit Web 2.0 und Tauchen (falsch, Scuba Diving natürlich). Jedenfalls haben sie alle ständig einen Laptop unter dem Arm, sind überall online, und in ihren Büros stehen mehr Aquarien als Aktenordner. Es ist aber auch unerheblich, worum es genau geht, denn der Imagefilm soll hauptsächlich ihre Begeisterung, ihr Brennen für die Sache und die tollen Marktchancen des Projekts transportieren. Und da ist es schließlich zweitrangig, ob sie Dinkelsemmeln oder Autoersatzteile verkaufen wollen.

Ich habe also zu tun. Und bin so happy mit meinem ersten Job als Freelancer, dass ich meine Angst vor dem Glücklichsein ganz vergesse. Bevor ich Abend für Abend erschöpft ins Bett falle und ohne meine sonst obligatorischen zwei Baldrian Hopfen forte Dragees (oder wahlweise ein Glas Rotwein) in Tiefschlaf versinke, streift das Gespräch mit Beate ab und zu kurz mein Bewusstsein. Auch Paul besucht mich hie und da in meinen Träumen, aber da ich morgens keine Zeit habe, das Geträumte aufzuschreiben, vergesse ich es im Laufe des Tages zum Glück wieder.

Doch vor drei Tagen ist etwas passiert. Es war Mittwoch. Ich saß mit Martin vom Start-up *»beNemo«* abends im *Ö1* in der Herzogstraße, schlürfte Chardonnay und aß Schlutzkrapfen mit zerlassener Butter. Wir besprachen meine Idee, Teile des Imagefilms bei SeaLife zu drehen, mit den Protagonisten in Taucheranzügen zwischen Hammerhaien und Seelöwen. Martin hatte bereits im Olympiapark angefragt und eine Absage bekommen. »Aber ich kenne die Pressetante von SeaLife in Hamburg«, sagte er, »da geht sicher was. Ich meine, wir tun den Tieren ja nichts und zahlen auch für den Dreh. Da können die uns doch für ein paar Minuten zu den Viechern ins Wasser lassen, oder?«

»Sischa«, nuschelte ich und ließ mir den Schlutzkrapfen auf der Zunge zergehen. Ich liebe österreichisches Essen, und ich liebe zerlassene Butter, vor allem, wenn beides von einem Fisch-Start-up bezahlt wird.

»Leider bin ich in den nächsten Wochen hier unabkömmlich«, fuhr Martin fort, »deswegen würde ich vorschlagen, du fliegst so bald wie möglich nach Hamburg und sprichst persönlich mit denen.«

»Klar, kein Problem!« Ich freute mich. Hamburg liebe ich nämlich ebenfalls! Fast so wie diese Schlutzkrapfen.

Wir zückten unsere Terminkalender, Martin rief rasch per Handy bei der SeaLife-Pressetante an, und schon hatte ich einen Termin für das kommende Wochenende.

Ich hatte gerade »→ HH« in mein Moleskine 2007 eingetragen, als mein Handy »tock tock tock« machte. Eine Kurzmitteilung empfangen. Nichts ahnend und geschäftsmäßig drückte ich auf »Lesen« und erstarrte.

Mein Herz, ich bin am 21./22. April in Hamburg. Kannst du hinkommen? Wir müssen uns endlich sehen. Alleine. In Ruhe. Paul

Nee, also echt jetzt. Ob Beate das gemeint hatte mit »das Leben fließen lassen«? Wenn ja, hat es, das Leben, eine seltsame Art von Humor. Doch ich war gar nicht lange geschockt. Erstaunlich gelassen – ich weiß nicht, ob es am Chardonnay, den Schlutzkrapfen oder an meinem neuen Selbstbewusstsein dank

Unterwasser-Job lag – nahm ich Pauls SMS hin und interpretierte es dahingehend, dass mich mein Schicksal offensichtlich direkt in Pauls Arme führen wollte. Deutlicher ging's ja wohl nicht.

Okay. Melde mich am Samstag, wenn ich in HH angekommen bin.

Und außerdem, sagte ich zu mir selbst, heißt das ja nicht, dass etwas passieren muss zwischen Paul und mir. Wir können uns in Hamburg auch einfach in ein nettes Lokal setzen und endlich mal in Ruhe quatschen.
Unter dem schallenden Gelächter von Engelchen und Teufelchen verließ ich das *Ö1* und nahm die Tram nach Hause.

Jetzt sitze ich im Flughafenbus, der mich von Fuhlsbüttel zur S-Bahn nach Ohlsdorf bringt, und mir ist schlecht. Ich sehe mir meine Mitreisenden an und denke: Wie beneidenswert, sie alle verbringen einen ganz normalen Tag in ihrem ganz normalen Leben, haben jemanden zum Flughafen gebracht oder fahren von ihrer Frühschicht im Café nach Hause, ihr Puls ist normal, sie verspüren keine Übelkeit und ihre Hände zittern nicht. Und gleichzeitig habe ich Mitleid mit ihnen. Mit der 20-Jährigen mit dem schlecht gefärbten und glanzlosen roten Haar, die müde und gelangweilt aussieht und auf ihrem billigen MP3-Player gerade Limp Bizkit hört. An wen denkt sie? An ihre vier kleinen Geschwister, die sie mit ernähren muss, weil ihr Vater seit Jahren arbeitslos ist? Oder an den süßen Kollegen aus der Küche bei der Arbeit, der sie aber nie beachtet? Und schräg vor mir dieser 45-Jährige in Missoni-Anzug und fliederfarbenem Hemd, der viel besser in einen New Beetle passen würde als in dieses öffentliche Verkehrsmittel. Warum er wohl Bus fährt? Vielleicht haben sie ihm seinen Firmenwagen gestrichen, weil er was mit der Frau seines Chefs angefangen hat. Oder er ist eigentlich Alkoholiker, und der gut sitzende, teure Anzug ist der letzte Rest an Fassade, der ihm geblieben ist.

Ohlsdorf. Ich steige zum S-Bahnsteig hinauf. Dort gibt es einen kleinen Imbiss mit Bäcker. An Nahrungsaufnahme ist nicht zu denken, aber ein Milchkaffee geht immer. Die hübsche schwarze Bedienung sieht mich an und lächelt, als sie meine zitternden Hände bemerkt, die ihr einen Euro fünfzig geben. »Wird schon«, sagt sie nur. Ich lächle dankbar zurück und stelle mich auf den Bahnsteig, den Kaffeebecher in der einen Hand, eine Zigarette in der anderen. Mein Gott, ist mir schlecht. Aber gleichzeitig fühle ich mich lebendig wie nie. Beziehungsweise wie schon lange nicht mehr. Drama, Drama, Drama! Das Leben kickt.

Die S1 kommt, ich trete die Kippe aus und hieve meine goldene Paulpac-Tasche (sic!) in den Waggon. Verbrenne mir am heißen Kaffee die Zunge. Spüre das Leben in jeder Zelle, in jedem Atemzug, mit jedem Wimpernschlag. Betrachte wieder meine Mitreisenden und bin jetzt nur noch mitleidig: Nie werdet ihr ohne synthetische Drogen diesen Rausch erleben, der mir gerade widerfährt. Dankbarkeit überflutet mich, dass ich a) zu solchen intensiven Gefühlen fähig bin und b) Paul kennenlernen durfte, der sie in mir auslöst. Doch schon bei der nächsten Station mit dem hübschen Namen Rübenkamp (ich liebe Hamburg!) wendet sich mein Gefühlsblatt, und schlechte Empfindungen überschwemmen mich. Ich muss mich setzen und starre nach draußen in den sonnigen Tag. Was tue ich hier, um Gottes willen? Ich reise nach Hamburg, um mich mit Paul zu treffen. Weil er mir eine SMS geschickt hat. Und weil es so einfach war. So einfach, die Geschäftsreise in die Hansestadt als Vorwand zu nehmen, ja sogar als Wink des Schicksals zu betrachten. Jan hat mir noch viel Spaß gewünscht und mich gebeten, mich mal zu melden, damit er wisse, dass es mir gut geht. Und ich fahre gerade in ein Hotel in Billstedt, um dort nach zwei Jahren Paul wiederzusehen. Gemütlich plaudern, klar – aber das kann ich nicht mal meiner Parkuhr erzählen.

Wandsbeker Chaussee. Eine Welle der Sehnsucht flutet mein Inneres. Ich kann nicht anders! Ich *muss* Paul sehen.

> *Du weißt, ein Feuer geht aus, wenn du es länger nicht schürst …**

singt mir Judith Holofernes durch die Kopfhörer meines iPods ins Ohr. Stimmt nicht, meine Liebe. Ich habe das Feuer zwischen Paul und mir lange nicht geschürt, länger als lang. Nicht nur das. Ich habe es ausgetreten, Wasser darüber geschüttet, Löschschaum darauf gesprüht, eine Decke über die Glut geworfen und dann einen großen Bogen um die Feuerstelle gemacht. Sogar ein neues, ganz anderes Feuer habe ich mir angezündet und mich zwei Jahre lang daran gewärmt. Und was hat es mir genützt? Nichts. Bitte, Judith, verschone mich mit deinen Weisheiten, die so wahr klingen. Das tun sie nur, weil du sie so schön singst. Auch diese:

> *Die Zeit heilt alle Wunder …*

Mein Wunder, das Paul heißt, heilt keine Zeit der Welt.

Berliner Tor. Ich muss umsteigen. Wie in Trance schleppe ich meine Tasche zur U3 Richtung Mümmelmannsberg. Witzig,

---

* Aus *Die Zeit heilt alle Wunder* von Wir sind Helden

dass es auch in Hamburg ein Hasenbergl gibt, denke ich, ohne zu lächeln und springe zwischen den sich schließenden Türen in die Bahn. Noch vier Stationen, dann muss ich in irgendeinen Bus umsteigen, an der Horner Rennbahn. Ich kollabiere fast und schaffe es nur mit Mühe, von der U-Bahn hinauf ans Tageslicht zu steigen. Dort drüben fahren die Busse ab. Ich suche Nummer 160. Die Haltestelle, die am weitesten weg ist, war klar. Nur ein einzelner Mensch steht dort. Ein Mann. Groß, sportlich, mir den Rücken zudrehend. Neben ihm steht eine schwarze Sporttasche.

Es ist Paul.

Ich gehe geräuschlos in seine Richtung, denn ich trage Ballerinas. Kurz bevor ich ihn erreicht habe, dreht er sich um, obwohl er mich unmöglich gehört haben kann. Sieht mich an. Wendet seinen Blick aus den graugrünen Augen keine Millisekunde von mir. Paul sieht mich an, als sehe er etwas, das er noch nie in seinem Leben erblickt hat. Sein Gesichtsausdruck hat die mir so vertraute Mischung aus Verwunderung und Freude. Er sieht mich an, als habe er Angst, ich würde verschwinden, löste er seinen Blick von mir. Ich verstehe seine Furcht, denn es geht mir genauso. Eine Straße muss ich noch überqueren, dann bin ich bei ihm. Ein Bus (nicht Nummer 160) fährt vorbei, und ich fürchte kurz, es könnte passieren, was man oft in Filmen sieht: Ein Mensch steht auf der anderen Straßenseite, ein Bus fährt vorbei und verdeckt ihn kurz, und als der Bus weg ist, ist auch der Mensch verschwunden. Aber Paul steht noch da, wo er ist. Zum Glück ist mein Leben eben doch kein Film.

»Paul.« Diesmal beginne ich unser Gespräch.
»Marie.«
Jetzt also doch Hollywood. Ich lasse meine Tasche fallen und

wehre mich nicht, als Paul die Arme um mich schlingt. Ich stehe da, an ihn gelehnt, und er umarmt mich so fest, dass nichts mehr zwischen uns passt. Nicht mal ein bisschen Luft. Ich rieche sein T-Shirt, seine Haut, sein After Shave, spüre seine Körperwärme und sein Herz und denke gar nichts mehr. Außer vielleicht, dass ich Faust nun verstehen kann, der seine Seele an den Teufel verkaufte, um einen Augenblick ewig festhalten zu können.

Meine Connections zum Teufel sind offensichtlich nicht die besten, denn der Moment findet ein Ende, als der Bus kommt. Allerdings ist es nicht Linie 160. Der nächste auch nicht. Genauso wenig wie der übernächste. Paul und ich warten und reden dummes Zeug. Und dann nehmen wir uns ein Taxi zum Hotel. Im Wagen küsst er mich. Wild, leidenschaftlich, hungrig, kratzig und zärtlich. Dann sind wir da.

Paul checkt für uns ein. Und betitelt mich als »seine Frau«. Ich stehe zwar total neben mir, aber nicht so weit entfernt, dass ich solche Feinheiten nicht mitbekommen würde. Zimmer 51 haben wir. Ich werfe alle Bedenken und Gedanken über Bord und gestehe mir ein: Ja, ich will Paul. Jetzt. Sofort. Ich will ihm seine Kleider vom Leib reißen, seine Haut berühren, meinen Mund auf diese Stelle unter seinem Schlüsselbein legen und seinen Körper schwer auf meinem spüren. Und ich kann nichts, rein gar nichts dagegen tun.

»Gehen wir noch einen trinken, an der Bar?«, fragt Paul. Wie bitte?! Ich bin perplex.
»Klar, gerne!« Einen trinken an der Bar? Statt mir auf dem Weg zu Zimmer 51 noch im Aufzug die Klamotten vom Leib zu reißen oder sich wahlweise von mir entkleiden zu lassen, wie ich es mir gerade vorgestellt habe? Das Engelchen guckt entsetzt

und hält ein Schild hoch, auf dem »JAN« steht. Ich scheuche es weg. Gerade befinde ich mich nicht in meinem echten Leben, sondern auf irgendeinem Nebengleis. Später, wenn ich wieder aufwache, wird alles nur ein Traum gewesen sein.

Wir gehen also was trinken. Genauer gesagt Duckstein-Bier. Die Bar ist leer, bis auf uns sitzt keiner dort. Kein Wunder an diesem sonnigen Samstagnachmittag. Ich betrachte Paul. Er trägt einen Dreitagebart, den ich aber sehr an ihm mag. An frisch rasierten Männerwangen schätze ich eigentlich nur die Kühle und den leichten Duft nach Rasierschaum und After Shave. Pauls Schläfen sind grau geworden, er hat auch ein paar Falten mehr um die Augen herum. Die kleine Kerbe in der Mitte seiner Unterlippe, die ich beim Küssen immer so gerne mit meiner Zungenspitze gesucht habe, ist immer noch da, genau wie die Narbe unter dem Kinn. Jetzt erst sehe ich mir das T-Shirt, das er trägt, näher an. *Abschied vom Jugendbonus* steht in orangefarbenen Buchstaben auf dem dunkelgrünen Stoff. Die Schrift verschwimmt leicht vor meinen Augen, und ich muss ein paar Mal heftig blinzeln, damit Paul nicht bemerkt, dass mir das Wasser in den Augen steht. Dieses T-Shirt habe ich ihm mal geschenkt, fast fünf Jahre muss das her sein. Und er hat es extra heute angezogen. Für mich. O mein Gott.

Wir plaudern über unsere Leben. Paul fragt mich, was so passiert sei in den letzten zwei Jahren, und ich berichte. Ziemlich ehrlich sogar. Während ich ihm von Jan erzähle, beobachte ich genau seinen Gesichtsausdruck. Aber der bleibt unverändert. Freundlich, interessiert, neugierig.

»Wir sind dann zusammengezogen«, setze ich einen drauf.
Nichts.
»... in die Wohnung in der Ysenburgstraße, über der Kneipe.«

Die Wohnung, in der du nie warst, füge ich hinzu, allerdings unhörbar. Paul scheint immer noch nicht besonders mitgenommen zu sein von meinem Bericht.
»Und ich habe die Pille abgesetzt«, platze ich heraus. Da. Endlich. Eine Reaktion. Paul zuckt zusammen. Nimmt einen großen Schluck Duckstein und schließt beim Trinken die Augen. Öffnet sie langsam wieder. Stellt das Glas wieder auf den Tresen, folgt ihm mit seinem Blick. Dreht es um 180 Grad und betrachtet das Duckstein-Logo darauf. Wischt sich den Bierschaum von der Oberlippe, räuspert sich. Ich genieße den Moment. Ich habe Paul aus der Fassung gebracht. Es frohlockt in meinem Inneren. Er ist aus dem Konzept gekommen! Paul sieht mich wieder an und sagt, ohne zu lächeln:
»Ihr wollt ein Kind?«
»Ja.«
»Das ist ... das ist toll!«, sagt er und räuspert sich schon wieder. »Bist du schon ...«
»Nein.«
»Okay.«
»Glaube ich zumindest nicht.«
Paul zündet sich eine Zigarette an. Blaue Gauloises, wie immer. Als ich zu einer Kippe greifen will, nimmt er eine meiner roten Gauloises aus der Schachtel, steckt sie sich zwischen seine Lippen, zündet sie an und gibt sie mir. So, wie er es früher immer gemacht hat. Wie ich diese Geste liebe. Sie ist so intim. Dann sagt er in väterlichem Tonfall:
»Du weißt aber schon, dass Rauchen schlecht ist, wenn du schwanger werden möchtest?« Und grinst lässig. Ein bisschen zu lässig.

Wir wechseln das Thema. Mit der Genugtuung im Rücken, Paul schockiert zu haben, verkrafte ich seinen Bericht aus seinem Leben – einem Leben ohne mich – ganz gut. Er pendelt

seit anderthalb Jahren zwischen Berlin und München, sagt er. Hat in Berlin eine Vier-Tage-Stelle als Fotochef eines Magazins angenommen.
»Du, fest angestellt?«, wundere ich mich. Paul, der schon mal darüber nachdachte, sich keine Wohnung zu mieten, weil die Mietverträge immer so eine lange Kündigungsfrist haben, drei Monate üblicherweise. Der eigentlich lieber nur ein Zimmer gehabt hätte, damit er jederzeit seinen Kram hätte packen und in die Welt hätte ziehen können.
»Ja, ich wundere mich selbst ein bisschen«, lacht er, »aber stell dir vor, ich habe mir in Berlin sogar eine Wohnung gekauft!«
Schluck. Das sitzt. Jetzt bin *ich* zusammengezuckt und muss einen großen Schluck Duckstein nehmen und dabei kurz die Augen schließen.

»Du hast eine *Eigentumswohnung*? In Berlin?«, wiederhole ich fassungslos.
»Schatz, in München könnte ich mir nie eine leisten«, sagt er. Als ob es mir darum ginge! »... und ich bin 41, allmählich wird es Zeit, einige Dinge in trockene Tücher zu wickeln.«
»Baum pflanzen, Sohn zeugen, Haus bauen?« Himmel, hoffentlich erzählt er jetzt nicht, dass er ein Kind hat. Meinetwegen kann er eine Baumschule gründen, aber bitte, lieber Gott, lass ihn kein Kind mit einer anderen Frau haben.
Paul lacht. »So ungefähr. Ich habe damit angefangen, mich hoffnungslos zu verschulden. Aber irgendwann besitze ich dann eine Eigentumswohnung!« Offensichtlich gibt es kein Kind. Sonst hätte er das doch jetzt erwähnt. Oder?? Ich frage lieber nicht nach, sondern erkundige mich nach Pauls Eigentum, als könne ich mich dafür wirklich begeistern.
Er erzählt von seiner Immobilie in Friedrichshain. Vier Zimmer, renovierter Altbau, 120 Quadratmeter, Eichenholzparkett, Stuck an den hohen Decken ...

»Guck – alles meins!« Stolz zeigt Paul mir Bilder auf seinem Handy, die spiegelndes Parkett und leere Räume mit weißen Türen zeigen. Schluck. Mir wird ganz flau, als ich die Fotos betrachte und dazu Pauls begeisterten Gesichtsausdruck. Freu dich gefälligst für ihn, Marie, befiehlt mir das Engelchen mit selten erlebtem Nachdruck. Ja doch, ich versuche es ja. Trotzdem bleibt da dieser kleine, schmerzhafte Knoten in meiner Magengegend. Paul scheint keine Sekunde damit zu hadern, dass er diesen beachtlichen Schritt Richtung Sesshaftigkeit nicht mit mir gegangen ist, sondern alleine. Oder vielleicht gar nicht alleine, sondern mit einer anderen? Der kleine, schmerzhafte Magenknoten wird zum tennisballgroßen Klumpen. Wozu braucht ein Mann für sich alleine eine 4-Zimmer-Wohnung? *Stop it,* Marie. Du fragst ihn das jetzt nicht. Du willst es nämlich gar nicht wissen. Also wechsle das Thema.

Rasch frage ich Paul nach Unverfänglicherem. Wir erzählen uns Anekdoten aus unseren Leben.
»Neulich war ich das erste Mal in meinem Leben richtig shoppen!«, erzählt Paul.
»Wie, das erste Mal? Hast du sonst nie Klamotten gekauft?«, frage ich ungläubig.
»Doch, klar, aber ich bin noch nie mit dem Vorsatz in die Stadt gegangen, heute kaufe ich mir lauter Sachen. Habe mir noch nie richtig Zeit dafür genommen.«
»Und was hast du alles gekauft?«
»Drei Jeans, vier Hemden, zwei Anzüge, eine Sonnenbrille, zwei Paar Schuhe, ein T-Shirt und getrocknete Tomaten.«
»Getrocknete Tomaten?«
»Ja. In Öl.«
Wir lachen. Und ich erzähle ihm von Frau Korschil, dem Mietbanausentum und dass ich wirklich auf ihren Anruf warte. Paul findet die Geschichte super.

»Wie toll von dir, dass du dir so viel Zeit für die Oma genommen hast«, meint er, »das hätten sicher die wenigsten an deiner Stelle getan!« Ich lächle geschmeichelt. Ein Punkt für mich. Marie, der Gutmensch.

»Gehen wir rauf?«, fragt Paul unvermittelt. Seine Stimme klingt ganz anders als vorher, rauer und tiefer, und er lächelt auch nicht mehr. Ein elektrischer Schlag fährt mir von der Kehle direkt in den Magen und ich bekomme eine Gänsehaut.
»Ja«, hauche ich und lasse mich mit wackligen Knien von meinem Barhocker gleiten.
»Das geht alles auf Zimmer 51, danke«, sagt Paul zur Frau hinter der Theke, gibt ihr ein Trinkgeld und legt dann seinen Arm um meine Schultern, als wir zum Lift gehen.

Die Aufzugtüren schließen sich. Im nächsten Moment spüre ich Pauls rechte Hand um meinen Nacken, seine linke auf meinem Busen und seinen Mund auf meinen Lippen. Meine Zunge hat keine Gelegenheit, die kleine Kerbe in seiner Unterlippe zu suchen, denn sie wird sofort von Pauls Zunge erobert, bedrängt, in Schach gehalten. Dann sind wir im fünften Stock. Wir finden Zimmer 51 und Paul öffnet die Tür mit der Karte. Lässt mich eintreten. Ich steige aus meinen Ballerinas und gehe zum Fenster, blicke hinaus auf diesen nicht gerade romantischen Teil von Südost-Hamburg. Schließe die roséfarbenen, schweren Vorhänge. Die harte Aprilhelligkeit weicht einem pudrigen Dämmerlicht.

Dann spüre ich Pauls Atem in meinem Nacken. Er greift an meine Hüften und zieht mir mit einer sanften und gleichzeitig sehr bestimmten Bewegung mein T-Shirt über den Kopf. Löst dann den Verschluss meines BHs. Und seufzt tief, als seine Hände sich um meinen Busen legen. »Gott, wie habe ich dich vermisst«, flüstert Paul in mein linkes Ohr, und als ich mich an seinen Körper presse, kann ich spüren, wie hart und erregt er ist. Ich will mich umdrehen und ihn küssen, aber er hält mich fest. Öffnet dann die Knöpfe meiner Jeans und schiebt sie nach unten. Ich steige aus meiner Hose und kicke sie weg. Gierig streift Paul mir meinen Slip ab und streicht schwer atmend meine Hüften entlang.

»Marie, Marie …«, flüstert er heiser. »Dreh dich um.« Ich stehe nackt vor ihm und sehe seine Augen über meinen Körper wandern, von oben nach unten und wieder hinauf. Ohne seinen Blick von mir zu wenden, reißt Paul sich sein Shirt vom Leib und streift die Jeans gleich mit seinen Shorts zusammen ab. Dann nimmt er meine Hand und geht rückwärts zum Bett, bis er mit den Beinen anstößt und nach hinten auf die Laken fällt, mich mit sich, auf sich ziehend. Beinahe lasse ich mich sofort auf ihn gleiten, aber dann halte ich in der Bewegung inne. Es dauert eine gefühlte Ewigkeit, in Echtzeit würde ich sagen, ungefähr eine halbe Stunde, in der wir uns atem- und fassungslos ineinander verknotet auf dem Bett wälzen, bis ich mich ihm öffne und ihn endlich in mich eindringen lasse. Unsere Körper haben nichts verlernt und nichts vergessen, immer noch verstehen sie sich blind, der eine weiß schon Millisekunden vorher, was der andere gleich tun wird. Es ist die perfekte Harmonie, und es ist gleichzeitig Kampf, Kräftemessen und ein fast schmerzhaftes Zurücknehmen der Begierde, um sie dann Sekunden später umso heftiger zuzulassen.

Es ist alles, wonach ich mich immer gesehnt habe.

Viele Stunden und unzählige Höhepunkte, Minibar-Biere, Zigaretten und Liebesschwüre (ja!) später liege ich völlig erschöpft und so glücklich, dass ich zittere und mir ständig die

Augen überlaufen, neben Paul auf den feuchten, zerknitterten Laken. Das ganze Zimmer riecht nach Sex und Zigarettenrauch – wunderbar.

»Marie«, sagt Paul, »ich muss dir was sagen.«
Schon wieder diese Angst. Das klingt nicht gut. Ob er jetzt weg muss und mich alleine lässt? Oder mir sagt, dass das wirklich das letzte Mal war?
»Was denn, Paul?«
Er stützt sich auf einen Ellenbogen, nimmt das erste Mal seit Stunden seine Hand von meinem Körper und sieht mich an, ohne mich zu berühren.
»Marie, ich will dich.«
»Schon wieder?«, lache ich und spüre, wie die Lust sofort in meinen Körper zurückkehrt.
»Ich meine: Ich will dich«, wiederholt Paul. »Ich will dich als meine Freundin, als die Frau in meinem Leben, ich will eine Beziehung mit dir, ich will dich ganz für mich, mit allem Drum und Dran. Eine gemeinsame Wohnung. Zusammen leben. Winterreifen und Zahnseide kaufen gehen. Heiraten. Jeden Tag miteinander schlafen. Für immer zusammen sein.«
»Aber …«
»Bekomm dein Kind mit mir, Marie«, sagt Paul. »Ich will dieses Kind. Mit dir.«

Mit den wunderbarsten Momenten in meinem Leben ist es wie mit den schrecklichsten. Ich bekomme sie nicht ganz mit, weil ich unter Schock stehe. Meine Gefühle gleichen in dem Moment, in dem Paul mich bittet, seine Frau und die Mutter seines Kindes zu werden, auf erschreckende Weise denen, die ich hatte, als er vor drei Jahren mit mir Schluss machte, weil er nicht mit mir leben wollte. Auch damals lagen wir verschwitzt nach ausdauerndem und ekstatischem Sex im Bett. Und auch damals fühlte ich diese dumpfe Taubheit, die nicht weh tut, aber auch nicht schön ist.

Ich müsste jetzt einfach nur »ja« sagen. Oder zumindest »okay«. Und ich öffne auch meinen Mund, aber mein Sprachzentrum versagt, die Nervensignale an Zunge, Stimmbänder und Lippen, die nötig wären, um »okay« zu sagen, bleiben aus und ich stumm.

»Tock-tock-tock«, sage ich.
»Tock-tock-tock?« Nein, das war gar nicht ich, das war mein Handy, das sich ins Gespräch einmischte. Bevor ich mir Gedanken machen kann, wie lieblos sich das jetzt für Paul anfühlen mag, der mich immer noch erwartungsvoll ansieht, greife ich zum Nachttisch und nehme mein Handy in die Hand. Klappe es auf, aus dem Augenwinkel beobachtend, wie Pauls Blick sich von erwartungsvoll in ungläubig verwandelt.

> *Mein Liebling, alles klar bei dir? Bist du gut in Hamburg angekommen und wie war dein Termin? Erfolgreich, hoffe ich. Ich habe jedenfalls die ganze Zeit an dich gedacht. Wollte heute Abend eigentlich auf die Geburtstagsfeier ins Fürstenegger gehen, aber ohne dich ist das blöd. Bleibe also zu Hause. Kuss, meld dich mal, Jan (der dich sehr liebt)*

»Ich muss weg. Ich muss weg. Ich muss weg.« Offensichtlich kann ich wieder sprechen, denn das ist meine Stimme, die ich da gerade gehört habe. Ich sehe fast nichts mehr, weil sich in meinen Augen die Paulglückstränen mit den Janschamtränen mischen. Meine Augen brennen, als hätte ich Chilipulver als Lidschatten verwendet. Was vermutlich an einer chemischen Reaktion der beiden Tränensorten liegt.

Ich springe vom Bett auf, das Handy noch in der Hand, haste zum Fenster, wo meine Klamotten liegen, verfolgt von Pauls fassungslosen Blicken. Jetzt ist er endlich mal so schockgefrostet, wie ich es bisher oft war, denke ich, während ich mich eilig anziehe. Aber ich empfinde keinerlei Genugtuung, weil ich mich gerade selbst so scheußlich fühle.

»Es tut mir leid«, sage ich zu Paul, der nackt, schön und immer noch sprachlos auf dem Bett liegt, »es tut mir leid, es tut mir leid!« Ich werfe mir den Trageriemen meiner goldenen Tasche über die Schulter. »Verzeih mir«, sage ich zu Paul und stürze aus dem Hotelzimmer. Hoffentlich kommt Paul mir nicht hinterher, denke ich und meine es ausnahmsweise wirklich so. Aber obwohl der Lift ewig braucht, um von U1 bis in den fünften Stock zu fahren, bleibt die Tür des Zimmers mit der Nummer 51 verschlossen. Unten in der Lobby überlege ich kurz, ob ich die Rechnung begleichen soll. Entscheide mich aber dagegen. Ich will Paul nicht noch mehr beleidigen.

»Können Sie mir bitte ein Taxi rufen?«, frage ich die Rezeptionistin, die mich besorgt ansieht und offensichtlich überlegt, ob sie ihre professionelle Distanz über Bord werfen und mich fragen soll, ob alles in Ordnung ist. »Alles okay«, komme ich ihr zuvor, »ich bräuchte bitte nur ein Taxi.«
»Natürlich. Kommt sofort«, sagt sie und greift zum Telefon.
Ich nicke dankbar und gehe nach draußen vor das Hotel. Dort erst sehe ich auf die Uhr. Es ist fast Viertel nach zehn und stockdunkel. Vor acht Stunden habe ich Paul an der Bushaltestelle umarmt. Da lag noch alles vor mir. Welch göttlicher Moment, wie gerne würde ich ihn zurückholen und immer und immer wieder erleben. In aller Unschuld. Einfach nur dieses Gefühl genießen, etwas lang Vermisstes wiedergefunden zu haben, Pauls Haut zu riechen, seine Körperwärme zu spüren, meine

Freude. Schon komisch, dass man Liebe und verwandte Gefühle tatsächlich im Herzen spürt und nicht etwa im Kopf oder in den Kniekehlen. Keinem droht der Kopf zu zerspringen, wenn die Liebe ihn überwältigt, aber jeder kennt das Gefühl, wenn Herz und Brustkorb zu klein werden für die pulsierenden Emotionen in ihnen. Niemand erwähnte je vor Liebeskummer schmerzende Kniekehlen, aber jeder weiß, dass ein Herz tatsächlich qualvoll bricht, wenn die Liebe stirbt. Das Stechen im Brustkorb, das man im schlimmsten Fall ein Leben lang spürt – besonders bei Wetterwechseln – kommt sicher von den übriggebliebenen Splittern.

Zum Glück kommt das Taxi schon nach fünf Minuten. »Zum Hauptbahnhof, bitte«, sage ich und bete, dass um diese Zeit noch ein Zug geht. Ich krame meinen iPod aus meiner Tasche und suche mir aus 3623 vorhandenen Songs gezielt das eine Lied aus, das im Moment am besten passt:

Did I disappoint you or let you down?
Should I be feeling guilty or let the judges frown?
'Cause I saw the end before we'd begun,
Yes I saw you were blinded and I knew I had won.
Goodbye my lover.
Goodbye my friend.
You have been the one.
You have been the one for me. *

Am Bahnhof gehe ich wie in Trance zum Abfahrtsmonitor und sehe, dass um 22 Uhr 47 der letzte Zug Richtung Süden geht. In fünf Minuten also. Das erste Mal in meinem Leben besteige ich einen Zug, für den ich kein Ticket in der Tasche habe. Aber

* Aus *Goodbye my Lover* von James Blunt

ich glaube, bei der Deutschen Bahn fährt man nicht schwarz wie in der Münchner U-Bahn, ich glaube, man kann seine Fahrkarte ganz regulär auch nachträglich an Bord kaufen. Und wenn nicht, ist es mir auch scheißegal.

Goodbye my lover …

MONTAG, 23. APRIL 2007 – RAUCHER STERBEN FRÜHER

Musik: Justin Timberlake: What goes around … comes around
Getränk: Kangaroo Ridge Shiraz
To Dos: Rauchen

Über elf Stunden dauerte meine nächtliche Zugfahrt von Hamburg nach München. Irgendwo musste ich sogar umsteigen. Aber ich habe keinen blassen Schimmer mehr, wo das war. Die ganze Zugfahrt kommt mir im Nachhinein vor wie ein böser Traum, der nicht enden wollte. In lichten Momenten versuchte ich, daran erinnere ich mich dunkel, mir eine Lösung für mein berufliches Problem zu überlegen, das sich aus meiner unterleibsgesteuerten Aktion mit Paul ergeben hatte. Denn natürlich habe ich den Termin mit der *SeaLife*-Pressefrau nicht wahrgenommen. Ich glaube, ich beschloss, einfach nah an der Wahrheit zu bleiben. Und wenn es mich diesen ersten, vielversprechenden Job als Freelancerin kosten sollte, dann war das eben das Lehrgeld.

Heute muss ich jedenfalls erst mal bei Martin von *beNemo* anrufen und ihm beichten, dass ich nichts für den Dreh des Imagefilms zwischen Katzenhaien und Delphinen getan habe und dass er und seine Kollegen sich nun wohl oder übel entweder in den eigenen Aquarien filmen lassen müssen oder das Konzept verwerfen und sich etwas ganz Neues ausdenken.

»*beNemo*, Martin am Apparat?«
»Äh, hi Martin, hier ist Marie!«
Betretenes Schweigen am anderen Ende der Leitung. Weiß er etwa schon …?
»Martin?«
»Marie, es tut mir total leid!«
»…«
»Echt, Denise hat mich gerade angerufen …« Denise ist die *SeaLife*-Tante. Mist.
»… und mir erzählt, dass sie euren Frühstückstermin am Sonntag verschwitzt hat, weil ihre kleine Tochter plötzlich diesen Brechdurchfall hatte …«
Brechdurchfall! Großartig!
»… und dass sie deine Handynummer verschlampt hatte und mich nicht erreicht hat, weil ich beim Golfen in Tirol war und dort kein Netz hatte, was sie natürlich nicht wissen konnte …«
Ja, ja, schon gut, denke ich und sage versöhnlich:
»Du, das ist nicht so schlimm. Ich habe mir so etwas schon gedacht. Ich werde meine Spesen für diesen Hamburg-Trip nicht abrechnen und einfach demnächst noch mal rauffahren, okay?«
»Rauf fliegen! Und natürlich rechnest du die Spesen ab!«, sagt Martin und klingt erleichtert.
Klar, fliegen, denke ich, noch so eine Zugfahrt überlebe ich nicht.

Warum macht es mir das Schicksal eigentlich immer so verdammt leicht? So leicht, Jan zu belügen? Ich musste ja nur ein paar Stunden und diverse Umstände in meiner Erzählung weglassen. *White Lies*. Beinahe hätte ich ihm alles erzählt, aber dann widerstand ich dieser Versuchung doch. Ich erinnerte mich nämlich gerade noch rechtzeitig an jene Szene aus *Sex and the City*, in der Carrie Aidan, der sie heiraten will, gesteht, dass sie ihn mit Mr. Big betrogen hat. Er ist natürlich tief getroffen, wirft ihr aber noch mehr als den Betrug an sich die Tatsache vor, dass sie ihn nicht für sich behalten konnte. »Du wolltest nur dein Gewissen erleichtern«, sagt er sinngemäß, »hättest du doch einfach geschwiegen!«

Es ist 22 Uhr 30. Jan ist auf seinem »Jour Fixe« mit seinen Jungs. Ich finde es ja eigentlich super, dass jeder von uns auch noch seinen eigenen Freundeskreis hat. Aber heute Abend leide ich sehr darunter, dass ich nicht mitgehen konnte. Beate hat auch keine Zeit, sie muss dringend bügeln, hat sie gesagt. Anja ist nun schon hochschwanger und fährt ungern spätabends in die Stadt, weil sie eh keinen Alkohol trinken kann und trotzdem alle zwanzig Minuten aufs Klo muss. Und Marlene ist mit ihrer Schwester Sandra in Südfrankreich, ein Schloss für deren Hochzeit aussuchen, auf die alle eingeladen sind, die Sandra kennt, nur ich nicht.

Ich trinke Rotwein vor dem Laptop und tue mir leid. Dann starte ich den Yahoo Messenger, was ich lange nicht mehr getan habe. Auch Paul ist in meiner *buddy list* vertreten, allerdings liegt seine letzte Anmeldung Ewigkeiten zurück. Irgendwann im Jahre 2003 haben wir mal über den Messi gechattet, in Internetzeit ist das ungefähr ein Jahrhundert her. Unsere Unterhaltung von damals ist nicht mal mehr im Archiv gespeichert. Vielleicht ja auch besser so. Ich will gar nicht an Paul denken. Ich logge mich ein. Anmeldung merken und Yahoo Messenger bei jedem Start automatisch ausführen? Ja, warum nicht.

BUZZ! Mein Messi-Fenster wackelt, und ich lasse beinahe vor Schreck den Laptop von meinen Knien rutschen. Simon hat mich angeschrieben.

simon1976: *hey mariechen!*
marie.sandmann: *simon! erschreck mich doch nicht so, zum teufel!*
simon1976: *wie geht's immer? man hört ja gar nichts mehr von dir!*
marie.sandmann: *du, sorry, ich bin doch jetzt selbständig … hab irre viel zu tun … macht aber spaß! ☺*
simon1976: *super! sag bescheid, wenn du einen job brauchst. ich hab gute kontakte!*
marie.sandmann: *ja, danke …*
simon1976: *schneckerl?*
marie.sandmann: *ja?*
simon1976: *du hast doch was. ist was passiert?*
marie.sandmann: *kannst du gedanken lesen???*
simon1976: *nö, aber frauen ☺*
marie.sandmann: *simon …*

Ich denke kurz nach. Kann ich, soll ich es wirklich sagen? Aber Simon ist erstens kein Waschweib und hat zweitens weder eine Meinung zu Jan, noch kennt er ihn gut. Er wird zu mir halten.

marie.sandmann: *ich … ich habe vorgestern paul wiedergesehen.*
simon1976: *ups*
marie.sandmann: *»ups« trifft es ganz genau!*
simon1976: *ich nehme an, ihr habt ordentlich gevögelt?*
marie.sandmann: *woher weißt du …?!*
simon1976: *schneckerl, paul und du beim kaffeetrinken, das kannste deiner parkuhr erzählen ;-)*

marie.sandmann: ☹
simon1976: *ich fasse zusammen: ihr habt ordentlich gevögelt. warum dann ☹?*
marie.sandmann: *simon, ich habe einen freund!!!*
simon1976: *ist mir nicht entgangen. und jetzt hast du zu deinem freund dazu auch noch ein richtig fies schlechtes gewissen?*
marie.sandmann: *und wie …*
simon1976: *schatz. das musst du nicht. jan wird es nie erfahren. ich glaube ja eher, dir geht es aus einem anderen grund schlecht.*
marie.sandmann: *und der wäre???*
simon1976: *du hast gemerkt, dass es nicht nur vögeln war. du liebst diesen kerl immer noch. nichts hat sich geändert. wenn du vor ihm stehst, wenn du in seinen armen liegst, ist es, als sei kein tag vergangen, jan ist dir egal, du willst nur paul …*
marie.sandmann: *jan ist mir ganz und gar nicht egal! sonst hätte ich pauls heiratsantrag angenommen, statt hals über kopf aus dem hotelzimmer zu fliehen!*
simon1976: *hotelzimmer, aha. kaffeetrinken im hotelzimmer.* ☺
marie.sandmann: *simon, es geht mir echt beschissen!!!*
simon1976: *sorry. HEIRATSANTRAG?????????????*
marie.sandmann: *ja, du schnellchecker.*
simon1976: *krass. hätte ich ihm gar nicht zugetraut. wann hat er das gesagt? als er gerade kam?*
marie.sandmann: *nein. ungefähr 20 minuten danach.*
simon1976: *warum verkomplizierst du immer alles künstlich, hasi? ihr habt toll gevögelt, er hat dir einen heiratsantrag gemacht, aber du hast gemerkt, dass dir jan wichtiger ist und hast die biege gemacht. ist doch alles im grünen bereich. wie gesagt, jan wird nie etwas*

erfahren – von mir sowieso nicht – du musst nur aufpassen, dass du das nicht in einer proseccotrunkenen minute beate, marlene oder einem anderen deiner tratschbunnys erzählst. es gibt halt für manche einen menschen im leben, mit dem das vögeln einfach unschlagbar ist. so what? genieß es und leb dein leben weiter, heirate deinen jan, und wenn's sein muss, triff paul, den superstecher, alle naselang mal und hab spaß mit ihm. ist doch nix dabei. WEIBER! (schade nur, dass ich nicht dein paul bin ;-))

RAUCHER STERBEN FRÜHER. Hurra. Gierig reiße ich die neue Schachtel Rote Gauloises auf und zünde mir eine an. Auf dem Balkon. **RAUCHEN KANN TÖDLICH SEIN.** O ja, bitte. Bitte jetzt sofort. Ich will sterben, ich habe keine Lust mehr. Kaum war alles super, kaum fehlte nur noch ein positiver Schwangerschaftstest zu meinem ungetrübten Glück, kommt dieser Kerl wieder, drängt sich mit »mein Herz«-SMS zurück in mein Leben und bringt alles durcheinander, was ich mir mühsam aufgebaut habe. Dahin die unbeschwerten Stunden, Tage und Wochen, in denen ich keine Sekunde an Paul dachte. Ich bin wieder eingefangen, er beherrscht meine Sinne, meine Gefühle, meine Laune. Und natürlich hat er sich nach meinem filmreifen Abgang vor zwei Tagen nicht mehr gemeldet.

BUZZ! Das Messenger-Fenster erbebt erneut. Ja, ja, Simon, ich bin noch da. Ich klicke den Messi wieder an, um Simon zu antworten.

paul1965: *hallo?*

Nein. Das kann jetzt nicht sein. Simon muss sich einen Spaß erlaubt und sich rasch als Paul angemeldet haben. Dieser Scherzkeks.

paul1965: *mein herz, bist du online?*
marie.sandmann: *ja.*
paul1965: **freu**
paul1965: *marie???*
paul1965: *hallo???*
paul1965: *BUZZ!*
marie.sandmann: *ja, ich bin ja da …*
paul1965: *du bist jetzt online?*
marie.sandmann: *jaha.*
paul1965: *super ☺ ☺ ☺*
paul1965: *marie …*
paul1965: *es war so wunderbar in hamburg.*
marie.sandmann: *ja, das war es.*

Warum schreibe ich Idiotin so etwas? Ich müsste tippen: Sorry, Paul, es war fabelhaft, aber ich bin nun mal mit Jan zusammen und möchte dich nie wiedersehen. Bitte lösch meine Nummer, schreib mir keine SMS mehr, schick mir keine E-Mails mehr, ruf mich nie wieder an und kontaktiere mich bitte auch nicht mehr über den Messenger!

paul1965: *hast du noch mal über meine frage nachgedacht?*
marie.sandmann: *welche frage?*

Es tut mir leid. Aber ich muss es einfach noch mal schwarz auf weiß lesen.

paul1965: *OB DU MIT MIR ZUSAMMEN SEIN WILLST. ein kind mit mir kriegen, mich heiraten, dein leben mir mir verbringen!*
marie.sandmann: *nein.*
paul1965: *nein? einfach nur nein?*

marie.sandmann: *paul, es tut mir leid. ich bin jetzt ganz ehrlich. ich liebe dich immer noch, ich begehre dich maßlos, ich bekomme weiche knie, wenn ich deine stimme höre, und ich vergesse alles um mich herum, wenn du mich berührst. immer noch, nach all den jahren. aber ich kann nicht mit dir zusammen sein. ich bin jetzt mit jan zusammen, wir wollen eine familie gründen. ich liebe ihn, anders als dich, aber ich liebe ihn. er ist gut zu mir, er ist immer da, wenn ich ihn brauche, wir lachen viel zusammen, und der alltag ist so schön mit ihm. und ich kann das jetzt nicht alles einfach wieder über den haufen schmeißen, nur weil dir nach zwei jahren einfällt, dass du mich irgendwie doch liebst und du jetzt bereit für etwas ernsthaftes wärst. tut mir leid, paul. aber es ist zu spät! es ist zu spät.*
marie.sandmann: *paul? bist du noch da?*
paul1965: …
marie.sandmann: *versteh mich doch. du wolltest mich nicht, vor zwei jahren, als ich dich wollte. du hast damals gesagt, lass es uns doch weiterhin so unverbindlich halten, spaß zusammen haben, aber nicht zusammenziehen, nicht zusammen leben.*
paul1965: *ach so, jetzt bin ich also schuld?*
marie.sandmann: *nein, keiner ist schuld. vielleicht wären wir ein perfektes paar gewesen, das beste seit romeo und julia. aber leider wollten wir das eben nie zur selben zeit sein. es ist schrecklich schade. und glaub mir, es tut mir verdammt weh. aber es ist nun mal so.*
paul1965: *ich glaube, du hast zu viel shakespeare gelesen. aber wenn das wirklich dein ernst ist …*
marie.sandmann: *es ist mein ernst, paul. es tut mir leid.*
paul1965: *mir auch.*
marie.sandmann: *bitte, lass uns doch freunde sein. man*

muss doch nicht immer gleich alles wegwerfen, wenn es als paar nicht klappt. wir haben doch so viel mehr als ...
paul1965: *ich muss jetzt bundesliga-manager spielen. der tsv 1860 braucht mich als trainer im abstiegskampf.*

paul1965 *hat sich abgemeldet.*

Ich schnappe nach Luft und starre auf meine *buddy list*, in der Paul nun nur noch hellgrau zu sehen ist. Er hat sich tatsächlich ausgeloggt. Ich melde mich ebenfalls ab und treffe beinahe den Menüpunkt nicht mit dem Mauszeiger, weil meine Finger so zittern. Sollen die Worte »Der TSV 1860 braucht mich als Trainer im Abstiegskampf« tatsächlich die letzten sein, die Paul in meinem Leben an mich richtet?

DONNERSTAG, 10. MAI 2007 – 30 C

Musik: Emmylou Harris & Mark Knopfler: Red Staggerwing und Neil Sedaka: Run Samson Run
Getränk: Volvic, Veneto Spritz
Glücksmoment: Gewissensbisse lassen nach

Es sieht tatsächlich so aus. Zweieinhalb Wochen lang habe ich keinen Ton von Paul gehört. Was mich nicht überrascht, denn unsere Beziehung war nie besonders geräuschlastig. Ich kann die Male, die Paul mich anrief, an beiden Händen abzählen. Selbst 2003, als wir ein halbes Jahr lang ein halbwegs normales Paar waren, telefonierten wir kaum. Aber damals sahen wir uns ja auch fast jeden Tag. Seufz.

Mein schlechtes Gewissen ist etwas besser geworden. Was, wie ich zugeben muss, auch daran liegt, dass es mir so beschissen geht. Ich habe das Gefühl, mit meinem Leid dafür zu bezahlen, Jan betrogen zu haben. Der Preis ist nämlich wirklich hoch. Außerdem ist Jan momentan so gut wie nie zu Hause. Er hat einen Mandanten (oder heißt das Klienten? Ich kann es mir nie merken) in Bremen und ist die ganze Woche dort. Am Wochenende arbeitet er zu Hause am Laptop weiter oder schläft. Er sieht immer müde aus, sein Gerade-aufgewacht-Blick, den ich so liebe, ist momentan eher ein Ich-schlaf-gleich-ein-Blick. Und ich, ich stürze mich notgedrungen ebenfalls in die Arbeit. Erstens, weil ich Geld brauche, und zweitens, weil mir dann weniger Zeit bleibt, über die Misere nachzudenken, in der ich mich befinde. Wenn ich am Imagefilm für *beNemo* arbeite und an den Pressetexten und Werbekonzepten für das Start-up, sitze ich meistens mit meinem Laptop im Taxisgarten. Ja, es hat durchaus seine Vorteile, frei zu arbeiten, vor allem, wenn im Mai schon Sommer ist wie dieses Jahr. Allerdings macht man sich keine Vorstellung davon, wie belebt so ein Biergarten mitten unter der Woche am frühen Nachmittag sein kann. Ich frage mich sowieso immer, warum so viele Leute am helllichten Tag frei in der Stadt herumlaufen. U-Bahnhof Marienplatz, Dienstag, 11 Uhr 20: voll! Café Glockenspiel, Mittwoch, 14 Uhr: kein Platz zu bekommen! Müssten die nicht alle im Büro sein? Oder zumindest mit ihren Babys beim Säuglingsschwimmen, bei der Physiotherapie oder im Finnisch-Kurs? Das können doch unmöglich alles Freelancer wie ich sein?

Ich habe entdeckt, dass ich zum Arbeiten Musik brauche, um nicht der Versuchung zu erliegen, die Gespräche der Leute an den anderen Tischen zu belauschen. Denn dann reime ich mir ihre Lebensumstände und Geschichten zusammen, wo sie wohnen, von wem sie nachts träumen und ob sie glücklich sind, verzweifelt oder einfach gedankenlos.
Ich habe also stets meinen iPod dabei. Deutschsprachige Musik

geht leider nicht, wenn ich texten muss, denn sie lenkt mich zu sehr ab. Und auch die meiste andere Musik ist nicht geeignet, weil sie Emotionen in mir hervorruft. Zu vieles ist mit Erinnerungen an Paul belastet. Wir haben ständig Musik gehört, als wir zusammen waren, das ist mir damals gar nicht so aufgefallen. Aber jetzt, ein paar Jahre später, höre ich Moby, Bruce Springsteen, Rosenstolz, Kaiser Chiefs und leider sogar Coldplay, und sofort muss ich an Paul denken. Etwas Neues musste also her. Und da Country-Musik generell eine sehr beruhigende Wirkung auf mich ausübt, habe ich mir das Album »All The Roadrunning« von Emmylou Harris und Mark Knopfler bei iTunes heruntergeladen. Genau, der von den Dire Straits. Und Emmylou hat den Titelsong »A Love That Will Never Grow Old« im Film »Brokeback Mountain« gesungen. Ich kann diese Musik nur jedem empfehlen, der unter Stress und Liebeskummer leidet. Außer, man war mit dem Verflossenen im USA-Urlaub und verbindet damit Lagerfeuer- und Cowboy-Bilder, die beim Hören der Musik unweigerlich im Kopf entstehen. Und Track 6 sollte man überspringen: »Love And Happiness«.

Es geht mir also langsam besser. Vielleicht ist es sogar ganz gut, dass Jan so wenig in München ist. Ich habe nämlich nicht vergessen, was Beate mir neulich ans Herz gelegt hat: das mit der Selbstliebe. Im Gegenteil. Ich habe das Stichwort bei amazon.de eingegeben und mir vier Bücher zum Thema gekauft. Zwei davon habe ich sogar ganz gelesen. Und ich bemühe mich jeden Tag, mit ersten Erfolgen: Ich übe, mit mir selbst glücklich zu sein. Ich sammle keine To Dos mehr, die mich nur unter Druck setzen und die ich sowieso nie alle schaffe, ich sammle jetzt Glücksmomente und schreibe sie auf. Parallel dazu habe ich den Spruch »Das Leben ist kein Ponyhof« überall platziert, wo ich häufig bin: über der Espressomaschine, als Bildschirmschoner auf meinem Laptop, als Post-it an meinem Spiegel im Bad. Für mich bedeutet dieser Spruch: Werde erwachsen, Marie, das Besondere zwischen dir und Paul fühlt sich nur deswegen so atemberaubend an, weil ihr kein Paar seid und auch nie ein normales Paar sein werdet. Verwechsle nicht Drama mit Liebe.

Ich weiß, dass ich damit recht habe. Auch wenn es in meinem Inneren manchmal Widerworte gibt, die sagen: Paul ist doch der einzig Richtige für dich, das Glück deines Lebens, aber weil du zu feige bist, dich darauf einzulassen, drehst du es dir jetzt als Traum ohne Chancen in der Realität hin.
Aber ich weiß, dass ich die Wahl habe. Ich kann mit Paul unglücklich werden oder ohne ihn glücklich. Und momentan sehne ich mich nach Glück.

Tock-tock-tock.

Wo seid Ihr alle???

Ach du Sch… Das ist Beate. Ich blicke auf die Uhr. 19 Uhr 45. Vor einer Viertelstunde sollte ich in der *Bar Centrale* sein und mit Beate ihren Geburtstag 30c feiern. Irgendwie habe ich die Zeit vergessen vor lauter Country-Musik und Pressetexten.

Bin gleich da, Süße!

Ich haste zur U-Bahn, die zum Glück sofort kommt. Acht Minuten später bin ich am Odeonsplatz und eile durch die Altstadt in die Ledererstraße, in der eine auffällig hohe Porsche-, Mercedes-, SLK- und MINI-Cooper-Cabrio-Dichte herrscht. Mir fällt auf, dass es das *Bangkok Haus* nicht mehr gibt, diesen Thailänder, bei dem ich immer mal mit Jan essen gehen wollte. An seiner Stelle ist da jetzt ein weiterer Schicki-Laden. Gegenüber das *Hotel Cortiina* mit seiner fast schon berühmten durchgestylten Lobby, in der gerne mal Pressetermine von Cacharel oder Givenchy stattfinden. Dann die *Bar Centrale*, ein winziger Laden, wie immer überfüllt, laut und heiß. Ich sehe Anzugträger mit rosafarbenen Hemden und Frauen mit Guccitaschen. Dann fällt mir auf, dass ich heute selbst nicht viel besser bin, zumindest von außen betrachtet. Ich trage ein stylisches, olivfarbenes Kleid von Pussy Deluxe mit pinkfarbenen Kontrastnähten, hohe beige Pumps in Krokodillederoptik und eine riesige dunkelgrüne Canvas-Tasche mit einer großen, glitzernden Krone aus Strasssteinen darauf. Na ja, immerhin keine Guccitasche.

»Beate! Es tut mir leid, dass ich so spät komme ... Bin ich die Erste??«

»Ja«, sagt Beate, wirkt aber weder bedrückt noch einsam, »macht nichts, ich habe mir schon ein paar Veneto Spritz genehmigt!«

Sie trägt ihr nagelneues schwarzes Madonna-Kleid von H&M und sehr roten Lippenstift.

»Gut siehst du aus, Süße«, sage ich ehrlich und drücke ihr mein Geschenk in die Hand, einen Gutschein für das tollste Geschäft in München, *Lily St. Cyr* in der Reichenbachstraße. Dort gibt es Taschen und Schuhe von Friis Company und sogar, ganz neu im Sortiment, deren Sonnenbrillen, Schmuck von Pilgrim und Klamotten von St. Tropez. Ein Traum.

Wir quatschen über Beates Geburtstag, der so aussah, dass ihre Mutter um acht Uhr morgens vor der Tür stand, um mit ihr den Tag zu verbringen. Beate war zunächst weniger erfreut, doch dann wandte sich doch noch alles zum Guten.

»Ich habe jetzt vier Kleider, drei Paar Schuhe, zwei Sets Unterwäsche und ein Paar Ohrringe mehr«, erzählt Beate, »aber das Schönste ist, es war richtig nett mit meiner Mama. Ich war ja nie ein Anhänger der ›Meine Mutter ist meine beste Freundin‹-Fraktion. Aber jetzt, mit dreiund… äh, mit 30c, klappt das auf einmal super!«

»Ist doch toll«, finde ich und überlege, wann ich das letzte Mal etwas mit meiner Mutter unternommen habe, so freundinnenmäßig, meine ich. Ich glaube, ich war fünf und wir waren in Norddeutschland unterwegs, die Verwandtschaft besuchen. Nicht, dass ich es seitdem nicht versucht hätte. Aber als ich ihr vor zwei Jahren zum Geburtstag einen Gutschein für ein Wochenende in Hamburg (zu zweit) schenkte, nahm sie, ohne mit der Wimper zu zucken, meinen Vater mit auf die kleine Reise. Ich glaube, es ist ihr gar nicht in den Sinn gekommen, dass das zweite Ticket eventuell für ihre Tochter hätte gedacht sein können. Andererseits finde ich es ja süß, wie sehr meine Eltern nach ungefähr 40 Jahren Ehe noch aneinander hängen. »Deine Eltern haben ihr eigenes Leben«, pflegte Paul immer zu sagen, »sei froh drum!« Ach, Paul.

»Kommt dein Feldherr eigentlich auch?«, frage ich Beate, der ich immer noch nichts von meinem Treffen mit Paul erzählt habe.

»Nic? Er muss noch arbeiten, aber er kommt später nach«, strahlt Beate. Da bin ich ja gespannt.

Ich bespreche gerade mit meiner Freundin, dass sie im Falle einer Heirat unbedingt den Namen des Feldherren annehmen muss – »Beate Pantacus, wie geil ist das denn?!« –, als Marlene und ihre Schwester Sandra eintreffen. Gut gelaunt, wie ich sofort bemerke. Eine halbe Minute später dreht sich das Tischgespräch nur noch um Sandras bevorstehende Hochzeit, auf die ich – ich weiß nicht, ob ich es schon erwähnte – als Einzige nicht eingeladen bin. Heute waren Marlene und Sandra Brautkleider probieren. Mit jeder Beschreibung eines Dekolletés oder einer Schleppe sinkt meine Laune um circa fünf Grad Celsius.

Ich bestelle mir noch einen Veneto Spritz, ziehe mich ganz in die hinterste Ecke unseres Tisches zurück und versuche, das Gespräch der anderen auszublenden. Ich zünde mir eine Zigarette nach der anderen an, obwohl ich schon ein Kratzen im Hals und einen Anflug von Kopfschmerzen habe, und beobachte die Leute in der Bar. Dann hole ich gelangweilt mein Handy aus der Tasche – Beate, Sandra und Marlene sind gerade dabei, von dem tollen Schloss in Südfrankreich zu schwärmen, auf dem im Sommer die Hochzeit steigen wird. »1 Mitteilung empfangen«. Ich klicke auf »Zeigen«.

Okay.

Die Nachricht ist von Paul, wer hätte das gedacht. Und ich weiß auch genau, was er mit »Okay« meint, obwohl ich vor mir selbst kurz so tue, als wüsste ich es nicht und müsse erst überlegen, worauf Paul mir antwortet. Er will nun doch mein Freund sein. *Ein* Freund. Befreundet. Er hat ein wenig nachgedacht – »Siebzehn Tage lang!!!!«, kreischen Engelchen, Teufelchen und meine innere Stimme im Trio – und sich jetzt entschieden. Ich freue mich.

Ich freue mich ...
Ich freue mich.
Ich freue mich!!!
Hurra.

Na ja. Geht so. Wenn ich genauer darüber nachdenke, ähnelt meine Freude eher dem Gefühl, aus einem Flugzeug geworfen worden zu sein. Aus einem fliegenden, meine ich. Ich taste leicht panisch nach der Reißleine, aber es gibt keine. Ich falle also weiter. Paul und ich: Freunde? Dass wir mal so enden würden ... Wir, das leidenschaftlichste Liebespaar seit Romeo und Julia, wir, Samson und Delila des Informationszeitalters. Freundschaft! Das Wichtigste im Leben, und für Paul und mich doch ungefähr so geeignet wie der Club Aldiana für Kinderlose. Welcher Idiot hat das vorgeschlagen? Hilfe. Ich falle ... Er will mit mir befreundet sein ... Scheiße mit Erdbeeren ...

»Und Marie, wie geht's deinem Liebsten?«
Ich fahre zusammen. Marlene, die die südfranzösische Hochzeitslocation ausdiskutiert zu haben scheint, wendet sich an mich. Marlene, der ich seit Fuerteventura mehr oder minder aus dem Weg gegangen bin, weil ich jedes Mal, wenn ich sie höre oder sehe, daran denken muss, dass ich von der Hochzeit ihrer Schwester ausgeschlossen bin und nicht mal weiß, wieso.
»Wa-wa-was?«
Marlene lacht. »Wie es Jan geht? Kommt er noch?«
Jan, klar. Da war doch noch wer. Ich merke, wie mir heiß wird. Hoffentlich gibt das kein Erröten.
»Nein«, antworte ich und merke erleichtert, wie ehrlich traurig ich bin, dass Jan heute nicht mehr vorbeischauen wird und ich ihn auch nicht später zu Hause antreffen werde. »Er ist momentan unter der Woche in Bremen bei einem Projekt mit einem Man... Klienten.«

Wir plaudern ein wenig über die Pros und Contras von Fernbeziehungen, über Beates neues Kleid und die Schickis in der *Bar Centrale*, Marlene erzählt von ihrem Job, und ich berichte über *beNemo*. Und während ich spreche und dabei lache und gute Stimmung versprühe, die mich beinahe selbst übertölpelt, so täuschend echt ist sie, denke ich mir: Verdammt, Marie, was

soll das? Du plauderst belangloses Zeug mit einer deiner besten Freundinnen und traust dich nicht, ihr zu sagen, wie sehr es dich verletzt, ausgeschlossen zu sein. Es geht ja gar nicht um die Hochzeit, den Kurzurlaub in der Provence und die leckeren Häppchen am Buffet. Nein, du willst einfach auch gerne dazugehören, ein Teil von ihnen sein.
Ich lasse meinen Blick zu Beate wandern. Nicht mal sie, meine engste Vertraute, weiß von den neuesten Entwicklungen mit Paul. Keiner weiß Bescheid, wie es mir geht. Und ich bin selbst schuld, weil ich so tue, als sei alles super.

Warum widerfahren mir die einsamsten Momente meines Lebens eigentlich immer, wenn ich unter Menschen bin?

SAMSTAG, 2. JUNI 2007 – 19 PROZENT STEIGUNG

Musik: Bayerische Blasmusik
Getränk: Drei Liter Apfelschorle
Glücksmoment: Mein schönes Bayern!

»Ihr seid WAS???«
Lily kann es nicht glauben. Ich habe ihr gerade geschrieben, dass Paul und ich seit knapp drei Wochen nur noch Freunde sind. Überhaupt hatte ich ihr die ganze Geschichte erzählt. Absolut ehrlich. Hatte sie gefragt, ob es ihr etwas ausmache, wenn ich keines der Hamburger Details weglassen würde. Ich musste es einfach jemandem erzählen. Und zwar nicht nur die Version, die ich Beate aufgetischt habe. Ich weiß nicht, ob sie mir geglaubt hat, dass ich für *beNemo* in Hamburg war und dort mehr oder weniger zufällig Paul über den Weg lief, der ebenfalls beruflich im Norden weilte. Wobei die Geschichte

durch das »mehr oder weniger« vor »zufällig« ja noch halbwegs glaubhaft war. Und wer weiß, vielleicht hat Beate es mir sogar abgenommen, dass ich mit Paul lediglich einige Ducksteins trinken war. Sie ist nämlich so – sie kann einem Mann widerstehen, wenn sie es für besser hält.

Ich kann das nicht. Und es war eine riesige Erleichterung, Lily vom Sex mit Paul zu erzählen, ihr zu schildern, wie Paul mich von hinten umarmte und auszog und wie er seufzte, als er zum ersten Mal seit über zwei Jahren wieder meine Haut berührte. Wie er mich zum Bett zog und wir uns dort liebten, voller Lust und Leidenschaft und als ob kein Tag vergangen wäre. »Unsere Körper hatten nichts vergessen« – ich weiß, dass ich diesen Satz schon mal irgendwo gelesen habe, aber da er ebenso gut in einem Groschenroman wie in einem Buch von Sigrid Damm stehen könnte, kann ich mich nicht mehr erinnern, woher ich ihn habe. Aber er passt genau.

»Du hast richtig gelesen, wir haben beschlossen, Freunde zu sein«, sage ich zu Lily, und am anderen Ende der Leitung herrscht verblüfftes Grundrauschen.

»Aber du hast geschrieben, dass er dir einen Heiratsantrag gemacht hat?!« Lily ist hörbar fertig mit der Welt. »Warum um alles in der Welt hast du daraufhin vorgeschlagen, Freunde zu sein? Ist nicht das passiert, was du immer wolltest, was du dir immer gewünscht hast?«

»Doch.«

»Aber?«

»Es kam zu spät.«

»Wegen Jan?«

»Auch. Aber Jan ist gar nicht der Hauptgrund.«

»Sondern??? Jetzt sprich schon, Marie!«

»Weißt du, Lily, Paul hatte so viel Zeit. Wir lernten uns ken-

nen, und ich ließ ihm Zeit, bis mehr daraus wurde. Es wurde mehr daraus, und ich ließ ihm Zeit, sich zu entscheiden, ob es noch mehr, also etwas Festes, Ernsthaftes sein soll. Er wollte nichts Festes, ließ sich dann doch drauf ein, aber vermutlich nur, weil er sowieso ein halbes Jahr später nach Lesotho ging. Er kam zurück und ich ließ ihm wieder Zeit, sich zu überlegen, ob er wieder mit mir zusammen sein wollte. Er wollte es und dann doch wieder nicht. Du kennst ja die ganze Story, und du weißt auch, wie es zu Ende ging. Mein Gott, das mit der Wohnung, die ich für uns beide gemietet hatte, war doch nicht der Grund, das war doch nur vorgeschoben, damit er sich von mir losmachen konnte!«
»Ja, das stimmt.«

Ups, Lily ist ja auch noch da. Und das, was sie eben gesagt hat, klingt so, als wüsste sie mehr.
»Wie meinst du das?«
»Ich meine, es stimmt, dass Paul dein damaliger Alleingang mit der Wohnung ganz gelegen kam, um sich ein wenig von dir zu entfernen. Natürlich wollte er nicht, dass gleich Schluss ist, aber er wollte sich eben nicht so von dir vereinnahmen lassen. Er hasst es, wenn jemand von ihm Besitz ergreifen will und er seine Freiheit in Gefahr wähnt.«
Paul wollte nicht, dass gleich Schluss ist? Na, das habe ich aber in diesem Sommer vor knapp drei Jahren nicht bemerkt. Schließlich hat er nichts, aber auch gar nichts dagegen unternommen, dass ich ihn verließ.

»Woher weißt du das eigentlich alles so genau?«, frage ich Lily.
»Er hat es mir erzählt.«
Autsch.
»Dir oder deinem Alter Ego Manja?«

»Manja natürlich. Du weißt doch, dass Lily und Paul keinen Kontakt mehr haben.«

»Aber du sagtest doch mal, dass er nie damit rausgerückt ist, ob und wie ihn es damals schmerzte …«

»Das ist er auch nicht. Aber er erzählte, dass er nicht Schluss machen wollte, sondern nur etwas lockerer werden und nicht gleich Ehepaar spielen.«

»Lily, das bedeutet ja, es hätte gar nicht zu Ende sein müssen damals?«

Mir wird plötzlich schlecht. Ist meine große Liebe an einem Missverständnis gescheitert? Hätte ich nur etwas lockerer sein müssen und alles wäre gut gegangen? Habe ich überreagiert?

»Marie, entspann dich. Erstens nützt es nichts mehr, weil das Ganze drei Jahre her ist, und zweitens hat Paul durchaus einen Mund zum Reden, auch wenn er ihn zu selten dazu benutzt.«

Lily hat recht. Paul hätte genug Gelegenheiten gehabt, mir zu sagen, dass nicht das Ende unserer Beziehung sein Ziel war, sondern einfach mehr Freiheit. Aber er hat sie alle verstreichen lassen.

»Und überhaupt, was ist eigentlich mit Jan? Denkst du an den auch mal?«, will Lily wissen. Bäh. Mein wunder Punkt.

Natürlich denke ich an Jan. Aber das ist nicht so einfach, denn er ist ja nie da. Neulich fragte ich ihn mal, ob ihm seine Arbeit eigentlich wichtiger sei als ich. Er sah mich völlig verständnislos an und meinte nur:

»Natürlich nicht, wie kommst du denn auf so einen Quatsch? Aber ich muss nun mal Geld verdienen und habe das Glück, dass mir mein Job auch noch einigermaßen Spaß macht. Das mit Bremen ist natürlich blöd, aber ich kann ja schlecht zu meinem Chef sagen, dass ich nur noch Projekte in München annehme, weil meine Freundin sich unter der Woche nicht selbst beschäftigen kann, oder?«

»Es geht nicht um Jan«, sage ich zu Lily und renne dabei hektisch im Schlafzimmer meiner, *unserer* schönen großen Altbauwohnung im Kreis. »Wenn ich mich von Jan trennen würde, dann nicht, um mit Paul weiterzumachen, sondern weil ich nicht mehr mit ihm zusammen sein möchte.«
»Mit wem jetzt, mit Paul oder Jan?«
»Ach Lily, es hat doch keinen Zweck, das totzudiskutieren. Fakt ist, Pauls Commitment kam zu spät.«
»Du begehrst ihn also nicht mehr?«
»Nein.«
Eine glatte Lüge. Ich darf ihn nicht mehr begehren, weil wir jetzt Freunde sind. Aber das kommt schon noch, dass ich ihn nicht mehr begehre. Irgendwann. Hoffentlich. Vielleicht.
»Na ja, dann wünsche ich dir viel Erfolg bei deinem Projekt ›Freundschaft mit Paul‹«, sagt Lily, und es klingt, als sei das ihre Reaktion auf meine Enthüllung, ich wolle beim nächsten Köln-Marathon mitlaufen.

Ich muss das Telefonat mit Lily beenden, weil Jan zur Schlafzimmertür hereinkommt. Heute ist Samstag, da ist die Wahrscheinlichkeit um 80 Prozent höher als unter der Woche.
»Wir müssen langsam los, Spatz«, sagt er gut gelaunt.
»Los? Die Läden haben bis zwanzig Uhr geöffnet!«
Es ist gerade mal halb zehn Uhr morgens.
Jan verdreht die Augen. »Jetzt sag bloß, du hast das vergessen!«
»Was hab ich vergessen?« Ich *habe* offensichtlich etwas vergessen.
»Wir machen heute die Radtour mit Bernd und Patricia!«
Radtour. Bernd. Patricia. 2. Juni. Langsam dämmert es mir.
»Und wann treffen wir uns wo?«
»Um zehn an der Tierparkbrücke.«
»Ach du Scheiße!«

»Schön, wie du dich auf und über unsere seltenen gemeinsamen Unternehmungen freust«, findet Jan, aber er grinst dabei. Offensichtlich sind er und seine gute Laune heute durch nichts zu erschüttern. Nicht mal durch mein nun folgendes hektisches Durch-die-Wohnung-Laufen, um in drei Minuten etwas zu schaffen, wofür ich normalerweise mindestens dreißig brauche: Mich fertig zu machen, um das Haus für einen ganzen Tag zu verlassen. Haarewaschen kann ich jetzt vergessen, aber zum Glück gibt es ja diese praktischen Bandanas, von denen ich auf Fuerteventura je eines in Rosa, Türkis und Olivgrün erstanden habe. Nach drei mal drei Minuten bin ich soweit. Jan hat unterdessen die Räder schon aus dem Keller geholt und die Luft in den Reifen nachgefüllt.

»Die anderen wissen aber schon, dass unsere Gefährte zusammen nur sechs Gänge haben?«, frage ich Jan, als wir die Nymphenburger Straße überqueren und Richtung Hackerbrücke fahren.
»Klar, hab ich Bernd noch mal gesagt«, versichert mir Jan, der das 35 Jahre alte Rad seines Vaters fährt, »wir machen nur eine kleine Tour, eine ganz entspannte Biergarten-Rallye, nix Großes!«
Ich bin beruhigt. Bis wir am Treffpunkt ankommen, fünfzehn Minuten zu spät und reichlich verschwitzt – immerhin sind wir einmal durch die ganze Stadt geradelt. Als ich Bernd und Patricia sehe, fallen mir zwei Dinge auf: Wir haben vergessen, Wasser mitzunehmen und sind irgendwie falsch angezogen. Bernd und Patricia tragen professionelle Radlerkleidung, hautenge Hosen und trikotähnliche Funktionsshirts in zueinander passenden Farben. Jan dagegen hat eine Baggy-Bermuda von Mitch&Co. (Tchibo, 29 Euro 90) an und sein altes Paulaner-T-Shirt. Und ich trage knielange Jeans und ein weißes Ripp-Tanktop von Kookai.

»Wir fahren ja eh nur bis zum nächsten Biergarten«, sage ich zu Bernd, als ich seinen Blick skeptisch auf mir spüre, weniger wegen meiner Klamotten als wegen meines lilafarbenen Dreigangrads aus den Achtzigerjahren.
Statt zuzustimmen, breitet Bernd eine Radlkarte von Oberbayern auf seinem breiten Mountainbike-Lenker aus.
»Ich dachte, wir fahren ganz gemütlich die Isar entlang bis Grünwald, dann weiter nach Wolfratshausen, von dort aus sind es nur noch 15 bis 20 Kilometer bis Beuerberg, und da können wir dann schön einkehren!«
Ich blicke in die Richtung, in die er deutet, und erspähe ein Schild: »Wolfratshausen 35 km«. Na ja. In Wolfratshausen gibt es zur Not und bei drohendem Kreislaufzusammenbruch eine S-Bahn, und außerdem führt der Weg die ganze Zeit an der Isar entlang, es sind also keine Steigungen zu befürchten. Das schaffen wir auch mit unseren alten Rädern.

Keine Steigungen. Dass mir als alter Münchnerin der Irrtum unterlaufen konnte, anzunehmen, »an der Isar entlang« bedeute so viel wie »flach«, ist schon ziemlich peinlich. In Baierbrunn bin ich bereits so fix und fertig, dass Bernd-der-den-Olympiaberg-auf-einem-Bein-raufjoggt und Sporty Spice Patricia freiwillig die erste Pause im örtlichen Biergarten vorschlagen. Nach anderthalb Litern Apfelschorle bin ich wieder zu einem Wortbeitrag fähig und frage Bernd vorsichtig, wie sich der weitere Streckenverlauf ungefähr gestalten wird.
»Ganz easy, das war jetzt der steilste Berg, ab jetzt geht es quasi nur noch bergab!«

Drei Stunden später sind wir endlich am Ziel. Beuerberg, *Gasthof zur Mühle*. Mein nassgeschwitztes Kookai-Top trocknet, ich hydriere mich mit weiteren drei Gläsern Apfelschorle und kann das Leben und diesen sonnigen Tag wieder genießen.

Bayern ist einfach wunderbar. Diese beruhigend idyllische Landschaft, der Duft nach Wiesen, Kühen und Kasspatzen, der weiß-blaue Himmel, die Bedienung im Dirndl und der ruhige Fluss der Loisach … Und Jan neben mir, der sich dazu beglückwünscht, aus Ostwestfalen ausgewandert zu sein und mir ab und zu einen Kuss auf die gebräunte Schulter gibt. Ich bin glücklich. Und zwar genau bis zu jenem Moment, in dem mir auffällt, dass ich glücklich bin. Ich weiß nicht, warum das so ist – aber immer, wenn mir bewusst wird, dass ich gerade einen seligen Moment erlebe, will ich wissen, was genau mich beglückt. Vielleicht, um endlich das Rezept zum Glücklichsein zu finden? Jedenfalls ist die Unschuld des Augenblicks damit hinüber. Und es kommt noch schlimmer: Ich muss an Paul denken, weil ich feststelle, dass ich ohne ihn Glück empfinden kann. Konnte. Denn da ist es wieder, dieses nagende Gefühl, das ich noch gut vom Nicht-Ski-Wochenende auf dem Sudelfeld kenne: diese bohrende Empfindung, den glücklichen Moment mit Paul teilen zu müssen, um ihn perfekt zu machen. Das Gefühl, ein Stück meiner selbst zu vermissen, nicht komplett zu sein.

Und ich fühle mich wieder schlecht Jan gegenüber. Nicht wegen der einen Nacht mit Paul, dafür habe ich mit kiloweise schlechtem Gewissen bezahlt, und es ist gut. Ich fühle mich nicht mies, weil ich Paul an, auf und in meinen Körper gelassen habe, sondern weil ich ihn in meinen Kopf lasse, obwohl ich gerade einen glücklichen Tag mit Jan erlebe. Wenn ich mir ausmale, Jan würde ständig an eine andere denken, während er mit mir unterwegs ist, könnte ich kotzen. Aber Jan denkt an keine andere. Jan liebt mich, und für ihn ist es das Schönste, Zeit mit mir zu verbringen, nicht mit irgendjemand anderem. Ich beneide ihn darum. Und ich wünsche mir so sehr, ich könnte mit ihm zusammen sein, ohne ihn ständig im Kopf zu betrügen.

Ich gehe aufs Klo, obwohl ich selbst nach drei Litern Apfelschorle noch nicht muss, stelle mich vor den Spiegel und sage zu mir selbst:
»Marie, hör auf mit dem Scheiß. Das ist alles nur künstlich erzeugtes Drama. Glück, einfaches Glück, ist dir zu unspektakulär, deswegen denkst du an Paul und suhlst dich in deinem Phantomschmerz. Hör auf damit! Werd endlich erwachsen!«
Und außerdem sind Paul und ich jetzt Freunde. Ich muss damit aufhören, ihm hinterherzutrauern. Es sollte einfach nicht sein. Und das wird schon seinen Grund haben. Alles ist für etwas gut.

Ich habe mich wieder im Griff, doch der Zauber des Tages ist dahin. Wir radeln weiter. Bergauf natürlich. Und Bernd hat schon wieder eine tolle Idee: »Ich dachte, wir fahren einfach die paar Kilometer rüber zum Starnberger See und hüpfen dort in Ambach auf den Dampfer nach Starnberg. Von dort haben die, die nicht mehr können, die Möglichkeit, mit der S-Bahn nach München zurückzufahren.« Mir denen, die nicht mehr können, bin ich gemeint.
»Bernd, du weißt schon, dass es von hier zwar nur zwölf Kilometer bis zum Starnberger See sind, dazwischen aber eine Bergkette liegt?«
»Bergkette, nun übertreib mal nicht«, lacht Bernd, »das sind doch nur ein paar Hügel. Das schaffst du schon.«
Die paar Hügel erweisen sich als drei Kilometer lange Strecke mit 19 Prozent Steigung. Nach fünf Minuten Schieben habe ich die Schnauze voll. Bernd ist im wahrsten Sinne des Wortes längst über alle Berge, und Patricia radelt mit dreißig Metern Vorsprung, Tendenz steigend, im Berggang vor uns her.

»Ich hab keinen Bock mehr«, informiere ich Jan, der solidarisch hinter mir her schiebt, »das ist doch Quatsch mit dem Starnberger See! Bis ich mein Rad drei Kilometer bergauf geschoben habe, ist es später Nachmittag. Und überhaupt, warum bestimmt eigentlich immer Bernd, wohin wir fahren? Die paar Hügel, von wegen, er hat leicht reden mit seinem 5000-Euro-Rad mit 48 Gängen, das fährt ja quasi von selbst den Berg hinauf.«

»7000 Euro.«

»Bitte?«

»Bernds Rad hat 7000 Euro gekostet, es ist ein Steppenwolf.«

»Jan, das ist mir scheißegal, ob Bernds Rad ein Steppenwolf, ein Wüstenfuchs oder ein Dschungelzebra ist! Ich seh nicht ein, warum ich mich deswegen quälen soll, und ich habe auch keinen Bock auf das blöde Schifferlfahren am Starnberger See, überhaupt kann ich den Starnberger See nicht ausstehen, diese zugebaute Yuppiepfütze, und außerdem habe ich keinen Cent Bargeld mehr, das habe ich alles in Apfelschorle und Kasspatzen investiert, und auf dem Dampfer nehmen sie bestimmt meine EC-Karte nicht!« Ich funkle Jan wütend an. Meine innere Stimme sagt mir zwar, dass er nicht der korrekte Adressat für meinen Zorn ist, aber es ist zu spät, ich sehe es an seinem Blick. Jan guckt höchst genervt.

»Meinetwegen schiebe ich halt mein Rad sinnlos noch zwei Komma acht Kilometer den verdammten Scheißberg rauf«, lenke ich ein, »wenn es dich glücklich macht, okay! Gut!«

Aber Jan sieht mich eisig an. »Wir fahren über Wolfratshausen zurück«, sagt er ruhig, »es hat wirklich keinen Sinn mit dir. Schade. Hätte wirklich ein schöner Ausflug werden können.«

»Nee, jetzt komm. Sorry. Auf zum Starnberger See«, mache ich einen letzten Versuch und beginne, mein Rad energisch und mit beschleunigten Schritten weiterzuschieben. Doch Jan hat bereits kehrtgemacht und ist den Berg wieder hinuntergefahren. Ungefähr hundert Meter weiter unten bleibt er am Straßenrand stehen und wartet auf mich. Ich gehe weiter bergauf. Bleibe dann auch stehen und bedeute Jan mit einer ausladenden Armbewegung, dass er sich nicht so anstellen und kommen soll. Jan macht dieselbe Geste. Und so stehen wir beide da, rühren uns nicht vom Fleck und rudern nur alle zehn Sekunden hektisch mit den Armen. Ich kann Jans Gesicht nicht erkennen, dazu ist er zu weit weg, aber ich bin mir relativ sicher, dass er nicht lieb lächelt.

Schließlich bin ich diejenige, die nachgibt und umdreht. Wortlos fahren wir durch den Ort und biegen Richtung Wolfratshausen ab.
»Mit dir kann man echt nichts unternehmen«, sagt Jan da, »immer musst du die Drama-Queen spielen. Kannst du nicht einfach mal normal sein? Es würde mich nicht wundern, wenn unsere Freunde bald nichts mehr mit uns machen wollen.«
»Wenn du mich so schrecklich findest, frage ich mich, warum du mit mir zusammen bist«, fauche ich und bereue es im selben Moment. Warum sage ich so etwas? Fehlt nur noch, dass ich Jan vorschlage, sich von mir zu trennen. »Musst dich halt von mir trennen, wenn ich so unerträglich bin.« Und schon ist auch dieser Satz gesagt. Ich hasse mich. Zweiunddreißig Jahre bin ich alt und benehme mich wie eine Fünfzehnjährige.
Tränen der Scham und der Wut über mich selbst schießen mir in die Augen, und ich trete in die Pedale, weil ich jetzt nicht auch noch vor Jan heulen will.

In Wolfratshausen treffen wir uns wieder. Ich entschuldige mich bei Jan und mache ihm ein Friedensangebot. Er nimmt es an. Aber es ist nicht alles gut und vergessen, das weiß ich.
»Ich weiß nicht, warum du solche Dinge sagst«, meint Jan, »dass du dich fragst, warum ich mit dir zusammen bin und dass ich mich doch trennen soll. Das versetzt mir jedes Mal einen solchen Stich.«

»Ich weiß auch nicht, warum ich das sage. Es rutscht mir halt so raus, wenn ich wütend bin.«

»Und dieses Drama vorhin am Berg«, fährt Jan fort, »Marie, wir sind doch keine fünfzehn mehr. Willst du nicht langsam mal erwachsen werden?«

Komisch. Das hat heute schon mal jemand zu mir gesagt. Richtig, ich selbst war das, vor dem Spiegel in der Toilette des *Gasthofs zur Mühle*.

»Jan, ich weiß, dass es dir lieber wäre, wenn ich eine total reflektierte und kontrollierte Person wäre, die sich immer im Griff hat und souverän ist. Aber da muss ich dich enttäuschen. Ich bemühe mich zwar, gelassener zu werden, aber ich bin nun mal, wie ich bin, und es wird immer wieder mal solche Temperamentsausbrüche geben. Ich kann dir nicht versprechen, dass ich das abstellen kann.«

»Das vorhin war nicht temperamentvoll, das war hysterisch und unnötig«, stellt Jan fest.

»Ja. Du hast recht. Das war es. Und es tut mir auch leid. Übrigens, da vorne geht's zur S-Bahn.«

»Dann lass uns mal einsteigen und die 35 Kilometer nach Hause fahren, Spatz.«

Er hat Spatz gesagt. Er liebt mich noch.

Diese Erkenntnis gibt mir wieder Auftrieb, und mein Kampfgeist erwacht.

»Ach komm, die paar Kilometer schaffen wir auch ohne S-Bahn. Es geht ja jetzt nur noch bergab!«

»Bergab? Wie kommst du denn darauf?«

»Na, die Isar fließt doch von den Bergen nach München, also muss es in diese Richtung bergab gehen!«

Jan murmelt etwas Unverständliches, will aber nicht alleine mit der S-Bahn fahren, und so radeln wir mit eigener Kraft nach Hause.

Zehn Stunden und 120 Kilometer nach dem Aufbruch am Morgen sind wir völlig erschöpft wieder in Neuhausen. Jan verschwindet unter der Dusche und verzieht sich dann schweigend auf die Couch in seinem Arbeitszimmer. Der von mir insgeheim ein wenig erhoffte Versöhnungssex bleibt aus. Aber ich bin mir ziemlich sicher, dass wir in ein paar Jahren über diese Episode lachen werden. Und gleich morgen werde ich Paul davon erzählen. Schließlich sind wir jetzt Freunde.

MONTAG, 11. JUNI 2007 – IS' NUR KINO

Musik: Glashaus: Is' nur Kino
Getränk: Nero d'Avola
Glücksmoment: Erkenntnis

Ich hatte mir schon genau überlegt, wie ich Paul die Geschichte von unserem Fahrradausflug erzählen würde, in einer Mischung aus Offenheit (zu Freunden muss man ehrlich sein), Humor (man sollte Freunde nicht langweilen) und gezieltem Verschweigen (den Moment, in dem mein Glücksgefühl in sich zusammensackte, weil ich an ihn dachte). Aber ich erreichte ihn gar nicht. Er ging nicht an sein Handy, und auf meine SMS, in der ich Gesprächsbereitschaft unter Freunden signalisierte, reagierte er nicht.

Hallo? Alles klar bei dir?

hake ich zwei Tage später nach.

Bin in Berlin und hab den Megastress

kommt fünf Minuten später zurück. Sieben Worte, na toll.

»Der hat sie wohl nicht alle«, echauffiere ich mich gegenüber Beate am Telefon.
»Wieso? Vielleicht ist er wirklich in Berlin und hat echt Stress?«
Auf die Idee, dass Paul nicht in der Hauptstadt und nicht extrem beschäftigt sein könnte, bin ich noch gar nicht gekommen. Hat aber auch was. Etwas Bedrohliches.
»Das meine ich nicht. Ich meine, ich bemühe mich, mit Paul befreundet zu sein. Freundschaft bedeutet, man ruft an, erzählt aus seinem Leben, hört dem anderen zu, wenn der aus seinem Leben erzählt. Man interessiert sich füreinander und ruft zurück, statt solche saublöden SMS zu schicken!«
»Hasi, du kannst ihn nicht zwingen, sich für dich zu interessieren.«
»Will ich ja auch nicht. Aber Beate, er hat mir vor knapp zwei Monaten einen Heiratsantrag gemacht, da kann ich ihm doch jetzt nicht einfach egal sein?!«
»Er hat was???«

Ups. Das hatte ich ja nur Lily und Simon erzählt, nicht Beate.
»Na ja.«
»Okay. Ich bin in einer Viertelstunde bei dir. Keine Widerrede. Ich weiß, dass du alleine bist. Mach schon mal den Wein auf.«
Ich hoffe insgeheim auf einen von Beates Scherzen, öffne aber vorsichtshalber eine Flasche Nero d'Avola und räume meine Steuerunterlagen 2006 vom Küchentisch. Die haben eh noch Zeit, ist ja erst Juni. Und tatsächlich steht Beate zwanzig Minuten später auf der Matte und versichert mir relativ glaubwürdig, sie werde meine Wohnung erst wieder Richtung Laim verlassen, wenn ich ihr die Wahrheit und nichts als die ganze Wahrheit erzählt hätte. Und das tue ich dann auch.

»Ich finde das alles gar nicht so schlimm«, sagt sie, als ich fertig bin, »also, das mit eurem Treffen und dass ihr Sex hattet – das war mir sowieso klar, und ich kann es sogar irgendwie verstehen.«
Puh. Keine Moralpredigt also.
»Was ich allerdings wirklich bedenklich finde, Marie, ist, dass du das Kapitel Paul immer noch nicht geschlossen hast.«
»Aber … aber ich habe doch nein gesagt!«
»Gesagt, ja.«
»Beate, ich hätte ihn HABEN können! Nach all der Zeit, die vergangen ist, nach allem, was passiert ist, hätte ich ihn endlich haben können, ganz für mich, und ich habe nein gesagt!«
»Du hast nein gesagt, weil du dir nicht sicher warst, ob du Paul noch willst.«
»Genau!«
»Das ist es ja gerade.«
»Hä?«
»Marie, du hättest nein sagen müssen, weil du dir sicher bist, Paul nicht mehr zu wollen.«
»Das ist doch das Gleiche.«
»Nein, ist es nicht.«
Ich denke nach. Trinke einen Schluck Wein. Rauche eine Zigarette. Am Küchentisch. Bis Jan am Wochenende wieder da ist – heute ist Montag –, wird man das nicht mehr riechen.
Beate lässt mir Zeit und spricht dann weiter.

»Wenn du dir wirklich sicher wärst, Paul nicht mehr zu wollen, hättest du den Schmarrn mit dem ›Freunde bleiben‹ nicht vorgeschlagen. Eine geplante Freundschaft mit dem Ex, also eine, die sich nicht mit der Zeit von selbst ergibt, sondern direkt auf die Beziehung folgt, ist immer ein Hintertürchen und sonst gar nichts!«
»Hm …«, bringe ich mich ein.

»Und eigentlich bist du doch jetzt genau da, wo du mit Paul immer warst. Du erwartest etwas von ihm, was er nicht erfüllt. Du läufst ihm hinterher, willst etwas von ihm, was er dir nicht geben kann. Dir nie geben konnte! Du wolltest Nähe, und er zog sich immer zurück. Du wolltest Liebe, er gab dir Sex. Du wolltest Commitment, er ging ins Ausland. Du wolltest etwas Festes, er wollte Freiheit ...«

»Und was wollte er, als er mich bat, mit ihm zusammen zu sein, ihn zu heiraten und ein Kind mit ihm zu bekommen??«

»Du weißt doch von dir selbst am besten, dass man immer gerne das will, was man gerade nicht haben kann.«

»Willst du damit sagen, Paul hat das gar nicht ernst gemeint, er hatte nur Angst, dass ihm seine Felle davonschwimmen könnten, wenn ich Jan heirate und mit ihm eine Familie gründe und dann für ihn nicht mehr verfügbar bin?«

»Nein«, sagt Beate und zündet sich noch eine Zigarette an, inhaliert tief und spricht dann weiter: »Das war schon seine Wahrheit. In dem Moment. In diesem Augenblick wollte er für immer mit dir zusammen sein.«

»In diesem Moment? Aber im nächsten vielleicht nicht mehr, oder wie?«

»Genau.«

»Aber das ist doch ein totaler Widerspruch!«

»Natürlich. Der ganze Typ ist ein einziger Widerspruch, Marie!«

In meinem Kopf dreht sich alles im Kreis. Ich weiß überhaupt nicht mehr, was ich denken soll.

»Was verletzt dich denn im Moment so sehr?«, fragt Beate und sieht mich prüfend an. »Du bist gekränkt, weil Paul sich nicht genügend für dich interessiert und ...«

»... und weil er nicht um mich kämpft«, rutscht es mir raus. Tagelang habe ich das gedacht, ohne es in Worte zu fassen, nicht mal in meinem eigenen Kopf hatte ich es formuliert. Platsch, macht es, als die erste Träne auf die hölzerne Tischplatte klatscht, plitsch, als die zweite folgt. Eine bittere Erkenntnis, dass Paul nicht um mich gekämpft hat. Er hat nicht wissen wollen, warum ich ihn nicht heiraten wollte, und er hat nichts getan, um meine Entscheidung zu beeinflussen. Nach all den Jahren, nach all dem Versetzen, dem Warten, der Unsicherheit, den Zweifeln, der Liebe und dem Enttäuschtwerden bin ich Paul keinen wirklichen Aufwand wert gewesen. Es ist, als habe Paul ein Pokerspiel verloren, nicht den wichtigsten Menschen in seinem Leben.

»Wein ruhig«, sagt Beate, »lass die Tränen raus, egal, heul endlich mal richtig, wenn es sein muss, bleibe ich die ganze Nacht hier neben dir sitzen. Und trink Wein, los, hier, trink! Zünde dir noch eine Zigarette an, ist doch egal, ob das ungesund ist. Ich habe noch zwei Schachteln Rote Gauloises dabei.«

»Ich habe neulich in der ›Psychologie Heute‹ einen guten Artikel gelesen«, sage ich, als meine Tränen vorübergehend getrocknet sind, »darin ging es um die Kindheit und die Lebensfallen, die aus ihr entstehen.«
»Aha, und was ist deine Lebensfalle?«
»Ich weiß nicht mehr die genaue Bezeichnung. Aber es ging darum, dass sich manche Menschen extrem zu anderen Menschen hingezogen fühlen, von denen sie eigentlich eher abweisend behandelt werden. Aber gerade das macht einen großen Teil der Anziehung aus. Anscheinend wiederholt man dadurch Muster aus der Kindheit …«
»Aber deine Eltern waren doch nicht abweisend zu dir? Sie haben dich doch geliebt und lieben dich immer noch?«
»Natürlich. Aber es ging trotzdem immer auch irgendwie um Leistung. Ein braves Kind sein, gut in der Schule sein, alles

richtig machen. Wenn ich das schaffte, wurde ich geliebt. Wenn nicht ...«

»Was war, wenn nicht?«, will Beate wissen.

»Ich habe keine Ahnung! Ich habe ja immer alles richtig gemacht. Ich hatte nie schlechte Noten, ich habe nie richtigen Mist gebaut, ich habe während der ganzen Schulzeit keinen einzigen Verweis bekommen, keine Drogen genommen, und dass ich rauche, weiß meine Mutter bis heute nicht ...«, sage ich und greife instinktiv zur Zigarettenschachtel.

»Also«, sagt Beate, »ich bin mir aber sicher, sie hätten dich auch dann geliebt, wenn du Mist gebaut hättest. Ich persönlich bin mir bei meinen Eltern hundertprozentig sicher, dass sie mich im Gefängnis besuchen würden, selbst wenn ich jemanden umgebracht hätte!«

»Genau da bin ich mir eben nicht sicher. Ich glaube, ich wäre dann nicht mehr ihre Tochter.«

Beate guckt erschrocken. »Echt nicht?«

»Echt nicht.«

»Hm. Das ist schlecht. Ich meine, du wirst eh niemanden ermorden, aber ...«

»Schon klar. Trotzdem. Mir fehlt das Urvertrauen!«

»Und was hat das jetzt mit Paul zu tun? Und außerdem, was ist mit Jan? Der ist doch nicht abweisend zu dir!«

»Mit Paul hat das zu tun, weil ich mich bei ihm eben auch nie sicher fühlte. Ich hatte bei ihm nur das Gefühl, dass er mich wirklich liebt, wenn ich alles richtig machte. Sobald ich anfing, rumzuzicken, schwierig war oder einfach nicht gut drauf, spürte ich seine Liebe nicht mehr.«

Ich höre mich reden und finde es sehr interessant, was ich da sage. Auf einmal wird mir vieles klarer. Die vielen Male, die Paul mich versetzt hat und einfach nicht für mich da war. Und ich verzieh ihm immer wieder, noch schlimmer, liebte ihn mehr und mehr, je kälter er zu mir war. Das ergibt auf einmal einen Sinn. Und Jan?

»Weißt du, ich glaube, Jan liebt mich wirklich einfach so, wie ich bin, bedingungslos«, höre ich mich mehr zu mir selbst als zu Beate sagen. »Und gerade das macht ihn mir manchmal fast ein wenig suspekt. Ich gucke ihn mir an, sehe seinen Blick, der sogar beim Streiten liebevoll ist oder wenn ich ekelhaft zu ihm bin, und denke mir: Der liebt mich! Obwohl ich gar nichts mache! Trotz allem! Trotz mir! Mit dem kann doch was nicht stimmen.«

»Verstehe ...«, sagt Beate und ich merke, wie sie das, was ich gesagt habe, in ihrem Kopf sortiert. »Marie, du solltest dich mehr um dich selbst kümmern und nicht so viel um Paul.«

»Um mich selbst kümmern? Ich kreise den ganzen Tag nur um mich selbst!«

»So meine ich es nicht. Weißt du noch, was ich dir neulich erzählt habe? Dass das Glück aus dir selbst kommt und du dich selbst lieben musst?«

»Ach ja, der Marienkäferkram«, sage ich, und Beate runzelt die Stirn. »Nein, war ein Spaß. Natürlich weiß ich das noch. Ich habe viel darüber nachgedacht, und ansatzweise hat es auch schon funktioniert.«

»Sehr gut, das ist ja mal ein Anfang«, freut sich Beate, »und das geht auch nicht so von heute auf morgen, das ist kein Brainwash, du brauchst Geduld und Ausdauer.«

Puh. Das hört sich alles so anstrengend an. Warum muss das Leben eigentlich so verdammt kompliziert sein? Habe ich zu wenig Talent zum Glücklichsein? Und warum genügt es nicht, sich die äußeren Faktoren zum Glück zu beschaffen: einen Mann, den man liebt und der einen liebt, einen Job, der Spaß macht, die Miete bezahlt und vielleicht ab und zu eine schöne neue Handtasche, gute Freunde, eine anständige Frisur auf dem Kopf und irgendwann vielleicht ein oder zwei Kinder? Warum bin ich nicht glücklich, obwohl ich fast alles habe? Gut, ich habe kein Kind, und ich mache mir allmählich ernsthafte Gedanken, ob ich je eins haben werde. Aber wenn ich ehrlich bin, ist das eher eine Ausrede, um nicht glücklich sein zu müssen, als der Grund, es nicht zu sein.

Und Paul? Paul ist die beste Flucht vor dem Glück. Immer, wenn wir glücklich zu sein drohten, hat er die Biege gemacht. Aber warum diese Angst vor dem Glück? Und warum tauchte Paul ausgerechnet dann wieder in meinem Leben auf, als alles perfekt war – ohne ihn?

Ich frage Beate, was sie dazu meint.
»Schatz, du lässt das Glück nicht zu, weil du lieber davon träumst!«
»... und weil erfüllte Träume keine Träume mehr sind?«
»Ja.«
Da muss ich ihr recht geben. Ein Traum, der in Erfüllung geht, ist ein Risiko. Im schlechtesten Fall ist alles nicht so toll, wie man es sich vorher ausgemalt hat. Im besten Fall bereitet er einem dauerhaft Freude und verschönert das Leben. Wie diese Wohnung über dem *Ysenegger*. Jahrelang hatte ich davon geträumt, in genau so einer Wohnung zu leben. Altbau, vier Zimmer, viel Platz, hohe Wände, Stuck, echtes Parkett, in Neuhausen und in einer Straße, die mit Y beginnt. Jetzt habe ich sie. Und ich freue mich jeden Tag darüber. Trotzdem habe ich einen Traum weniger ...
»Das Leben ist nun mal kein Kinofilm«, sagt Beate, »in der Realität gibt es kein Happy End, weil es einfach immer weitergeht. Das Leben ist atemlos, es gibt keine Pause, das Rad dreht sich, und nichts bleibt auch nur eine Sekunde lang genau so,

wie es ist. Um zufrieden zu sein, musst du mit dir selbst zufrieden sein, dann ergibt sich der Rest von alleine.«

Zufrieden. Ich will nicht zufrieden sein, denke ich, ich will glücklich sein oder unglücklich, ich will leben, fühlen, weinen, lachen!

»Fühlt sich für dich Glück auch so an«, frage ich Beate, »dass die Welt für einen Moment stehen bleibt? Dass es kein Gestern und kein Morgen mehr gibt, keine Sorgen und keine Angst, dass man nicht mal merkt, dass man gerade glücklich ist, sondern sich einfach nur lebendig fühlt? Und wenn der Moment vorbei ist, ist es ein bisschen, wie wenn man nach einem guten Film aus dem Kino kommt und sich ein bisschen wundert, dass alles noch so ist wie vorher und wie banal sich die Leuchtreklame von Burger King im regennassen Pflaster der Sonnenstraße spiegelt?«

»Das hast du jetzt sehr schön gesagt«, findet Beate. »Aber genau so ist es. Und solche Momente kannst du immer und überall erleben. Dazu brauchst du weder einen Mann noch einen bestimmten Mann noch ein Kind. Nur dich selbst.«

Auf dem Weg zum Klo bleibe ich vor dem Flurspiegel stehen und sehe in mein Gesicht. Meine Wimperntusche hängt eine Etage tiefer, meine Lider sind geschwollen und meine Nase ist rot. Kurz, ich sehe beschissen aus. Aber es geht mir gut. Ich glaube, ich bin sogar ein bisschen glücklich. Ups.

DONNERSTAG, 28. JUNI 2007 – USCHI, HIGH HEELS UND ENDSTATION ROTKREUZPLATZ

Musik: Neunzigerjahre (zu oft gehört)
Getränk: Caipiroshka (zu stark)
Glücksmoment: Abstreifen der High Heels (zu spät)

Es läuft ganz gut mit der Freundschaft zwischen Paul und mir, finde ich. Okay, er hatte bisher keine Zeit, mit mir essen oder zumindest ein Bier trinken zu gehen. Aber wir sind eben beide sehr beschäftigt. Paul teilt seine Zeit zwischen Berlin und München, und ich rotiere zwischen *beNemo*, diversen Interviews mit Psychologinnen und meinem Home-Office. Aber abends treffen Paul und ich uns fast täglich im Messenger, und unsere Gespräche sind wirklich schön. Entspannt. Lustig.

Als ich heute meine GMX-Mails abfrage, ist eine von Cora aus Berlin dabei. Cora ist 25, und ich habe sie letztes Jahr im Sommer kennengelernt, als ich für eine Story in Berlin war. Ich war auf dem Weg zu dem Lokal, in dem ich den Architekten von Brad Pitts kalifornischer Villa treffen sollte. Die U-Bahn-Stationen in der Friedrichstraße waren allesamt gesperrt – keiner wusste, warum. Das Beförderungsmittel Taxi schien völlig ausgerottet, also machte ich mich zu Fuß auf den Weg zum Potsdamer Platz und verlief mich hoffnungslos. Als ich Cora nach dem Weg fragte, überlegte sie kurz und sagte dann: »Weeßte was? Det is viel zu kompliziert. Ick bring dir hin.« Auf dem Weg unterhielten wir uns, als würden wir uns schon jahrelang kennen. Und verabredeten uns für den nächsten Morgen, bevor ich zurück nach München flog, zum Frühstück.

From: Cora <cora_zon@web.de>
To: Marie <kl_diva@gmx.de>
Thu, 28 June 2007, 09:18:04
Subject: Brauch mal deine Hilfe …

Hallo Süße!

Na, alles klar in München? Ich brauche bitte mal deine Hilfe, du kennst doch so viele Leute. Ich hab die Schnauze voll von meinem Job. Mein Chef, der Senior, geht Ende des Jahres in den Ruhestand, und dann bin ich den Terrorzicken hilflos ausgeliefert. Außerdem würde ich gerne mal was anderes machen, am liebsten was mit Fotografie, gerne auch anfangs ein Praktikum oder eine Assistenz! Kannste mir da nicht einen Kontakt vermitteln?

Danke schon mal, dicken Knutsch
Cora

Ich denke nach. In München hätte ich eine Menge Kontakte, auch Fotografen, in Hamburg kenne ich ebenfalls viele Leute, sogar in Düsseldorf wüsste ich jemanden, aber in Berlin …
»Paul ist Fotograf. Und immer öfter in Berlin.« Das Engelchen erinnert mich mit sanfter Stimme an meinen neuen Freund. Und es hat recht. Paul sagte neulich, dass er für seinen Berliner Fotochef-Posten einen Assistenten sucht. Ich hatte mir für diesen Job zwar immer einen pickeligen, spätpubertären Jungen vorgestellt und nicht unbedingt eine süße blonde Maus wie Cora, aber … »… aber Paul und du, ihr seid ja jetzt Freunde!«, sagt das Teufelchen und klimpert mit den Augendeckeln, als sei es das Engelchen.
»Eben«, sage ich zu mir selbst und klicke auf »Antworten«.

From: Marie <kl_diva@gmx.de>
To: Cora <cora_zon@web.de>
Thu, 28 June 2007, 09:29:54
Subject: Re: Brauch mal deine Hilfe …

Hi Cora,

frag doch mal Paul, er erwähnte neulich, dass er vielleicht eine Assistenz sucht. Und wenn nicht, hat er bestimmt einen Kontakt für dich, er kennt ja Gott und die Welt. Seine Mailadresse ist paul@glimpf.de und seine Handynummer die 0161-6251569. Viel Glück!

Gruß und Kuss
Marie

Dann vergesse ich die Angelegenheit. Paul wird Cora, wenn überhaupt, sowieso frühestens nächste Woche antworten – falls sie ihn überhaupt zeitnah kontaktiert. Ich kann mir also ruhig ein andermal Sorgen machen, ob das eine gute Idee war.

Ich habe sowieso genügend zu tun. Heute Abend bin ich nämlich auf den Shocking Shorts Award eingeladen. *Die* Party des Münchner Filmfestes. Es ist nicht einfach, eine Einladung zu ergattern, aber ich hatte Glück: Julia, die Marketingtussi (so nennt sie sich selbst!) von *beNemo*, hat mich auf die Gästeliste setzen lassen. Plus eins. Das bedeutet im Gästelistenwichtigereventsjargon so viel wie: Ich darf noch eine Person mitbringen. Natürlich ist das Beate. Sie trägt wieder das schwarze Madonna-H&M-Kleid und sehr roten Lippenstift sowie sehr rote, sehr hohe Lacksandaletten und sieht fantastisch aus. Ich habe ein silbergraues, ärmelloses Satinkleid an, ein breites schwarzes Satin-Geschenkband als Gürtel umgebunden und

High Heels mit Pfennigabsatz. Das Kleid sieht super aus, wenn ich daran denke, meinen Hintern zu entspannen. Es gibt nämlich Stoffe, die sich mit viel Liebe zum Detail in Cellulite-Dellen schmiegen, und mein Kleid besteht aus solchem Stoff. Julia sieht auch scharf aus: Bei ihrem schwarz-weiß gemusterten Kleid kommen sich das untere Ende des Ausschnitts und der Saum verdammt nah. Aber sie kann es sich leisten, muss ich neidisch zugeben.

Wir stöckeln also zur U-Bahn. Als ich das dritte Mal mit meinem Pfennigabsatz in der Fuge des Kopfsteinpflasters hängengeblieben bin – das Aschenputtelsyndrom –, fluche ich: »Warum, verdammt, fahren wir eigentlich nicht mit dem Taxi?«
»Super Idee«, findet Julia und winkt ein vorbeifahrendes Taxi herbei.
»Die Schicksen möchten bitte zur *Villa Flora*«, instruiert sie den Fahrer.
»Wo is'n des?«
»Hansastraße!«, sagen Julia, Beate und ich im Chor.
»Alles klar …«, grinst der Taxler. Die Hansastraße ist neben der Friedenstraße und der Landsberger Straße einer der wenigen Orte in München, an denen ein wirklicher Straßenstrich existiert und Damen in weißen Lackleder-Overknees und mit kleinen rosa Neonlämpchen am Rückspiegel in ihren Ford Fiestas sitzen und auf Männer warten.
Julias Handy spielt »Bang Bang« von Nancy Sinatra. »Bang bang, I hit the ground, bang bang, my baby shot me down …«
»Süßer!«, trällert Julia, »du willst mich jetzt aber nicht versetzen, oder? Gut. Das hättest du auch bitter bereut, denn ich bringe noch zwei rattenscharfe Kolleginnen mit. Schaffst du das?« Sie kichert. Der Taxifahrer grinst dreckig. »Champagner ist immer gut«, sagt Julia, »also bis gleich! Küsschen!«

Als wir an der *Villa Flora* angekommen sind, die tatsächlich ein ehemaliger Puff ist, besteht der Fahrer darauf, uns eine Quittung auszustellen. »Ist doch geschäftlich – oder?«, sagt er und grinst noch dreckiger.
»Warum hast du denn den Taxler im Glauben gelassen, wir wären drei Nutten?«, frage ich Julia, als wir die Villa betreten.
»Weil ich es lustig fand«, lacht Julia, »lass dem armen Kerl doch seinen Spaß, jetzt hat er was zum Träumen und noch dazu etwas, das er den Kollegen erzählen kann, und uns tut's doch nicht weh!«

Eigentlich hat sie recht. Ich komme mir plötzlich total unentspannt vor. Und bin es auch. Ich sehe mein Gesicht in einem Spiegel, an dem wir auf dem Weg zu unserem reservierten Tisch vorbeikommen. Zwei senkrechte Falten befinden sich an meiner Nasenwurzel, zwischen den Augenbrauen. Ich könnte schwören, die sind erst da, seit ich Paul wiedergesehen habe. Wäre ich doch nur an diesem stürmischen Tag im Januar zu Hause geblieben, dann wäre ich ihm nicht begegnet, dann wäre Hamburg nicht passiert und alles wäre, wie es vorher war: leicht, unbeschwert, glücklich und ohne Schatten.

»Marie, darf ich dir Bruce vorstellen?«
Bruce? Wer ist Bruce? Ist Bruce auf dem Münchner Filmfest? Ich zucke zusammen. Und blicke in die freundlichen blauen Augen eines etwas molligen blonden Mannes, der eine frappierende Ähnlichkeit mit Hape Kerkeling hat. Ich mag Bruce sofort. Erstens, weil ich Hape Kerkeling liebe. Und zweitens, weil Bruce eine wahnsinnig nette Art hat, sich sofort meinen Namen merkt, mir Komplimente macht und sich für mich interessiert. Leider ist Bruce, wie ich wenig später feststelle, ungefähr in dem Maße hetero wie Laith al Deen Rock 'n' Roller ist. Schade eigentlich.

Nach drei Flaschen Prosecco auf Eis haben wir genug vorgeglüht und wechseln die Location. Es ist jetzt knapp 22 Uhr und spät genug, um ganz lässig beim Shocking Shorts Award einzulaufen. Dieses Jahr findet die Party in der Halle des TÜV in der Ridlerstraße statt. Wir holen uns unsere Stempel und wollen gerade über den roten Teppich gehen, als eine schwarze Limousine direkt am Anfang des Teppichs vorfährt. Uschi Glas und ihr Mann, dessen Namen ich mir leider nie merken kann, der aber immer sehr freundlich lächelt – ein bisschen wie der beste Freund meines Vaters aus Bamberg – steigen aus und posieren auf dem roten Läufer. Mein Gott, ist diese Frau zierlich und klein! Obwohl ich zurzeit unter sechzig Kilo wiege und wieder täglich meine Hüftknochen begrüßen kann, fühle ich mich groß, fett und trampelig. Wir warten, bis Frau Glas fertig fotografiert ist und gehen dann in die Halle. Axel Milberg unterhält sich mit Richter Alexander Hold, Muriel Baumeister schäkert mit Max von Thun und, ui, da vorne an der Bar steht Ralf Bauer. Den mag ich.

Ich war mal auf einer Presseveranstaltung, auf der Wellness-Taschentücher vorgestellt wurden. Also Tempos, die total entspannend duften. Das Key Visual war die Silhouette einer Frau im Schneidersitz, und Ralf Bauer war am Start, weil er total auf Yoga und den ganzen Kram schwört. Zu essen gab es Sushi, und an der Sushibar kam ich auch mit Ralf ins Gespräch. Glücklicherweise war es ein schmuddeliger Frühlingstag mit Schneeschauern, und noch glücklicher war der Umstand, dass ich am nächsten Tag nach Australien abreiste. So kam es zu folgendem Gespräch:

Ralf: »Lecker, die Sushi, ne?«
Marie: »O ja, ich liebe Sushi, könnte ich jeden Tag essen!« (Kichert)

Ralf: »Mmh, ich auch.«
(Wir mampfen und stehen blöd rum)
Marie: »Ganz schönes Sauwetter heute, gell?«
Ralf: »In der Tat. Es ist März, da will man keinen Schnee mehr, sondern die Biergartensaison einweihen!«
Marie (lässig, wie zu sich selbst): »Na ja, zum Glück fliege ich morgen nach Sydney …«
Ralf (nur mäßig beeindruckt): »Cool, Australien! Da wünsch ich dir einen schönen Urlaub!«
Marie: »Nee, ist kein Urlaub, ich gehe für längere Zeit runter.«
Ralf: »Umso besser! Genieß es! Ich muss mich mal eben entschuldigen …«

Ich blieb alleine an der Sushibar zurück und ärgerte mich. Nicht über Ralf. Der war wirklich nett und charmant gewesen. Sondern über mich. Mit meiner Australien-Story hätte ich vielleicht die Inhaberin eines Nagelstudios aus Kassel beeindrucken können, nicht aber einen kosmopolitischen, ständig herumreisenden Schauspieler.

Ob er sich wohl noch an mich und unser Gespräch bei Kappa Maki und California Roll erinnert?
»Hi«, sage ich im Vorbeigehen zu Ralf und verlangsame meinen Gang etwas, damit er mich erkennen und aufhalten kann.
»Hi!«, sagt Ralf. Er ist kein guter Schauspieler, sorry. Denn er lächelt zwar und tut so, als wisse er, wer ich bin, vergisst aber, die Augenbrauen hochzuziehen, in dieser ganz besonderen Weise, wie man sie nur hochzieht, wenn man jemanden tatsächlich erkennt. Vergisst man die erkennende Augenbrauenhochzieherei, checkt das Gegenüber sofort, dass es nicht erkannt worden ist.
Ich merke, wie ich rot werde. Warum muss ich »Hi« zu Ralf

Bauer sagen? Schnell stöckele ich weiter, direkt zur Bar, und bestelle mir einen Caipiroshka.
Nach ein bisschen Suchen finde ich Julia und Beate wieder.
»Gleich wird der Award vergeben«, sagt Julia, »kommt, wir gehen nach vorne!«

Dann geht es los. Markus Knüfken, Muriel Baumeister, Ralf Bauer, Sonja Kirchberger, Jenny Elvers-Elbertzhagen, Max von Thun und ein Nachwuchsstar, den ich nicht kenne, stellen die drei Nominierten und ihre Kurzfilme vor. Drei Trailer werden gezeigt. Hm. Trailer von Kurzfilmen. Aber okay. Dann das Übliche, »The winner is …«, Applaus, die Kamera fängt eine völlig überraschte und zu Tränen gerührte Siegerin ein, die auf die Bühne stürzt und dort sagt, ohne ihr tolles Team und insbesondere ihren genialen Kameramann hätte sie diesen Film nicht verwirklichen können, Blitzlichtgewitter, noch mehr Applaus.

Und dann beginnt endlich »der lustige Teil des Abends«. Zumindest steht es so im ungeschriebenen, aber immer wieder gern zitierten Regelbuch geselliger Menschen, die ab und zu auf eine wirklich coole Party eingeladen sind. Aber es ist komisch. Die wirklich tollen Feiern habe ich nie erlebt, wenn ich damit gerechnet, mich sogar darauf gefreut habe. Richtig tolle Partys passieren ohne Ankündigung.

Neulich war ich mit Jan auf einer Feier bei seinem Freund Lars und dessen Freundin Moni. Lars und Moni. Das täuscht nicht, die beiden sind tatsächlich nur bedingt aufregend. Lars ist Anwalt in einer Kanzlei, und Moni hat einen kleinen Laden für pädagogisch wertvolles Holzspielzeug für Kleinkinder. Die beiden feierten Monis Geburtstag und Lars' Beförderung. Und es wurde die lustigste Party seit Monaten. Ich lernte zwölf neue

Leute kennen, an die ich mich leider danach nicht mehr erinnern konnte, weil die letzten sechs Gäste, Jan und ich inklusive, um fünf Uhr morgens volltrunken im Wohnzimmer saßen und darüber diskutierten, ob die Tengstraße nun zu Schwabing oder zur Maxvorstadt gehört.
Selbst als wir nach sechs Uhr früh im ersten Sonnenlicht in unsere Wohnung wankten und mein Kater bereits einsetzte, bevor ich auch nur eine Minute geschlafen hatte, fand ich das Leben großartig und die ganze Welt umarmenswert. Genauso muss man sich nach einer tollen Party fühlen.

Im Moment fühle ich nur, dass der Caipi zu stark ist, ein eher ungünstiger Umstand, weil ich Durst habe und schon zwei Stück hinuntergekippt habe. Und ich fühle meine Füße. Hätte ich doch bloß ein Paar Ballerinas dabei. Die High Heels braucht man sowieso nur für den roten Teppich, in der Menschenmenge danach guckt einem eh keiner auf die Füße, und es ist auch egal, ob ich 1,70 oder 1,82 Meter groß bin.
Zu meiner wachsenden Partyunlust trägt die Tatsache bei, dass Julia hier jeden, und ich übertreibe nicht, jeden kennt und Beate mit ihrem Feldherrn Nic, der natürlich auch geladen ist, knutschend auf einem Sofa hängt. Und überhaupt, was ist das für ein DJ? Die Musik erinnert mich an meine K41-Kunstparkzeit vor zehn Jahren.

Im Unterschied zu vor zehn Jahren weiß ich heute, 2007, was ich zu tun habe. Julia busselt, Beate knutscht, ich kann also gehen. Und zwar, ohne mich zu verabschieden. Wenn die Freunde, mit denen man auf die Feier gekommen ist, beschäftigt sind, muss man nicht tschüss sagen. Alte Partyregel.
Ich beschreite also den roten Teppich in umgekehrter Richtung und ziehe erst mal meine Schuhe aus. Herrlich. Barfuß laufe ich zum Heimeranplatz und habe Glück: Um fünf vor eins fährt

der letzte Bus zum Rotkreuzplatz. Der Bus kommt, ich setze mich ganz vorne auf den ersten Platz hinter dem Fahrer und betrachte mein müdes Gesicht mit den zwei steilen Falten an der Nasenwurzel im schwarzen Plexiglas vor mir.

Bist du glücklich, Marie Sandmann?, frage ich mich. Das mit der Selbständigkeit läuft ganz gut, morgen kommt dein von dir geliebter und dich liebender Freund nach Hause, und ihr werdet ein schönes Wochenende zusammen verbringen, mit Paul baust du eine Freundschaft auf, du hast eine wunderschöne Wohnung und lebst in deiner Lieblingsstadt, bist gesund und noch einigermaßen jung. Was willst du also mehr? Warum bist du nicht wie Julia und Beate fast immer gut gelaunt? Oder zumindest wie Marlene, die wenigstens einen Grund hat, nicht immer gut drauf zu sein, nämlich die Abwesenheit eines akzeptablen festen Freundes?
»Endstation Rotkreuzplatz«, sagt der Busfahrer. Zu mir, denn ich bin der letzte Fahrgast.

Wenn ich mal einen Kurzfilm drehe, weiß ich schon, wie sein Titel lauten wird.

FREITAG, 29. JUNI 2007 – KNUTSCHEN, SEX UND GESPRÄCHE

Musik: The Cure: Friday I'm In Love
Zitat: Alles, was wir gerne tun, macht dick, ist krebserregend oder unmoralisch. (Mark Twain)
Glücksmoment: S8 nach Geltendorf

Ich sollte weniger trinken. Nicht, dass ich Gefahr liefe, Alkoholikerin zu werden. Aber man soll ja den Anfängen wehren. Und ich habe bemerkt, dass die meisten Getränke, die ich in meinem Tagebuch verzeichne, Alkohol enthalten. Und überhaupt ist die Rubrik »Getränk« aus Bridget Jones' Tagebuch geklaut, deswegen werde ich ab sofort statt meines Getränks ein kluges oder einfach nur schönes Zitat niederschreiben.

Ein typischer verkaterter Freitagmorgen. Ich finde die Welt ungerecht, denn um neun treffe ich Beate zufällig an der Trambahnhaltestelle am Max-Weber-Platz. Sie wirkt frisch und fit, als habe sie acht Stunden erholsamen Schlafs hinter sich.
»Wie war's noch gestern?«, erkundige ich mich. Sie muss direkt nach mir gegangen sein!
»Geil«, sagt Beate mit leuchtenden Augen, »Nic und ich haben bis vier Uhr morgens auf der Party geknutscht, dann sind wir zu mir gegangen, hatten fantastischen Sex, bis es hell wurde, und saßen dann bis vor einer halben Stunde in der Küche und haben geredet und geredet ...«

Hmpf. So genau wollte ich das nicht wissen. Knutschen, wilder Sex *und* gute Gespräche – das ist irgendwie too much. Oje, ich bin neidisch. Am Anfang meiner Beziehung mit Jan war es nämlich genauso. Als wir erst mal beide Feuer gefangen hatten, was etwas dauerte, weil wir ja als »Freunde« anfingen, konnten wir stundenlang knutschen, völlig egal, ob auf einer Party, einem Konzert oder auf der Gerner Brücke über den Nymphenburger Kanal. Wilden Sex hatten wir danach auch meistens und gute Gespräche in den Verschnaufpausen. Aber jetzt, nach zweieinhalb Jahren, ist das natürlich nicht mehr so. Die Knutschfrequenz ist signifikant zurückgegangen (Engelchen meint gerade, wir seien eben auch keine sechzehn mehr), und zwischen Sex und Gesprächen müssen wir uns entscheiden, weil wir so wenig Zeit miteinander haben. Meistens steht die Wahl zyklusbedingt fest, also Sex rund um meinen Eisprung

und Reden in der nachwuchstechnisch uninteressanten Phase. Na ja. Dass eine Frau nur an sechs Tagen im Monat fruchtbar ist, dürfte sich inzwischen ja rumgesprochen haben.
Und überhaupt, warum geht es Beate blendend, obwohl sie nicht geschlafen hat und sicher viel mehr getrunken – während ich einen Kater habe, strähnige Haare und blass aussehe? Schließlich ist Beate normalerweise die mit den Feldwegen unter den Augen, gegen die auch Touche Éclat von Yves Saint Laurent nicht mehr hilft.

Übellaunig betrete ich das Büro von *beNemo* und versuche, mich mit Arbeit abzulenken und mit dem Gedanken an Jan, den ich heute Abend vom Flughafen abholen werde.

Hi, Süße, danke für den Tipp mit Paul! Treffe mich heute Abend mit ihm, aber das weißt du ja sicher längst.
Gruß und Kuss, Cora

Nee, weiß ich nicht! Ich merke, dass ich sauer werde. Für mich hat Paul keine Zeit, nicht mal für ein Bier. Und mit Cora verabredet er sich sofort! An einem Freitagabend! Montag oder Mittwoch wäre ja noch okay gewesen, aber Freitag?

Ja, ich weiß, wünsche dir viel Spaß und Erfolg! Wo geht Ihr gleich noch mal hin und wann?

Zu dem Australier am Potsdamer Platz, um acht.

Na toll. Warum ausgerechnet ein australisches Restaurant? Am liebsten würde ich Cora zurückschreiben, dass Paul damals bis nach Sydney geflogen ist, nur um mit mir zu frühstücken, aber zum Glück verwerfe ich diesen Plan ganz schnell wieder und schweige souverän, wenn auch verstimmt.

Um neunzehn Uhr fünfundvierzig soll Jans Maschine in München landen. Was für ein Timing, denke ich in der S-Bahn zwischen Englschalking und Johanneskirchen und lächle das erste Mal an diesem Tag. Wenn Cora Paul beim Australier trifft, werde ich gerade meinen Liebsten in die Arme schließen, seinen Duft einatmen, mich auf unser gemeinsames Wochenende freuen und bestimmt an alles denken, nur nicht an Paul und Cora! Manchmal spielt das Leben halt auch nach meinen Regeln.

Dumm nur, dass Air Berlin (Berlin! Grrrrr!) das nicht tut. Der Flieger hat Verspätung, und als Paul gerade das erste Mal in die blitzblauen Augen der süßen 25-jährigen Cora mit den langen blonden Locken, den knabenhaft schmalen Hüften und jugendlich straffen Apfelbrüsten schaut, befinde ich mich statt in Jans Armen rauchend und Beck's trinkend im Freiluftbereich des Flughafencafés. Ganz schön ätzend. Ich wollte doch nicht mehr so viel Alkohol trinken. Ist das doch der Beginn einer Abhängigkeit?

Zum Glück landet Jans Maschine dann noch rechtzeitig, bevor ich mich betrinken kann und komplett im fatalen Mix aus Kopfkino und Selbstmitleid versinke. Ich lutsche rasch ein Fisherman's Friend extra stark, damit ich Jan küssen kann, ohne dass er merkt, dass ich geraucht habe, und jogge zum Gate. Da ist er schon, die Krawatte gelockert, das Hemd einen Knopf weit geöffnet, und seine blauen Augen suchen mich. Mein Herz macht einen Hüpfer. Ich glaube, nur der wartende Golden Retriever neben mir freut sich mehr als ich, seinen Lieblingsmenschen zu sehen.

Die S-Bahn-Fahrt vom Flughafen nach München ist eigentlich eine eher fade Angelegenheit. Die meisten Auswärtigen, die die Strecke zum ersten Mal fahren, denken, sie hätten aus Versehen den Zug nach Niederbayern erwischt. Wenn man nicht wüsste, dass da irgendwann die Großstadt kommt, man würde es nicht glauben. Diese Fahrt mit Jan allerdings ist das Schönste, was ich in den letzten Wochen erlebt habe. Wir halten Händchen, kuscheln uns aneinander, berichten uns von der Woche und planen unser Wochenende. Viel zu schnell sind die 42 Minuten vergangen, und wir sind am Hauptbahnhof.

»Ach Spatz, ich vermisse dich so da oben in Bremen. Mit dir ist sogar S-Bahn-Fahren schön«, sagt Jan. Und der Potsdamer Platz, Paul, Cora und das leckere Emu-Steak sind so weit weg, dass ich keine Sekunde an sie denke.

SONNTAG, 1. JULI 2007 – EISKALTES AUGUSTINER IN DEN ADERN

Musik: Unbekannter Gitarrenkünstler vom Eisbach: Instrumental

Zitat: Die Menschen wären glücklich, hätten sie nicht versucht und versuchten sie nicht, es zu sein. (Giacomo Leopardi)

Glücksmoment: Temporarily not available. Please try again later.

Muss man eigentlich auf Glückwunsch-SMS zum Geburtstag antworten? Ich finde ja schon. Wobei ich ehrlich gesagt der Meinung bin, dass man auf jede Kurzmitteilung innerhalb von 24 Stunden antworten sollte, von Ausnahmen wie »Verspäte mich leider um fünf Minuten« oder »Bring bitte Klopapier mit, wenn du zu Tengelmann gehst« mal abgesehen. Und bei Geburtstagsglückwünschen, die ich per SMS schicke und die unbeantwortet bleiben, kann ich mir einfach nicht vorstellen, dass der Empfänger sie gelesen und sich darüber gefreut hat.

Sonst hätte er doch bestimmt intuitiv und spontan auf »Antworten« geklickt und wenigstens ein »Danke, dass du an mich gedacht hast« geschrieben!
Okay, vielleicht gibt es Leute, die so viele SMS zum Geburtstag bekommen, dass sie mit dem Beantworten nicht hinterherkommen. Ich habe zu meinem letzten Geburtstag 23 SMS erhalten, 15 Anrufe und sieben Direktgratulationen – nicht mehr, weil ich nicht gefeiert habe.

Vielleicht liegt die fehlende Antwort von Susanne auch daran, dass ich ihr in meiner SMS nicht nur herzlich gratuliert, sondern auch gewünscht habe, sie möge schön und ausgelassen feiern. Möglicherweise hat sie diesen Satz dahingehend missverstanden, dass ich gerne auf ihre Party zum 35. nach Rosenheim eingeladen worden wäre. Beate und Marlene sind schließlich auch dort, und langsam frage ich mich, ob man als Paar mit Kinderwunsch im Freundeskreis einfach in keine Schublade mehr passt und somit nicht mehr eingeladen wird. Da gibt es die jungen Familien wie Anja, ihren Mann und ihre mittlerweile zwei Töchter, Markus und Silvia mit ihrem Kilian, Alexa und Marco mit dem kleinen Philip und so weiter. Sie kennen einander zum Teil über Jan und mich, verbringen nun ihre Sonntage miteinander, treffen sich im Schwimmbad oder zum Grillen und fahren sogar gemeinsam in den Urlaub auf mallorquinische Fincas oder in Ferienhäuser in der Toskana. Und dann ist da die Gegenseite – Singles wie Beate (Ex-Single, aber diese erste Verliebtheitsphase ist ja so labil, sie kann schnell wieder Member of the Club werden), Marlene, Sabine, Simon oder Jenny. Die wiederum zelebrieren das Münchner Nachtleben, lernen Golf spielen, fliegen mal eben ein Wochenende nach Barcelona oder machen Mädeltrips an die Côte d'Azur – selbstverständlich, ohne mich zu fragen, ob ich vielleicht mit möchte.

Und da Jan und ich offensichtlich die Einzigen sind, die sich nicht mühelos reproduzieren, fallen wir durchs Raster. Das fühlt sich nicht schön an. Kein Wunder, dass ich ein wenig eingeschnappt reagiere, wenn ich dann nicht mal eine Antwort auf meine Geburtstags-SMS bekomme …

Aber ich will nicht jammern. Das Wochenende ist noch nicht ganz vorbei und war wunderschön. Gestern, am Samstag, schliefen wir aus und frühstückten dann auf der Terrasse des *Ruffini* in der Orffstraße. Dann fuhren wir mit der Tram nach Schwabing und liefen zu Fuß durch die Stadt, die Hohenzollernstraße entlang, Hand in Hand und an allen Schuhgeschäften vorbei, ohne hineinzugehen. Was mir gar nicht so schwer fiel, denn natürlich liebe ich Schuhe, aber nicht den Schuhkauf. Und schon gar nicht im Hochsommer. Ich hasse es, meine bei Temperaturen über zwanzig Grad immer leicht geschwollenen Treter in diese hässlichen Probiersocken zu stecken, die dann an meinen Fersen hängenbleiben, weil ich wieder mal vergessen habe, die dort ansässige Hornhaut beim Duschen mit dem Bimsstein zu bearbeiten. Gut, dass es www.goertz.de gibt.

Jan und ich kauften also nur ein bisschen Überflüssiges – lustige Postkarten, einen kleinen, orangefarbenen Keramikfrosch und eine große karierte Picknickdecke. Dann schlenderten wir Eis essend hinüber in den Englischen Garten und beschlossen dort, die Picknickdecke gleich mal auszuprobieren. Am späten Vormittag war trotz blauen Himmels und 28 Grad noch nicht allzu viel los, und wir fanden einen schönen Platz unter einem Baum am Eisbach, wo Jan im Schatten und ich in der Sonne liegen konnte, ohne dass wir unsere Hände loslassen mussten. Als wir Durst bekamen, machte Jan sich auf die Suche und kaufte einer Gruppe Junggesellenabschiedler, die mit Bollerwagen auf dem Weg zum Hofbräuhaus waren, vier Flaschen Augustiner ab, die wir zum Kühlen in den Eisbach legten. Auf der anderen Seite des Baches saß ein langhaariger Typ, wie einem Siebzigerjahrefilm entsprungen, mit nacktem Oberkörper unter einem Baum und übte auf seiner Gitarre Melodien, die mich an Willy Astors »Sound of Islands«-Album erinnerten.

Ich lag in der Sonne, hörte die Gitarre, das Plätschern des Eisbachs, das Zirpen der Grillen, das knirschende Geräusch von Fahrradreifen auf dem Kiesweg neben der Wiese und von der Ferne ab und zu herüberwehende Klangfetzen der Blaskapelle vom Chinesischen Turm. Die Junisonne brannte heiß, aber gerade noch angenehm auf meinen Bauch und meine Schultern, Jans Hand schloss sich kühl um meine und sein Daumen streichelte meine Fingerknöchel. Es roch nach Sommerwiese, Steckerlfisch und Haut, die von der Sonne erwärmt wird. Und diesmal tappte ich nicht in die Glücksfalle. Als ich feststellte, glücklich zu sein, konzentrierte ich mich sofort auf den Moment und seine absolute Wonne, auf Jans Körper neben meinem, seine wohligen Seufzer, die er ab und zu von sich gab und die Vorfreude auf das eiskalte Bier, das ich gleich trinken würde.

»Das Leben ist wunderbar«, sagte ich zu Jan, mir und München. Und dann schlief ich vor lauter Glück einfach ein.

»Das Freiflächenangebot wird von der Bevölkerung offensichtlich angenommen«, sagte eine männliche Stimme mit norddeutschem Einschlag ganz in meiner Nähe. Ich zuckte zusammen und riss die Augen auf. Wo war ich? Immer noch auf der Picknickdecke am Eisbach, stellte ich erleichtert fest. Wenn ich an anderen Orten als meinem eigenen Bett oder Sofa einschlafe, befällt mich beim Aufwachen grundsätzlich die leise Furcht, ich könne woanders sein als dort, wo ich eingenickt bin. Aber

Jan lag neben mir und schnarchte leise. Der Preuße war mit seiner Begleitung auf der Suche nach einem Liegeplatz offenbar direkt über uns drüber gestiegen, als er seinen Satz absonderte. Wir waren nicht mehr allein. Die große Wiese sah jetzt, um ein Uhr mittags, aus wie Bondi Beach am zweiten Weihnachtsfeiertag. Ich weckte Jan, wir tranken unsere Augustiner aus, rollten die Decke zusammen und verließen die Wiese, uns zwischen unzähligen mehr oder weniger nackten Münchner Leibern hindurchschlängelnd.

Dann verließen wir den Englischen Garten in südlicher Richtung und sahen an der Prinzregentenstraße noch ein wenig den Surfern am Eisbach zu.

»Hier, ein Stück weiter den Eisbach runter, war ich vor vier Jahren oft schwimmen«, erzählte ich Jan, wohl wissend, dass ich damit den Erinnerungen an jenen Sommer 2003 Tür und Tor öffnete. Aber es machte mir nichts aus. 2003 war vorbei. Und was sich reimt, ist wahr. 2003, mein Sommer mit Paul, schien länger her zu sein als »nur« vier Jahre. Als ich so daran zurückdachte, wie ich hier schwimmen gewesen war, manchmal mit Beate, selten mit Paul, meistens allein, sah ich eine andere Marie vor mir als die, die ich heute bin. Es tat nicht mehr weh! Und ich wollte den Sommer nicht mehr zurück. Der Sommer mit Jan war nicht besser, nicht schlechter, aber anders. Und wenn ich wollte, würden ihm noch viele folgen. Und *das* war der große Unterschied. Mit Jan gab es das, was mit Paul immer im Nebel lag: eine gemeinsame Zukunft.

»Du, lass uns kurz ins Haus der Kunst gehen«, sagte Jan, als wir genug Surfer-Coolness bewundert hatten, »da ist gerade eine Installation von Schlingensief zu sehen, die wollte ich mir gerne angucken.«

»Ins Museum? An so einem schönen Sommertag?«, fragte ich

ungläubig, lenkte dann aber schnell ein: »Aber klar, warum nicht. Da ist jetzt sicher nicht so viel los.«

Als studierte Sprachwissenschaftlerin muss ich ja immer vorgeben, total an Kunst und Kultur interessiert zu sein, weil man das von unsereiner erwartet. Dabei bin ich mir sicher, dass viele Physik-Absolventen und auch Fliesenleger sich mehr für Kunst begeistern können als ich. Die Musik schließe ich dabei aus, ich kann mich für fast jede Art von Musik begeistern, mit Ausnahme von Hip-, Trip- und sonstigem Hop, Jazz, Zwölftonmusik, Techno, Black Music, Cosmic und volkstümlichen Melodien. Aber bei der Malerei fängt es schon an. Cezanne, Monet, Kandinsky, Picasso, van Gogh, Gauguin & Co. mag ich zum Teil sehr gern. Was aber hauptsächlich daran liegt, dass ich mich selbst toll finde, weil ich die wichtigsten ihrer Werke wiedererkenne, wenn sie in einem Museum an der Wand hängen. Derselbe Grund also, aus dem das Publikum ausflippt, wenn die Spider Murphy Gang auf einem ihrer Konzerte nicht den neuen Kram, sondern einen alten Gassenhauer wie »Skandal im Sperrbezirk« zum Besten gibt. Die Leute feiern nicht die Kapelle oder das Lied, sondern sich selbst, weil sie den Song kennen.

Mit Theater ist es auch nicht ganz einfach. Ab und zu zwinge ich mich in eine Aufführung, aber richtig Spaß bringt mir das ehrlich gesagt nicht. Letzte Negativerfahrung: »Die Räuber nach Schiller« in den Kammerspielen. Man beachte das Wörtchen »nach«. Gut, auch die Original-Räuber haben mich damals im Deutschunterricht nicht gerade vom Hocker gerissen. Vater-Sohn-Konflikt, Politik, Zeitkritik, na ja, da fand ich Shakespeare schon spannender. Bei der Aufführung in den Kammerspielen war ich dann nach gefühlten sechs Stunden Mono- und Dialogen regelrecht dankbar, als ein Protagonist auf der Bühne

mit Nazisymbolen und toten Feldhasen hantierte, wenigstens machte mich das wieder wach und vertrieb mir die Zeit bis zum erlösenden Schlussvorhang.
Über Opern und die grenzwertige Erfahrung, Nabucco in der Olympiahalle anzuhören (»Kommt dieser Gefangenenchor bald? Wie, der war schon?!«) berichte ich lieber ein andermal.

Und jetzt musste ich heimlicher Kulturverächter also mit Jan in diese Schlingensief-Gaudi: achtzehn Bilder pro Sekunde – Installation und zwei filmische Werkkomplexe. Wir zahlten fünf Euro und betraten einen Saal, in dem große, ockerfarbene Heiligenfiguren aus Styropor oder Pappmaché aufgebaut waren, zu ihren Füßen kleine Holzschuppen und in der Mitte ein großer, begehbarer Kasten, auf dessen Dach eine Treppe emporführte, ebenfalls von Heiligenfiguren gesäumt. In den kleinen Holzkästen war zum Teil einfach gar nichts drin (sehr witzig, Herr Schlingensief!), im großen Schuppen liefen Filmbänder über ratternde Projektoren und warfen Kurzfilme an die Außenwände des Kastens.

»Der erste Projektor ist leider kaputt, steht aber morgen wieder zur Verfügung«, informierte uns ein Bediensteter des Hauses der Kunst, als wir den Schuppen betraten.
»Meint der, wir kommen morgen noch mal?«, flüsterte ich Jan amüsiert zu.
»Klar kommen wir morgen noch mal, sonst können wir doch das Gesamtkonzept der Installation gedanklich gar nicht erfassen«, sagte Jan mit ernstem Gesichtsausdruck, und einen Moment lang war ich mir nicht sicher, ob das nicht vielleicht doch sein Ernst war. Man weiß ja nie bei diesen Menschen, die sich ernsthaft für Kunst interessieren.
In den Filmen waren hauptsächlich Afrikaner zu sehen, die tanzten, aßen oder sich rituell schminkten.

»Faszinierend«, sagte eine ältere Dame neben mir zu ihrem Begleiter, »wie er die deutsche Gegenwart mit Afrika und Wagner beschreibt, Hagen von Tronje und Geister der Vergangenheit, immer auf der Suche nach Auf- und Entladung, diese Hierarchiefreiheit der Bilder und die Inspiration durch das absichtlich Unscharfe ...«
Hä? Genau das ist es, was ich an moderner Kunst nicht mag. Sie schafft es immer, dass ich mir blöd und völlig ungebildet vorkomme.
Ich flüchtete in den Museumsshop. Und erstand dort etwas Sinnvolles: den Marco-Polo-Ausgeh-Guide 2007 »München für Münchner«. Sorry, aber mir ist eine gute Leberknödelsuppe eben doch näher als das Rattern der Schlingensiefschen Installation.

Nach dem Haus der Kunst wanderten wir weiter zum Odeonsplatz und von dort zur Pinakothek der Moderne, nein, nicht um noch mehr Kultur zu uns zu nehmen, sondern eine der leckeren Quiches und Bionaden im vielleicht kleinsten Biergarten der Stadt, den kaum jemand kennt.
»Sind bei euch noch zwei Plätze frei?«
»Klar, setzt euch!«
Ein Pärchen, ungefähr in unserem Alter, nahm an unserem Biertisch Platz. Sie, Typ »Ich finde, ich sehe immer so angemalt aus, wenn ich mich schminke«, war hochschwanger und streichelte ständig ihren Bauch, während die beiden über ihre Zukunft sprachen. Jeder zweite Satz begann mit »Wenn Frieda da ist ...«. Ich hatte auf einmal ein riesiges Verlangen nach einer Zigarette, traute mich aber nicht, mir eine anzuzünden, obwohl wir uns ja an der frischen Luft befanden. Jan drückte wortlos meine Hand. Als Friedas Eltern gegangen waren, sagte er: »Ich weiß, dass so etwas blöd für dich ist. Aber ich bin mir ganz sicher, Marie, dass wir eines Tages auch Sätze mit

›Wenn Franziska da ist …‹ beginnen werden. Dauert halt nur ein bisschen länger bei uns. Aber dafür wird es eben auch ein besonderes Kind!«
»Ja«, sagte ich, »hoffentlich hast du recht.« Aber einen kleinen Moment lang konnte ich es mir vorstellen, ich, Marie, mit so einem schönen, kugelrunden Bauch, Jans Hand stolz nach den Bewegungen des Ungeborenen tastend.
»Und bis es soweit ist«, sagte Jan, »machen wir einfach so viele tolle Pläne für uns zwei, dass du gar keine Zeit mehr hast, dir Gedanken um das Kinderthema zu machen. Und wenn du nicht mehr daran denkst, schwupps, bist du schwanger!«
Ich musste lachen. Und Jan küssen. Und Pläne schmieden.
»Nach New York würde ich gerne mal«, sagte ich, »und nach Myanmar, nach Westaustralien und auf die Osterinseln. Ich möchte einen Videoblog über Neuhausen machen, italienisch lernen und einen Sushi-Guide für München schreiben. Und endlich wissenschaftlich beweisen, dass Stofftiere einen Charakter entwickeln, wenn sie länger bei einem im Haushalt leben!«

Der Samstagabend verlief ähnlich wundervoll wie der Tag. Eigentlich wollten wir uns einen faulen Fernsehabend machen, aber es kam nur das Sommerfest der Volksmusik, live aus Magdeburg. Wir brachten es fertig, trotz Florian Silbereisen und der Abschiedsvorstellung der Zillertaler Schürzenjäger Sex auf dem Sofa zu haben. Viel später zogen wir uns wieder an und brachen noch mal auf, um den Kreis zu schließen und auf der Terrasse des *Ruffini* eine Flasche Rotwein zu trinken.

Heute ist Sonntag. Wir waren mit Markus, Silvia und dem kleinen Kilian schwimmen im Dantebad, was mich kurzfristig dankbar stimmte, noch kein eigenes Kleinkind zu haben. Danach, auf dem Tollwood, lagen wir faul auf der Wiese neben dem Andechser, genossen die Abwesenheit von »Pa-pa-pa-pa-pa-pa-pa-koooommmm!!!!«-Gekreisch, tranken Beck's Lemon und lauschten einer Bossanova-Band. Jetzt sind wir wieder zu Hause, müde, zufrieden und staubig. (Auf dem Tollwood-Festival wird man immer entweder schlammig oder staubig, weil der kiesgrubenartige Untergrund entweder zu nass oder zu trocken ist. Aber das gehört zum Tollwood- und somit zum Sommer-in-München-Feeling.)

Bevor der Tatort losgeht, gehe ich noch schnell online. Mal schauen, ob mir jemand gemailt hat (nein) und ob jemand im Messenger ist.

paul1965 – verfügbar

Noch bin ich auf unsichtbar geschaltet. Ich überlege kurz, ob ich als Abwesenheitsmeldung »Kuscheln« oder Ähnliches angeben soll, verwerfe den Gedanken aber als spätpubertär.

marie.sandmann: *huhu* ☺
paul1965: *huhu! bist du online?*

AAAAH.

marie.sandmann: *nee, ich hab doch gar kein internet.*
paul1965: *hä?!?*
marie.sandmann: *wie geht's dir?*
paul1965: *ich weiß nicht, marie …*
marie.sandmann: *???*
paul1965: *hattest du ein schönes wochenende?*
marie.sandmann: *ja, ein wunderbares!*
paul1965: *ich druckse rum, nicht wahr?*
marie.sandmann: *sag schon, was ist denn los?*

paul1965: **drucks**
marie.sandmann: *paul!!!*
paul1965: *nee, ich sollte dir das nicht erzählen.*
marie.sandmann: *warum nicht? und was?*
paul1965: *du bist nicht die richtige dafür.*
marie.sandmann: *wir sind freunde, paul, schon vergessen? oder vertraust du mir nicht mehr?* ☹
paul1965: *doch, doch, natürlich.*
marie.sandmann: *also, spuck's aus. los.*
paul1965: *okay. ich hab mich am freitag mit deiner freundin cora getroffen – das weißt du, oder?*
marie.sandmann: *ja.*
paul1965: *puh.*
marie.sandmann: *das war's, was du mir nicht sagen wolltest?*
paul1965: *ja.*
marie.sandmann: *hm …*
paul1965: *nein.*
marie.sandmann: *paul. bitte.*
paul1965: *es ist irgendwie total bescheuert … ach, marie … ich weiß gar nicht, wie ich es sagen soll.*
marie.sandmann: *ich hab zeit.*
paul1965: *diese frau, dieses zarte, blonde mädchen … cora … sie hat meine seele berührt wie noch kein anderer mensch zuvor.*

BUMM. Eine Faust schlägt mir in den Magen, während eine zweite sich um meine Kehle schließt und mein Blut auf einmal eiskalt wie Augustinerbier durch meine Adern fließt. Doch nach den ersten Schrecksekunden kommt die süße Erleichterung. Es war ein Scherz! Paul hat einen Witz gemacht, er veräppelt mich.

paul1965: *marie? bist du noch da? hallo? o gott, ich hätte es dir doch nicht erzählen dürfen ...*

Es war wohl doch kein Spaß.

paul1965: *auch wenn es so klingt, ich bin kein 42-jähriger in der midlife-crisis, der ein 25-jähriges mädchen angräbt. cora ist einfach etwas ganz besonderes. wir haben uns am freitag zum ersten mal gesehen, sie kannte mich nicht, aber sie hat es geschafft, mich durch ihr zuhören, ihre fragen, ihr interesse genau an den punkten zu treffen, an denen ich verletzlich bin. unglaublich, diese frau. sie hat mein herz berührt.*
marie.sandmann: *du hast dich in cora verliebt?*
paul1965: *nein.*
marie.sandmann: *nein?*
paul1965: *ich liebe sie, marie. ja, paul liebt. und dabei dachte ich doch immer, ich liebe nur dich. es geht mir das erste mal, seit wir uns kennen, richtig schlecht ...*
marie.sandmann: *aber wie es mir gerade geht, ist dir völlig egal?*
paul1965: *?*
marie.sandmann: *hast du eine ahnung davon, wie verletzend das für mich ist? cora hat deine seele berührt?! Werd erwachsen, paul!*
paul1965: *bei dir dreht sich alles immer nur um dich, dich, dich. schade. ich hätte dich jetzt als freundin gebraucht.*
marie.sandmann: *ich kann das nicht, paul. das ist zu viel verlangt. sorry.*

marie.sandmann *hat sich abgemeldet*

O Gott. Ich sterbe. Ich kann nicht mehr atmen. Pauls Worte hallen in meinem Kopf nach, obwohl ich sie ja gar nicht gehört, sondern nur gelesen habe. »Sie hat meine Seele berührt wie kein anderer Mensch zuvor.« Das kann alles nicht wahr sein. Gleich werde ich aufwachen und feststellen, dass alles nur ein Alptraum war. Oder Paul wird mir eine SMS schicken und mir schreiben, dass es ihm leidtut und er mich nur auf den Arm nehmen wollte, dass das aber ein schlechter Scherz war und er hofft, dass ich ihm verzeihe.
Nichts davon geschieht. Ich wache nicht auf, weil ich bereits wach bin, und es kommt auch keine SMS.

»Spatz, alles okay? Du siehst irgendwie mitgenommen aus«, fragt Jan besorgt, »gucken wir zusammen Tatort? Willst du was zu trinken? Eine kalte Coke Zero vielleicht?«
Ich murmle etwas von Kreislauf und Sonnenstich, wanke ins Schlafzimmer, ziehe mich aus, lasse die Klamotten einfach auf dem Boden liegen und falle ins Bett. Jan kommt mir nach, nötigt mich, einen halben Liter Wasser zu trinken, lässt mich dann aber in Ruhe.
Schwer atmend liege ich da und versuche, die Endlosschleife zu stoppen, die sich in meinem Kopf dreht wie eine hängengebliebene Schallplatte: Sie hat meine Seele berührt ... Sie hat meine Seele berührt ... Sie hat meine Seele berührt ... Ich habe also Pauls Herz nie berührt? Bin ihm nie so nahegekommen wie Cora, die er erst seit ein paar Stunden kennt? Drei Jahre lang, in denen ich ihn begehrt, geliebt und vermisst habe, habe ich sein Inneres nie erreicht? Und auch in Hamburg, als er mich bat, ihn zu heiraten und den Rest meines Lebens mit ihm zu verbringen, bin ich nicht bis zu seinen tiefsten Gefühlen vorgedrungen?
Während ich noch unter diesem Gedanken leide, schleicht sich ein noch schlimmerer in mein Gehirn. Ich mag Pauls Seele nicht

berühren, aber er ist nach wie vor in meinem Herzen, sonst würde mir das jetzt nicht so weh tun.

Und dann passiert etwas, das immer mit mir geschieht, wenn alles zu viel wird, so ähnlich, wie wenn man vor körperlichen Schmerzen ohnmächtig wird: Ich schlafe ein. Mit wild und qualvoll klopfendem Herzen.

MONTAG, 2. JULI 2007 – NOT TO DOS

Musik: Mary Hopkin: Those Were The Days
Zitat: Dummheit, die man bei andern sieht, wirkt meist erhebend aufs Gemüt. (Wilhelm Busch)
Glücksmoment: Hmpf.

Habe ich schon mal erwähnt, dass ich amtierende Weltmeisterin im To-Do-Listen-Schreiben bin? Hoffentlich gibt es in dieser Disziplin nicht wirklich eine WM. Man weiß ja nie. Schließlich existiert die Weltmeisterschaft im Gummistiefelweitwurf ebenso wie die Weltmeisterschaft im Roboterfußball, die Weltmeisterschaft im Kirschkern-Weitspucken und die Weltmeisterschaft im Frauentragen. Warum also nicht auch die WM im To-Do-Listen-Schreiben? Egal. Ich bin dieser Disziplin sowieso müde geworden und wende mich heute einer Variante zu: der Not-To-Do-Liste.

NOT TO DOS

- An Paul und Cora denken
- Bilder von Paul anschauen
- Bilder von Cora anschauen
- Ein Bild von Paul neben eines von Cora halten

- Dann die Augen öffnen
- Innerlich »Sie hat mein Herz berührt« auf die Melodie von »Those were the days« von Mary Hopkin singen
- Einen ganzen Refrain zu diesem Lied dichten:
  Sie hat mein Herz berührt, ich hab' es gleich gespürt
  Ich weiß genau, ich liebe diese Frau ...
  Ich hab' es gleich gespürt, sie hat mein Herz berührt
  Kein Mensch zuvor hat das geschafft bei mir
- Cora und Paul in einer Kirche visualisieren, Cora in einem weißen Brautkleid, das ihre schmalen Schultern betont, und Paul in einem silbergrauen Anzug
- »Why does my heart feel so bad« von Moby hören, um »Those were the days« aus dem Kopf zu bekommen
- Mir vorstellen, ich sei auf die Hochzeit eingeladen
- Paul eine SMS schicken und fragen, wie es ihm geht
- Das Handy angeschaltet lassen
- Paul in der SMS außerdem schreiben, dass er recht hat und ich egoistisch und unfair war, jetzt aber ganz für ihn da bin
- Noch eine Flasche Nero d'Avola öffnen
- Nicht ans Telefon gehen, wenn Jan anruft
- Von Rotwein auf Wodka Lemon umsteigen
- Engelchen und Teufelchen der Wohnung verweisen, weil sie sich einig sind, dass das der größte Selbstmitleidsanfall ever ist
- Versuchen, Pauls Passwort bei GMX zu knacken, wohin seine glimpf.de-Mails weitergeleitet werden
- Erst nach dem 17. Versuch ausprobieren, ob man als GMX-User eigentlich sieht, wenn jemand versucht, das Passwort zu knacken
- Feststellen, dass GMX in Rot »17 fehlgeschlagene Login-Versuche« vermeldet
- Überlegen, was ich heute *nicht* falsch gemacht habe

- Wodka pur trinken
- Noch mehr Wwwodka purtrinken
- Schwachschinnnnge Listn schreibm
- SMS
- …

DIENSTAG, 3. JULI 2007 – SI TACUISSES

Musik: Jonas Goldbaum: Taucher im Meer
Zitat: Denn die Liebe ist ein Meer mit gefährlichen Wellen, du musst ganz tief tauchen, zu den allertiefsten Stellen (Virginia Jetzt!)
Glücksmoment: Haha.

Ich wache um 6 Uhr 29 auf. Um 6 Uhr 30 klingelt jeden Tag mein Wecker. Wunderwelt des Körpers.
Ich versuche, meine Augen zu öffnen, aber es gelingt mir nicht. Blind taste ich mich aus dem Bett ins Bad, stelle mich dort hin, wo ich den Spiegel vermute und ziehe mit den Fingern ein Augenlid nach oben. Was ich sehe, erschreckt mich. Meine Augen gleichen auf verblüffende Weise den Lippen von Chiara Ohoven. Was zwischen Nase und Kinn schon grenzwertig ist, sieht weiter oben einfach nur furchterregend aus. Warum biete ich so einen Anblick? Was ist passiert? Ich tappe in die Küche und stolpere über etwas Hartes, Kaltes. Es ist eine leere Flasche Smirnoff Wodka, erkenne ich durch die schmerzenden Sehschlitze. Und mit dem Anblick des roten Etiketts kommt langsam die Erinnerung zurück. Langsam, aber trotzdem so schmerzhaft, dass ich mich setzen muss. Au, au, au! Warum tun seelische Schmerzen eigentlich körperlich weh, und warum ist es wirklich das Herz, dieser dämliche Muskel, der so stechend schmerzt?

Ein Fuerteventura-Déjà-vu. Das Aufwachen neben Gu-ido, dem Riesenschaf. Die Kopfschmerzen. Doch nicht nur die sind ähnlich. Da war doch noch was ... Suchend blicke ich mich in der Küche um, nach etwas, das meiner Erinnerung auf die Sprünge hilft. Mein Handy liegt auf dem Tisch. Hastig klappe ich es auf. O mein Gott.

Ein neues, schmachvolles Kapitel im Leben der Marie Sandmann, die leider, auch wenn sie noch so besoffen ist, ihre SMS immer noch orthographisch korrekt abfasst:

SI TACUISSES ...* oder: **SMS-WECHSEL, DIE MAN LIEBER UNGESCHEHEN MACHEN WÜRDE**

Paul, wie geht's dir? Es tut mir leid. Du hattest recht, ich war egoistisch und eine schlechte Freundin. Verzeih mir. Ich bin jetzt ganz für dich da.

Schon okay. Es geht mir nicht gut. Cora soll übrigens nie erfahren, dass ich mich in sie verliebt habe.

Warum nicht?

Weil es bescheuert ist.

Was ist daran bescheuert, sich zu verlieben?

Du hast recht. Du hast so recht. Ich bin ein Idiot.

Hä?

---

* Wenn du geschwiegen hättest ... (Latein)

Nichts ist bescheuert daran. Ich rufe Cora gleich morgen an und sage ihr offen und ehrlich, was ich fühle. Danke, meine beste Freundin! Ich bin froh, dass ich dich habe!

Halt mich auf dem Laufenden, okay? Und vergiss mich nicht ...

Nein. Kuss Kuss Kuss. Du bist weltklasse.

Ich bin seine beste Freundin. Ich bin weltklasse. Paul vertraut mir. Sicher hat er niemanden außer mir, mit dem er über die Sache mit Cora sprechen kann. Und jetzt ruft er sie auf mein Geheiß an und gesteht ihr seine Liebe. Wollte ich nicht genau das? Nicht das mit Cora. Aber mit Paul befreundet sein? Die Geister, die ich rief ...

Ich sterbe. Aber vorher empfängt mein Nokia noch eine SMS.

Süße, Paul hat zwar keinen Job für mich, aber der Abend mit ihm war trotzdem total schön. Ich hoffe, du bist mir jetzt nicht böse deswegen. Er hat ganz dolle von dir geschwärmt, sagte, dass du seine beste Freundin und Ratgeberin bist und immer für ihn da bist, wenn er dich braucht. Drück dich, Cora

Ob er ihr wohl schon seine Liebe gestanden hat? Nein, so schnell geht das nicht. Es ist gerade mal acht Uhr morgens. Paul wird eine romantischere Uhrzeit abwarten, um Cora anzurufen.

Natürlich bin ich dir nicht böse, warum sollte ich? Ich bin mit Paul ja nur noch gut befreundet. Freut mich, dass ihr einen schönen Abend hattet. LG, Marie

Drei fette Lügen in 110 Zeichen. Wäre ich ehrlich gewesen, hätte meine Kurzmitteilung so aussehen müssen:

O doch, ich bin böse und maßlos enttäuscht. Du hast mir Paul weggenommen. Ich wünschte, ich hätte dir nie seine Nummer gegeben. Aber ich bin ja selbst schuld. War fast klar, dass Paul auf dich abfährt, auf dich mit deinen zierlichen 55 Kilo, den großen blauen Augen, diesen langen Klimperwimpern, deinen blonden Locken und straffen Apfelbrüsten. Sicher hast du ihn nicht mal mit Absicht angehimmelt. In dieser Hinsicht bist du wie eine kokette 5-Jährige, die flirtet, ohne es zu wissen. Gleich wird dein Handy klingeln und Paul wird dran sein. Er wird dir sagen, dass du seine Seele berührt hast wie kein Mensch zuvor und dass er sich unsterblich in dich verliebt hat. Vielleicht wird er auch noch hinzufügen, dass ich, Marie, sein guter Geist bin, der ihn und dich zueinander geführt hat. Manchmal hat er solche kitschigen Anfälle. Kleine, ich mag dich wirklich, trotzdem (oder gerade deswegen) hoffe ich inständig, dass das mit dir und Paul nicht lange gut geht. Er ist im Prinzip ein guter Kerl und ein wunderbarer Liebhaber, ein höchst interessanter und vielseitiger Mensch. Aber gerade diese vielen Seiten haben es in sich. Er ist zwar von Sternzeichen Zwilling, aber das genügt für ihn nicht, nicht für Paul. Paul ist ein Vielling. Manchmal ist er warmherzig und sensibel, dann wieder kalt und unnahbar, manchmal schaust du in seine Augen und siehst, was er fühlt, manchmal kommst du gar nicht an ihn ran. Seine Stimmungen wechseln wie das Wetter in Neuseeland, Stabilität ist ein Fremdwort für Paul. Er kann sich für eine Sache (oder auch einen Menschen) begeistern bis zur Ekstase und ein paar Tage später nicht mehr wissen, wofür er so gebrannt hat. Seine Probleme macht er am liebsten mit sich selbst aus. Er kann dir das Gefühl geben, die tollste und überhaupt einzige Frau auf der Welt zu sein, und im nächsten Moment meinst du, nicht zu existieren. Ich kann dich also nur warnen, Cora. Paul macht süchtig, er lässt einen nicht mehr los. Du siehst es ja an mir. Ich liebe meinen Freund und ich liebe das Leben mit ihm. Ich habe Pauls Heiratsantrag abgelehnt und ihm vorgeschlagen, Freunde zu bleiben. Und trotzdem bricht es mir das Herz, von ihm zu hören, dass du seine Seele berührt hast wie kein Mensch zuvor. Vor allem das »wie kein Mensch zuvor«. Denn ich gehöre auch zu all diesen Menschen, die Pauls Herz nicht so berührt haben, wie du es getan hast, Cora. Das ist bitter. Denn Paul war in meiner Seele. Falsch. Er ist dort immer noch.

Bisschen lang für eine SMS. Mitteilung speichern? Nein.

Julia (beNemo) ruft an

Lass mich in Ruhe, Julia. Ich habe jetzt keinen Nerv, über den Job zu sprechen. Es gibt Wichtigeres im Leben als die Taucherei und eure blöde Community.

Julia (beNemo) ruft an

Die ist aber hartnäckig. ICH KANN JETZT NICHT! Ich weiß nicht mal, welches Datum wir heute haben, und es ist mir auch völlig egal. Was ist schon ein Datum, wenn man erfährt, dass man die Seele der Person, die man liebt, nie berührt hat?

Julia (beNemo) ruft an

Jetzt reicht's mir aber. Kann ja wohl nicht wahr sein.
»Ja?!«
»Marie? Endlich! Wo steckst du?«
Ich will gerade »Küchentisch, 3. Stock, Ysenburgstraße« sagen, als mein Blick auf den Wandkalender fällt. Heute ist Dienstag, der 3. Juli 2007. In meinem Hirn klingelt etwas, zunächst sehr leise, dann lauter, und schließlich fällt mir ein: Heute ist der große Präsentationstermin bei *Blue Depth*. Diese Firma mit dem schwer auszusprechenden Namen ist einer der größten Hersteller von Unterwasser-Equipment, vom Neoprenanzug über Sauerstoffflaschen bis zur Digitalkamera. Ach du Scheiße. Ich blicke auf die Uhr. 10 Uhr und zwei Minuten. Um zehn hat der Termin begonnen.
»Sorry. Ich bin unterwegs. Meine U-Bahn ist ausgefallen, weil sich jemand davorgeworfen hat, bin zu Fuß unterwegs«, lüge ich und renne währenddessen schon mal Richtung Bad, damit wenigstens das »zu Fuß unterwegs« einen Hauch von Glaubwürdigkeit bekommt.
Shit, Shit, Shit. Wie konnte ich diesen Termin verpennen? Eventuell, weil er weder im Wandkalender noch in meinem Handy vermerkt ist, sondern nur im Outlook meines Laptops. Mann, Marie. Wie unprofessionell.
Zum Haarewaschen reicht die Zeit natürlich nicht mehr. Das ist einer der wenigen Momente, in denen ich mir meine langen Haare zurückwünsche. Die hätte ich einfach hochstecken können, dann ist es nicht ganz so schlimm, wenn sie nicht frisch gewaschen sind. Aber bei meinem kurzen Bob hilft nur noch ein breites Haarband. Ich finde eines in Orange, eine Farbe, die mir zwar nicht besonders gut steht, aber in der Corporate Identity meines Start-ups eine große Rolle spielt. *Nemo*-farben sozusagen. Während ich mich hastig schminke, überlege ich fieberhaft, was ich anziehen soll. Kostüm? Habe ich nicht. Anzug? Zu heiß und zu förmlich. Ich entscheide mich für ein

dunkelbraunes Hemdblusenkleid im Safaristil. Hat zwar nichts mit Fischen und Tauchen zu tun, aber wenigstens mit Urlaub und fernen Ländern.

Jetzt nur noch eine passende Handtasche finden. Ich hatte doch mal die orangefarbene von Puma, dieses Werbegeschenk ... Verdammt, wäre ich doch bloß ordentlicher. Da ist sie. Zum Glück dauert das Handtasche-Umräumen bei mir nur wenige Sekunden, da sich in jeder Tasche die nötige Grundausstattung befindet: Lipgloss, Tampon, Kugelschreiber, Kaugummis. Ich muss also nur Geldbörse, Handy, Schlüssel, Notizbuch, Puder, Zigaretten und iPod umpacken.

Ich renne die Treppen hinunter und die Ysenburgstraße entlang Richtung Nymphenburger. Es ist zehn Uhr zwölf. Zum Glück befindet sich vor dem Rotkreuzkrankenhaus ein Taxistand. Ich springe in den ersten Wagen.

»In die Prinzregentenstraße bitte«, sage ich atemlos.

»Pressiert's?«, fragt der Fahrer amüsiert und lässt bedächtig den Motor an.

Ich antworte mit einem bösen Blick und hole mein Moleskine aus der orangefarbenen Pumatasche. Es hängt viel davon ab, wie die von *Blue Depth* das Konzept von *beNemo* finden. Sie sollen nämlich als Sponsor agieren. Ich gehe noch einmal all die schlagkräftigen Argumente durch, die wir gesammelt haben. Mein Taxifahrer hat währenddessen die Herausforderung angenommen und schlängelt sich kamikazemäßig über die Nymphenburger Straße, die weder wirklich ein- noch zweispurig ist. Ständig hält ein Rechts- oder Linksabbieger den Verkehr auf. In rekordverdächtigen fünfzehn Minuten haben wir die Prinzregentenstraße erreicht. Mir ist ein bisschen schlecht, aber das kann auch an der Nervosität liegen.

Als ich das Büro betrete, sind alle Mitarbeiter von *beNemo* an ihren Plätzen statt im Konferenzraum. »Die *Blue Depth*-Leute kommen etwas später«, teilt mir Julia gut gelaunt mit, »ihr Flieger hat Verspätung!« Glück gehabt. Danke, Lufthansa.

Der Termin läuft super. Ich stehe zwar ein bisschen neben mir, aber das hat den Vorteil, dass ich mir selbst dabei zusehen kann, wie ich engagiert und begeistert über *beNemo* berichte und den Gästen den Eindruck vermittle, sie würden einen großen Fehler machen, wenn sie dieses Projekt ungesponsert ließen. Als die Delegation von *Blue Depth* wieder weg ist, klopfen sich die *beNemos* gegenseitig auf die Schultern, auch ich werde mit einbezogen und bekomme einige lobende Klapse ab. Puh. Wenigstens ein Bereich in meinem Leben, der gut läuft.

»Du musst unbedingt tauchen lernen«, meint Martin, »jetzt können wir richtig durchstarten. Und du musst doch wissen, wovon du sprichst. Ich rede mal mit dem Chef, bestimmt ist er bereit, dir den Tauchkurs zu zahlen.«

Ich? Tauchen? Ich weiß nicht recht. Vielleicht habe ich zu oft »Der weiße Hai« gesehen, möglicherweise hat mich auch die Lektüre von »Der Schwarm« verunsichert, vielleicht bin ich auch einfach nur ein Angsthase mit Landrattenerbgut – aber mir genügt Schnorcheln vollauf. Das fand ich toll, vor allem damals am Great Barrier Reef. Aber ich bin mir nicht sicher, ob ich unbedingt tiefer hinunter muss. Andererseits ist es mit dem Tauchen wie mit dem Kinderkriegen – zunächst erscheint es einem wenig attraktiv, aber alle, die es einmal getan haben, schwärmen davon und sind süchtig danach. Ich kenne nur Taucher und Nichttaucher, keinen, der sagt: »Och ja, Tauchen habe ich mal ausprobiert, ist aber nicht so meins.«

»Klar, jederzeit«, sage ich begeistert. So ein Tauchkurs in Thailand oder auf den Malediven hat doch auch was.

Am späten Nachmittag mache ich eine kleine Zigarettenpause und ziehe vorsichtig die Schublade »Maries Seelenzustand«

auf. Ich bin überrascht, wie friedlich es dort aussieht. Der Erfolg im Job hat mir gutgetan. Es gibt eben doch noch andere Dinge auf der Welt als Paul und Cora. Die Tatsache, dass ich von meinen Kollegen geschätzt und gemocht werde, relativiert ein wenig den Umstand, dass Paul sich seine Seele von einer 25-jährigen Blondine begrapschen lässt, die noch dazu meine Freundin ist. Ich atme vorsichtig auf. Wird alles gut? Wirkt etwa das Prinzip der Selbstliebe, das Beate mir nähergebracht hat? Tut die Sache mit Paul jetzt schon weniger weh, weil ich mir bewiesen habe, dass ich gut bin? Ich ziehe ein letztes Mal an meiner Zigarette, als es aus der orangefarbenen Pumatasche »tock-tock-tock« macht.

Danke, mein Herz. Du hast was gut bei mir. Es war genau richtig, Cora die Wahrheit zu sagen. Sie hat so super reagiert. Eine Wahnsinnsfrau.

Und schon ist es vorbei mit dem Selbstbewusstsein und dem Seelenfrieden. Was mich an Pauls SMS am meisten stört, ist »mein Herz«. Ich bin nur noch seine Freundin, nicht mehr seine Geliebte, und er nennt mich immer noch »mein Herz«. Gewohnheit kann man das bei unserer chaotischen On&Off-Beziehung ja wohl kaum nennen. Also kann es nur bedeuten, dass »mein Herz« gar nichts bedeutet. Es ist eine Floskel, eine Phrase, wenn Paul nett sein will. Mir zittern die Finger, als ich antworte:

Habt ihr miteinander geschlafen?

Das willst du doch gar nicht wissen, Marie. Doch, ich muss es aber wissen. Nein. Doch. Egal. Zu spät.

Nein.

Puh. Gott sei Dank.

> *Noch nicht. Aber wir werden es tun, am Wochenende. Und ich bin deswegen zum ersten Mal in meinem Leben nervös …*

Und mir ist zum ersten Mal in meinem Leben kotzübel, obwohl ich weder etwas Falsches gegessen noch zu viel getrunken noch eine Magen-Darm-Grippe habe. Bevor Paul jetzt auch noch Tipps von mir anfordert, schalte ich mein Handy aus und gehe wieder rauf ins Büro. Es gelingt mir erstaunlich gut, in den Arbeitsmodus zurückzuschalten.

Es ist mittlerweile Abend, ich bin auf dem Heimweg und habe beschlossen, dass ich am kommenden Wochenende unmöglich in München sein kann. Ich kann keine unbeschwerten Tage mit Jan verbringen, wenn ich weiß, dass Paul mit Cora schläft. Wir würden uns höchstens streiten, weil Jan merken würde, dass ich schlecht gelaunt und mit meinen Gedanken woanders bin. Ich muss weg! Weit weg. Zum Beispiel nach Krefeld.

Ich kaufe mir also am Hauptbahnhof eine Fahrkarte nach Düsseldorf und rufe dann meine Freundin Jenny an. Sie hat zum Glück Zeit und freut sich auf mich! Ich bin erleichtert. Wenigstens werde ich am Wochenende beschäftigt sein, und zur Not muss ich die Gedanken an Paul und Cora eben mit Altbier aus meinem Hirn spülen.

In einer der neuen Münchner U-Bahnen fahre ich nach Hause. Mit mir eine Frau mit einem knapp zweijährigen, blonden Jungen, der neugierig durch die halbleere U-Bahn tapst. Sprechen kann er noch nicht, außer ein wenig Kleinkindertürkisch: »Da! Lülü. Errö! Gulu gulu.«

»Richtig, Marlon, das ist das Verbindungsstück zwischen den beiden Waggons«, erklärt ihm seine Mutter.
»Gulü!«
»Genau, Marlon, wie eine Ziehharmonika. Ziehharmonika! Eine Harmonika zum Ziehen, weißt du, Marlon?«
»Mama!«
»Das hast du richtig erkannt, Marlon, das Verbindungsstück bewegt sich, wenn der Zug in eine Kurve fährt. Sehr gut!«
»Bitte zurückbleiben«, sagt die freundliche Dame vom Band in der Maillinger Straße.
»Dada!«
»Ja, Marlon, bitte zurückbleiben hat sie gesagt. Das war aber gar keine echte Frau, sondern eine aufgezeichnete Stimme. Das haben die vom MVV in einem Tonstudio aufgenommen, damit die U-Bahn-Fahrer nicht dauernd alles selber sagen müssen!«
»Errö...«
»Genau, Marlon, *bitte* zurückbleiben. Bitte, das ist die Höflichkeitsform. Wenn man jemanden bittet, etwas zu tun, ist das viel schöner, als wenn man es ihm einfach befiehlt, weißt du?«
Marlon tapst mit seiner kleinen dicken Hand auf ein Schloss, das in der Kunststoffwand der U-Bahn eingelassen ist, was seine Mutter dazu veranlasst, ihm mit Liebe zum Detail zu erläutern, wie so ein Zug konstruiert ist.
Was Marlon wohl so macht, wenn er zehn ist und den Nobelpreis bereits in der Tasche hat?

Als ich zu Hause bin, rufe ich Jan an, um ihm zu erzählen, dass ich am Wochenende nicht da bin. Er wird nicht begeistert sein, aber vielleicht ist es nicht ganz so schlimm, wenn ich ihm sage, dass mein Eisprung erst nächste Woche ... nein. Blöde Idee.
»Mein Spatz ruft an! Das ist aber schön. Ich bin gerade erst ins Hotelzimmer gekommen ...«
»Du Armer. Wie war dein Tag?«

»Anstrengend, aber erfolgreich. Die anderen sind noch auf einen Absacker in die Bar gegangen, aber ich konnte mich zum Glück ausklinken. Ist auch viel schöner, mit dir zu sprechen. Was hast du heute gemacht?«

Ich erzähle von *beNemo* und *Blue Depth*, natürlich ohne mein Zuspätkommen und den Grund dafür zu erwähnen.

»Klasse«, freut sich Jan, »Glückwunsch! Und das mit dem Tauchenlernen finde ich eine super Idee. Ich mache mit! Wir könnten es ja mit einem Thailandurlaub im Herbst verbinden, was meinst du?«

»Thailandurlaub: jederzeit, Tauchen: schaun wir mal«, meine ich.

»Apropos Tauchen«, fährt Jan fort, »ich habe für das Wochenende ein bisschen was ausgemacht. So schön das letzte mit dir ganz alleine war, wir sollten unsere Freunde nicht vernachlässigen.«

»Jan, ich …«

»Am Samstag gehen wir mit Markus, Silvia und Kilian ins Dantebad, und Sonntag sind wir zum Grillen bei Alexa und Marco eingeladen, in ihrem neuen Haus in Baldham. Schon um fünf, dann ist der kleine Philip auch noch eine Weile auf.«

»Jan, ich weiß nicht recht …«

»Jetzt sag bitte nicht, dass du keine Lust hast, weil die vier Kinder haben. Marie, die haben sich nicht reproduziert, um uns zu ärgern, und ich sehe auch nicht ein, warum eine Freundschaft darunter leiden soll, dass die einen Kinder haben und die anderen noch nicht!«

Ist aber so, denke ich.

»Tut es dir denn nicht weh, dir von Markus und Silvia ihr perfektes Glück vorführen zu lassen?«, frage ich Jan.

»Nein. Ich habe dir doch gesagt, dass wir auch irgendwann ein Kind haben werden. Gut Ding will eben Weile haben. Setz dich doch bitte nicht so unter Druck, Spatz. Sieh es ein wenig lockerer!«

»Ich bin aber nicht locker!«

»Dann werde locker. Es tut mir weh, dass du so darunter leidest, aber es hilft doch nichts, sich da total reinzustressen. Kinder kommen, wenn sie wollen, das kannst du halt nicht beeinflussen.«

Ich muss das Thema wechseln, sonst fange ich an zu heulen.

»Was anderes, Jan – ich bin leider am Wochenende nicht da.«

»Waaaaaaas?«

»Ich fahre zu Jenny nach Krefeld, ich habe ihr es seit Monaten versprochen.«

»Davon weiß ich ja gar nichts ...«

»Ich hatte es selbst ganz vergessen. Sei nicht böse, bitte.«

»Hm. Ich bin nicht böse, du bist schließlich ein freier Mensch. Ich bin nur traurig, ich hatte mich so auf das Wochenende gefreut. Aber ich werde es schon irgendwie alleine rumkriegen. Und es dauert zum Glück nicht mehr lang, dann ist mein Bremer Projekt beendet und ich bin wieder ganz in München.«

Das liebe ich an Jan. Er macht mir keine Szene, aber ich spüre trotzdem, dass es ihm nicht egal ist, ob ich meine Zeit mit ihm verbringe oder in Krefeld. Als wir unser Telefonat beendet haben, gerate ich ein wenig ins Grübeln. Ist meine Flucht falsch? Hätte ich es nicht vielleicht doch schaffen können, das Wochenende mit Jan zu verbringen, ohne zu viel an Paul und Cora zu denken? Hätte ich es nicht wenigstens versuchen müssen? Jan ist schließlich mein Freund ... Aber die Gefahr ist zu groß. Wenn ich das Kopfkino nicht abschalten kann und zusammenbreche, ist es besser, in Krefeld zu kollabieren als in München. Denn so ein Heulkrampf könnte unangenehme Fragen nach sich ziehen. Jan darf nie erfahren, dass Paul wieder in meinem Kopf ist und was er dort so alles anstellt. »Und dass er wieder

auf deinem Körper war und was er so alles mit dem angestellt hat, sollte er besser auch nicht wissen, gell?«, mischt sich das Engelchen ein.
»Halt deine blöde Klappe«, fauche ich. Hamburg hatte ich doch fast schon verdrängt …

SONNTAG, 15. JULI 2007 – AUF DER SICHEREN SEITE

Musik: Peter Rubin: Wir zwei fahren irgendwo hin
Zitat: Erwarte nichts. Heute: das ist dein Leben (Kurt Tucholsky)
Glücksmoment: Liebe! Sex! Natur!

Das Wochenende in Krefeld war wunderbar. Ich habe Jenny nichts von Paul und Cora erzählt. Irgendwann, wenn das alles Vergangenheit ist und ich darüber lachen kann, werde ich ihr davon berichten. Aber jetzt ist das alles noch viel zu schmerzhaft – und es ist mir schrecklich peinlich. Außerdem besteht ja immer noch die Möglichkeit, ich könnte alles nur geträumt haben, wenn keiner außer mir Bescheid weiß. Zumal sich weder Cora noch Paul seit Dienstag bei mir gemeldet haben. Die hatten vermutlich anderes zu tun. Haha. Autsch.
Tapetenwechsel und Altbier haben mir jedenfalls gutgetan. Erstaunt beobachtete ich, wie ich mehrfach lachte und so etwas wie Lebensfreude verspürte. Geht doch.

Mittlerweile ist eine weitere Woche vergangen. Immer noch kein Wort von Paul oder Cora. Gut so. Der Schock lässt nach, und mein Leben, mein echtes, wahres Leben mit Jan, meinem Job und meinen Freunden, hat mich wieder. Gestern war ein wunderschöner Sommertag, den ich mit Jan, Bernd und Patricia in den Bergen verbrachte. Wieder zurück in München, saßen wir noch bis morgens um vier auf Bernds Balkon, aßen Pizza, wir Mädels tranken Prosecco Aperol, die Männer Bier, und als wir schließlich zu Fuß von Schwabing nach Hause gingen, zwitscherten schon die ersten Vögel. Das Leben ist schön!

»Sag mal, Spatz«, meint Jan und setzt sich zu mir auf den Balkon, »ist heute nicht wieder Tag vierzehn?«

»Tag vierzehn? Heute ist der fünfzehnte!«

»Nee, ich meine, so babymachtechnisch. Da ist doch dieser Tag vierzehn immer besonders interessant, oder?«

»Oh, stimmt«, lache ich und rechne, »du hast recht. Hatte ich total vergessen.«

»Na, dann komm mal mit.«

»Wie. Jetzt?« Ich würde eigentlich lieber bis zum Abend warten, vielleicht ist dann auch der Rest meines Katers von gestern verschwunden.

»Ja.« Jan nimmt meine Hand und zieht mich in die Wohnung. Er schließt die Balkontür hinter sich und dreht den Hebel nach unten.

»Hast du Angst, dass die Nachbarn mithören?«, spotte ich.

»Wirst schon sehen. Komm, zieh dir Schuhe an!«

»Schuhe???« Kann man zweieinhalb Jahre mit jemandem zusammenleben und nicht mitbekommen, dass er einen Fetisch hat? Na ja, besser Schuhe als Lackleder oder so.

»Und vergiss deine Sonnenbrille nicht.«

»Was hast du vor?«

»Überraschung!«

Ich mag ja keine Überraschungen. Trotzdem machen sie mich neugierig, vor allem, wenn sie im Zusammenhang mit meinem Eisprung stehen. In meinem Magen beginnt es zu kribbeln.

Wir verlassen die Wohnung und steigen in Jans Dienst-BMW.

Er biegt auf den Mittleren Ring ein, und wir fahren nach Norden, Richtung Dachau. Weil am Sonntagnachmittag nicht viel los ist, sind wir recht schnell draußen aus der Stadt. Der Münchner Süden ist mein Revier, dort kenne ich jedes Waldstück, jeden Weg, jeden versteckten kleinen See. Aber hier im Norden bin ich völlig orientierungslos. Jan offensichtlich nicht. Ohne Navi fährt er zielsicher über die Dörfer, immer weiter in die Pampa. Die Straßen werden kleiner und kleiner, bis wir schließlich auf einen ungeteerten Waldweg einbiegen. Nach ein paar hundert Metern stellt Jan das Auto ab und holt eine kleine Reisetasche aus dem Kofferraum.

»Komm«, sagt er, küsst mich und nimmt wieder meine Hand. Wir biegen auf einen Pfad ab, der uns tiefer in den Mischwald führt. Schließlich kommen wir zu einer Lichtung, an deren Rand ein paar große, uralte Buchen stehen. Und in ihren Wipfeln ist ein Baumhaus. Kein klappriger Hochsitz, nein, ein richtiges Baumhaus.

»Jan«, sage ich und bin heiser vor Begeisterung und Aufregung, »das ist ja ein Traum! Ich liebe Baumhäuser!«

»Ich weiß«, sagt Jan, »deswegen sind wir hier. Komm, wir klettern hoch!«

Über eine Leiter erreichen wir das Haus. Es ist tatsächlich ein Traum. Dunkelrot gestrichen, die Fensterrahmen in Weiß. Ich komme mir vor wie in Schweden. Jan breitet Isomatten auf dem Dielenboden aus und legt eine Decke darüber. Dann zieht er mich auf das improvisierte Lager und flüstert: »Zieh dich aus.«

Ich weiß nicht, ob es das Baumhaus ist, der Wald oder Jans Bestimmtheit, jedenfalls sind die leichten Kopfschmerzen, die ich noch vor zehn Minuten hatte, auf einmal verschwunden und Erregung packt mich. Wir ziehen uns synchron aus, grinsend, aufgeregt wie beim ersten Mal. Und es ist ja auch gewissermaßen ein erstes Mal. Das erste Mal in einem Baumhaus.

»Jan, das war großartig«, sage ich außer Atem und trinke einen großen Schluck etwas zu warmen Prosecco aus der Flasche.

»Ja, war ich gut?«, grinst Jan.

»Das auch«, lache ich, »aber ich meinte eigentlich diesen Ort hier. Wie hast du den bloß gefunden?«

»Ich war das ganze letzte Wochenende unterwegs«, erzählt Jan, »um den perfekten Platz zu finden. Gefällt es dir?«

»Und wie! Es ist wunderbar hier. Bisschen einsam zum Wohnen, aber für unsere Zwecke …«

»Ich hatte zunächst überlegt, das Baumhaus zu kaufen«, sagt Jan, »aber das habe ich mir dann schnell anders überlegt. Einen Platz zu besitzen, nimmt ihm irgendwie den Zauber.«

»Stimmt. Außerdem muss man dann dauernd dort hinfahren, damit sich die Anschaffung lohnt.«

»Eben. Ich hatte eine andere Idee. Weißt du, Marie, ich persönlich glaube ja, dass es bald klappen wird mit unserem Baby. Aber falls es doch noch etwas dauert, finde ich: Wenn schon geplanten Eisprungsex, dann das Beste draus machen. Nächsten Monat bist du an der Reihe.«

»Womit bin ich an der Reihe??«

»Na, damit, einen besonderen Platz zu suchen, an dem wir vögeln können«, grinst Jan, »ich weiß, der Standard ist hoch, aber du wirst schon was Tolles finden.«

»Und ob. Was für eine super Idee. Jan, du bist … ach, ich weiß gar nicht, was ich sagen soll. Du bist der Beste. Ich liebe dich.«

»Ich liebe dich auch«, sagt Jan ernst und küsst mich. Dann sieht er mich an und sagt: »Du hast vergessen, eine Kerze zu machen. Komm, tun wir's noch mal. Um auf der sicheren Seite zu sein.«

Natürlich nur, um auf der sicheren Seite zu sein.

FREITAG, 27. JULI 2007 – WELTPREMIERE

Musik: Anajo: Spätsommersonne
Zitat: Die Dinge haben nur den Wert, den man ihnen verleiht. (Molière)
Glücksmoment: Das erste Mal nicht antworten.

Warum haben eigentlich glückliche Phasen eine so kurze Halbwertszeit? Und warum ist es immer Paul, der mich aus meinem Glück mit Jan reißt?

Hallo Süße, ich bin diese Woche in München, würde dich gerne sehen. Kuss, Paul

Vermutlich hätte diese SMS meinem Glück nicht viel anhaben können, wenn ich nicht dummerweise geantwortet hätte.

Was ist denn nun eigentlich mit Cora?

Wie, was soll denn sein mit Cora? Hä?

Die Frau, die deine Seele berührt hat wie kein Mensch zuvor! Läuft es gut mit ihr?

*Ach sooooo *lach*. Nee, da läuft gar nix.*

Wie bitte?!?

Ich hatte mich da in eine fixe Idee verrannt. Mir eingebildet, sie zu lieben, nur weil sie mir zuhörte. Als ich dir alles erzählt hatte, wurde mir auf einmal klar, wie albern das Ganze ist. Und als ich dann mit ihr geschlafen hatte, war auch das Begehren auf einmal weg.

Und das sagst du mir erst jetzt, drei Wochen später???

Sorry. Ich wusste nicht, dass es dich so beschäftigt. Tut mir leid. Sehen wir uns bald? Ich vermisse dich!

Marie Sandmann proudly presents: Eine Weltpremiere. Am Dienstag, dem 24. Juli, geschah es zum allerersten Mal, dass Paul auf eine SMS an Marie keine Antwort erhielt, auch nicht nach:

Hallo???

Marie?!?

Süße, bist du sauer? Bitte melde dich doch

MITTWOCH, 1. AUGUST 2007 – NACHTAKTIVE ENTEN AM 31. TAG

Musik: Froschkonzert
Zitat: Eher schätzt man das Gute nicht, als bis man es verlor. (Johann Gottfried von Herder)
Glücksmoment: Wissen, was richtig ist.

Ich hätte nicht gedacht, dass es so einfach sein würde. Als hätte jemand einen Schalter umgelegt, war Pauls Zauber gebrochen. Natürlich wusste er, wie weh mir seine »Cora hat meine Seele berührt«-Aktion getan hatte. Nicht ganz korrekt: Er wusste nicht um das Ausmaß meines Schmerzes. Das hätte Pauls Vorstellungsvermögen überstiegen.

»Ich darf ihn nur nie wiedersehen«, sage ich zu Beate, der ich nun die ganze Geschichte doch noch erzählt habe.

»Warum nicht?«
»Weil mein Verstand aussetzt, sobald er mir gegenübersteht!«
»Aber du weißt doch jetzt vom Herzen her, dass du ihn nicht mehr willst. Dann ist es doch egal, was dein Verstand macht. Hauptsache, dein Herz bleibt stark.«
»Mmmmh. Stimmt.«
»Klingt nicht besonders überzeugt.«
»Doch! Es ist vorbei. Trotzdem ist es besser, wenn ich Paul nie wiedersehe.«
»Aber mach bloß kein Drama aus diesem ›nie wieder‹«, rät mir Beate, »ich kenne deine ›nie-wieder‹-Schwäche, Marie!«
Sie hat recht. »Nie-wieders« nehmen mich immer sehr mit, selbst wenn es sich um »nie wieder in Erdkunde ausgefragt werden« handelt.
»Keine Sorge. Ich bin viel zu froh, dass das endlich vorbei ist.«
»Ich für meinen Teil glaube ja, dass das Leben Paul noch mal bei dir vorbeischicken wird«, sagt Beate, »und dann wirst du schon merken, ob du ihm widerstehen kannst oder nicht.«

Ich finde, Beate hat in letzter Zeit wirklich zu viele Psycho-Bücher gelesen. So ein Quatsch. Das Leben wird mir gar niemanden vorbeischicken, außer vielleicht den GEZ-Mann. Hat sie mir nicht noch vor kurzem gepredigt, dass man für sein Glück selbst verantwortlich ist?

Heute ist ein sehr lauer Augustabend. August! Der erste Monat, in dem Jan nicht mehr in Bremen ist. Ein wenig ungewohnt ist es schon, an einem Dienstagabend mit ihm in Neuhausen spazieren zu gehen. Aber schön. So schön, dass ich leise vor mich hin singe. Ich freue mich auf den letzten Sommermonat, auf den September, weil Jan und ich auf zwei Hochzeiten eingeladen sind, eine auf Sylt und eine in Kitzbühel. Ich liebe Hochzeiten und ich liebe die Berge im Spätsommer. Und natürlich auch die Nordsee, die finde ich auch ganz super. Danach beginnt gleich das Oktoberfest, dann habe ich Geburtstag, und Ende Oktober fliegen Jan und ich für drei Wochen nach Thailand, um dort einen Tauchkurs zu machen. *beNemo* hat mich zum 1. 8. als Cheftexterin fest eingestellt, weil die Kooperation mit *Blue Depth* geklappt hat. Und das Allerbeste: Mein Herz tut nicht mehr weh, wenn ich an Paul denke.

Wir kommen zur Gerner Brücke, die über den Nymphenburger Schlosskanal führt. Es ist dämmrig, und der rosa-gelbe Abendhimmel spiegelt sich im stillen Wasser des Kanals.
»Komm, setzen wir uns auf die Mauer«, schlage ich Jan vor. Wir klettern hinauf und machen es uns auf den breiten Steinplatten bequem, die noch warm von der Sonne des Tages sind. Ich öffne meine Umhängetasche und hole eine Flasche Rotwein, zwei Gläser, einen Öffner und zwei Teelichter heraus.
»Ich hab gar nicht gesehen, dass du das eingepackt hast«, staunt Jan, »manchmal sind diese riesigen Frauenhandtaschen doch zu was gut!«
»Tja, Überraschung«, sage ich und entkorke den Syrah.
»Ist heute schon wieder vierzehn?«, fragt Jan zweifelnd, zündet die Teelichter an und betrachtet mich etwas verwirrt. »Ich meine, es ist echt schön hier, aber es kommen halt doch ab und zu Leute vorbei …«
»Nein«, lache ich, »ich habe den Wein einfach so mitgenommen, ohne Hintergedanken. Heute ist …«, ich rechne rasch, »Tag 31!«
»31?«
»Ja, 31, wieso?«
»Kommt mir ein bisschen viel vor!«
Jan hat recht. Ich bin vier Tage drüber.
»Du hast recht. Ich bin vier Tage drüber.«

Er nimmt mir das Weinglas weg und grinst.
»Gib das Glas wieder her. Vier Tage bedeuten gar nichts. Das kann vom Stress kommen oder der Aufregung oder einfach so!«
»Wie nennen wir es?«
»Hör auf! Und gib gefälligst das Weinglas wieder her!«

Wir diskutieren gerade über Alkoholmissbrauch in der potentiellen Frühschwangerschaft und darüber, dass »Linda Langfeld« klingt wie eine Filmfigur, die von Christine Neubauer gespielt wird, als ein Spaziergänger die Brücke überquert und direkt vor uns stehen bleibt.

Es ist Paul.

»Da bist du ja, Marie«, sagt er, »ich suche seit Stunden ganz Neuhausen nach dir ab wie ein Irrer.«
»Wer ist das?«, will Jan wissen.
»Jan, das ist Paul, Paul, das ist Jan«, stelle ich die beiden einander vor.
»Das ist also dein Jan«, sagt Paul zu mir, während er Jan kühl mustert. Und ich spüre, dass er ihn am liebsten in den Kanal werfen würde.
Jan schweigt. Sein Gesicht zeigt keinerlei Regung.
»Paul, was soll das? Was willst du?«, frage ich.
»Dich«, sagt Paul, »ich will dich, Marie.« Er tritt ganz nah an mich heran und packt mich am Arm, fest, fast brutal. Ich kann sehen, dass sein Herz unter seinem T-Shirt schnell und hart schlägt, ich kann Paul riechen, seine Hand brennt auf meinem Unterarm. Ich kann Paul riechen! Aber ich will nicht in seine Arme.
»Komm, Marie«, sagt Paul, »komm mit mir.«

»Lass sie los. Sofort.« Das ist Jans Stimme. Ruhig und klar. Und wirkungsvoll. Paul lockert seinen Griff, und ich kann ihm meinen Arm entziehen.
»Was willst du denn«, lacht Paul zu Jan gewandt, »willst du etwa eine Frau, die sich mit einem anderen Mann, nämlich mit mir, in den Laken wälzt und vor Lust stöhnt, während du sie auf einem Geschäftstermin wähnst?«

Ich schließe die Augen, als könne ich ausblenden, was gerade geschehen ist. Jetzt ist alles vorbei. Jetzt, da ich Paul nicht mehr will, will Jan mich nicht mehr. Ich habe es vergeigt. Alles und gründlich. Den Karren an die Wand gefahren. Tut uns leid, konstruktiver Totalverlust, nichts mehr zu machen. Diesmal setzt die Retrospektive auf das Vergangene, Verlorene schneller ein als im Januar beim Wiedersehen mit Paul. Und ohne Musik.

Jan und ich bei unserem ersten Winterspaziergang im Januar 2005.
Jans Hand, die meine hält.
Sein Daumen, der meine Fingerknöchel streichelt.
Die Rikschafahrt durch die Kälte Berlins und Jans warme Haut an meiner.
Jan und ich in Südafrika, hoch über dem Olifants River, Nilpferde beobachtend.
Jan und ich an einem gewöhnlichen Samstag in der Stadt, voller Freude viele kleine Dinge entdeckend.
Jan, der mich stolz seinen Freunden vorstellt.
Jan, der sagt: Ich möchte ein Kind mit dir, Marie.
Jan, der nach jeder Party findet, dass ich die schönste Frau des Abends war.
Jan, der mir Tee bringt, wenn ich krank bin.
Jan, der ein ganzes Wochenende lang nach einem Baumhaus sucht.

Jan, der Tränen in den Augen hat und mir den Rotwein wegnimmt, nur weil ich vier Tage drüber bin.
Jan, der mich nun nicht mehr will.

»Ja«, sagt Jan.
»Wie, ja?«, fragt Paul und runzelt die Stirn.
»Ja, ich liebe diese Frau, und ich will mit ihr mein Leben teilen, auch wenn sie noch mal mit dir im Bett war«, sagt Jan. »Zu behaupten, dass ich begeistert davon bin, wäre gelogen. Ich finde es scheiße, aber das ändert nichts daran, dass ich Marie liebe. Und jetzt hau bitte ab und lass uns in Ruhe, bevor ich mich vergesse.«

Jan ist ungefähr zehn Zentimeter kleiner und zwölf Kilo leichter als Paul. Er sitzt immer noch auf der Mauer, während Paul vor ihm steht. Und trotzdem sehe ich, wie Paul ein wenig zurückweicht und trocken schluckt. Dann lässt seine Körperspannung ganz plötzlich nach.
»Ich wünsche euch alles Gute«, sagt Paul. Dreht sich um und geht. Nach wenigen Sekunden verschluckt ihn die Dunkelheit zwischen den Bäumen am Ufer des Schlosskanals. Jan und ich sehen ihm nach, ohne etwas zu sagen.

Ich schweige ungefähr zwanzig weitere Minuten wie gelähmt.
»Du … du willst mich wirklich noch?«, sage ich dann, ohne Jan anzusehen.
»Ja.«
»Aber warum?« Ich hebe meinen Blick und wage es, ihm in die Augen zu sehen. Sein Blick ist zärtlich und fest.
»Marie, ich habe keine Wahl. Ich liebe dich einfach. Jeden Tag ein bisschen mehr. Und wenn man jemanden liebt, dann ganz, inklusive Fehler.«
»Du verzeihst mir also die Sache mit Paul?«

»Wir reden da noch mal drüber. Ein andermal.«
»Aber du verzeihst mir?«
»Ich glaube schon.«

Er küsst mich.

Wir bleiben noch so lange schweigend und aneinandergelehnt auf der Brücke sitzen, bis die Teelichter ausgebrannt sind. Ein paar nachtaktive Enten durchpflügen das Wasser des Kanals, das zu glitzern anfängt, als sie durch die Spiegelung der Straßenlaternen schwimmen. Im Ufergras quaken Frösche. Ab und zu fährt ein Auto vorbei. Und ich stelle mit Erstaunen fest, dass mich noch nie ein »Ich glaube schon« dermaßen glücklich gemacht hat.

Draußen ist alles klar
Ein plötzlicher Wind, da dreht er
Sich um sich selbst und dann weht er
Uns Blütenträume ins Haar
Ich sag: »Was geht jetzt?« und du sagst »Ja«
Und ich weiß nicht, ob das eine Frage war
Und alles ist ganz wunderbar
*Du bist immer noch da**

---

* Aus *Die letzte U-Bahn geht später* von Element of Crime

Martina Paura

Zwölf Männer hat das Jahr

Roman

ISBN 978-3-548-26419-6
www.ullstein-buchverlage.de

Nach der Trennung von ihrem Freund wettet Pia mit ihrer besten Freundin: Im Laufe eines Jahres wird sie einen Vertreter jedes Sternzeichens vernaschen, ohne sich dabei das Herz schmutzig zu machen. Doch auch One-Night-Stands sind nicht das reine Vergnügen, und Pias Gefühle funken immer wieder kräftig dazwischen. Nach zwölf Monaten erotischer Astrologie scheinen die Sterne gut zu stehen …

»Wissen Sie, das Kamasutra ist, glaube ich, mehr als eine Art Katalog gedacht, aus dem man sich Anregungen je nach Lust und Laune holen kann. Und nicht als Trimm-dich-Pfad durchs Schlafzimmer.«

Carrie Karasyov · Jill Kargman

Eine gute Adresse

Roman

Deutsche Erstausgabe

ISBN 978-3-548-26282-6
www.ullstein-buchverlage.de

Flugbegleiterin Melanie hat sich den reichen, deutlich älteren New Yorker Bestattungsunternehmer Arthur Korn geangelt. Und auch wenn das keiner glauben will: Es war eine Liebesheirat! Doch Melanies Glück wird bald getrübt, denn die New Yorker High Society zeigt der Aufsteigerin die kalte Schulter. Verzweifelt ringt Melanie um die Anerkennung ihrer exzentrischen Nachbarn. Bis sie feststellt, dass so einige Leichen im Keller des schicken Hauses an der Park Avenue zu liegen scheinen …

»Urkomische Einsichten in eine Welt, die bei genauerem Hinsehen genauso boshaft ist, wie sie vornehm tut.«
Vogue

Martina Wimmer

Champagner für alle!

Wie man in Würde altert, ohne erwachsen zu werden

ISBN 978-3-548-36894-8
www.ullstein-buchverlage.de

Die erste Anti-Falten-Probe von einer fürsorglichen Verkäuferin in unsere Einkaufstüte geworfen; der elend lange Kater nach einer durchzechten Nacht; unser plötzliches Interesse an Yoga-Workshops ... Da ist diese Ahnung, dass sich etwas ändert – und unser Vorsatz: Nicht mit mir!
Bücher übers Älterwerden gibt es viele – aber keines ist so frech, frivol und sexy wie dieser unterhaltsame Solidaritätspakt für alle Frauen, die keine Mädchen mehr sind.

»Martina Wimmer zeigt, warum der Spaß mit 40 erst so richtig losgeht.« *Für Sie*

Lauren Fox

Kalte Füße

Roman

Deutsche Erstausgabe

ISBN 978-3-548-26499-8
www.ullstein-buchverlage.de

Das Leben der 30-jährigen Emily scheint perfekt zu sein: Sie hat seit fünf Jahren einen ergebenen Ehemann, Kevin, eine tolle beste Freundin, Meg, und als freiberufliche Autorin ist sie gut im Geschäft. Aber als Kevin ihr vorschlägt, in die Vorstadt zu ziehen und eine Familie zu gründen, bekommt Emily kalte Füße. Hals über Kopf stürzt sie sich in eine Affäre mit dem faszinierenden David. Den Umstand, dass sie verheiratet ist, verschweigt sie allerdings. Kein Wunder, dass ihr Doppelleben sehr schnell aus den Fugen gerät …

UB408

ullstein

Tasmina Perry

Daddy's Girls

Roman

Deutsche Erstausgabe

ISBN 978-3-548-26492-9
www.ullstein-buchverlage.de

Sie sind die Glamour-Queens von London, und wo die Balcon-Schwestern auftauchen, ist die Klatschpresse nicht weit. Serena, Model und Schauspielerin, die Top-Designerin Venetia, Camilla, die aufstrebende Politikerin, und Cate, Herausgeberin eines Hochglanzmagazins – die Töchter von Lord Oswald Balcon sind jung, schön und berühmt. Doch alle vier haben ihr Leben lang darum gekämpft, mehr zu sein als nur Daddy's Girls und hinter der feinen Fassade wird so manche Intrige gesponnen – mitunter mit tödlichem Ausgang …

UB387